跟着名家读经典

魏晋南北朝文学名作欣赏

施蛰存 等著

北京大学出版社
PEKING UNIVERSITY PRESS

图书在版编目(CIP)数据

魏晋南北朝文学名作欣赏 / 施蛰存等著. —北京:北京大学出版社,2017.9
(跟着名家读经典)
ISBN 978-7-301-28477-3

Ⅰ.①魏… Ⅱ.①施… Ⅲ.①中国文学—古典文学—文学欣赏—魏晋南北朝时代 Ⅳ.①I206.2

中国版本图书馆CIP数据核字(2017)第155108号

书　　名	魏晋南北朝文学名作欣赏 WEI-JIN NAN-BEI CHAO WENXUE MINGZUO XINSHANG
著作责任者	施蛰存　等著
丛书策划	王林冲　周雁翎
丛书主持	邹艳霞
责任编辑	邹艳霞
标准书号	ISBN 978-7-301-28477-3
出版发行	北京大学出版社
地　　址	北京市海淀区成府路205号　100871
网　　址	http://www.pup.cn　　新浪微博:@北京大学出版社
微信公众号	通识书苑(微信号:sartspku)　科学元典(微信号:kexueyuandian)
电子邮箱	编辑部jyzx@pup.cn　　总编室zpup@pup.cn
电　　话	邮购部010-62752015　发行部010-62750672 编辑部010-62767857
印　刷　者	北京中科印刷有限公司
经　销　者	新华书店
	787毫米×1092毫米　32开本　13.5印张　218千字 2017年9月第1版　2024年4月第3次印刷
定　　价	48.00元

未经许可,不得以任何方式复制或抄袭本书之部分或全部内容。
版权所有,侵权必究
举报电话:010-62752024　电子邮箱:fd@pup.cn
图书如有印装质量问题,请与出版部联系,电话:010-62756370

序

中华民族历来重视阅读经典。从春秋时期孔子增删"六经",到秦吕不韦组织编纂《吕氏春秋》,从南梁萧统组织编选《昭明文选》到清人吴楚材、吴调侯编选《古文观止》……这些经得住时间考验的伟大作品,大浪淘沙,洗尽铅华,传承着中华民族最弥足珍贵的思想感情,被一代代人记诵。这些作品刻在了我们民族的"心版"上,丰富和滋养了我们的民族精神。

意大利知名作家卡尔维诺说:"经典是那些你经常听人家说'我正在重读',而不是'我正在读'的书。"经典之所以成为经典,必是以其经得住咀嚼的内涵,有益于读者的。著名美学家朱光潜先生谈到读书时，说："读书并不在多，最重要的是选得精，读得彻底。与其读十部无关轻重的书，不如用读十部书的精力去读一部真正值得读的书；与其十部书都只能泛览一遍，不如取一部书读十遍。"中外两位先哲谈到的都是经典的精读，谈的都是如何让阅读"心版"上的印痕更深。

而经典的精读实在不是一件容易的事。经典也意味着过往，过往就与正在读书之人有时空之隔膜。

那么，什么样的方法能让我们更容易、更有效地阅读经典？从黛玉教香菱作诗的故事中，我们可以体会出，跟着名家读经典、读名作可谓是一条读书捷径。

名家是大读书人，他们的阅读体验值得借鉴。在浩如烟海的书籍中踽踽独行，摸索读书之路，难免进入狭窄的胡同，名家的读书导引就是我们不见面的名师的教诲。阅读经典时遇到的许多难点，也许就是阻碍读书人的一层窗户纸，一经名家点破，便会有豁然开朗之感。

20世纪80年代，大型文学鉴赏杂志《名作欣赏》的创刊，正是暗合了当时人们澎湃的阅读经典的热情。一批闻名遐迩的名作家、名学者、名艺术家们推荐名作、赏析名作，古今中外的名作经典，经萧军、施蛰存、李健吾、程千帆、王瑶等名家的点化，高格调的名作和高质量的析文相得益彰、水乳交融，极大地浇灌了如饥似渴的刚刚走出文化禁锢的读书人的心田。《名作欣赏》也由此成为中国名刊。几十年来，我们一直坚持这一办刊传统，力邀全国名家，精析经典名作，为中国人的文学阅读尽了一份力，发了一份热。

《名作欣赏》创刊三十周年庆典大会上，新老办刊人和新老读者都觉得将《名作欣赏》三十余年的文章精编出版，是一件有益于读者的大事。编选工作十分浩繁，我们也知难而上，未敢懈怠。经取精提纯、镕裁加工、分类结集、有序合成，2012年"《名作欣赏》精华读本"丛书由北京大学出版社出版。出版五年来，重印数次，为读者所珍爱，这是我们喜出望外的。细细想来，也正是经典的魅力、名作的魅力。

民族的自信源自文化的自信，时下，中央电视台的两档节目《中国诗词大会》《朗读者》出人意料地受到人们的欢迎。这实际是民族文化自觉和经典的浴火重生，也是中华民族经典的光辉照映。沐浴着天时、地利、人和的春风，北京大学出版社对"《名作欣赏》精华读本"进行修订改版，并增加了插图，丛书名改为"跟着名家读经典"，更好地契合了这套书的本意,更具有文化品位。这既是对国家阅读战略的呼应,也是对亿万读者阅读经典的有效补充,必然会被更多的读书人发现和珍视。

让我们一起来加入"全民阅读"的阵营,拥抱文化复兴的春天。

赵学文

《名作欣赏》杂志社总编辑

目录

王富仁	对酒当歌　人生几何 曹操《短歌行》赏析	1
王一心	骨气奇高　词采华茂 曹植《名都篇》《吁嗟篇》赏析	29
于翠玲	采桑　美女　君子 曹植《美女篇》赏析	41
李　健	柔情丽质　哀怨蕴结 曹植《洛神赋》赏析	49
牟世金	捐躯赴国难　视死忽如归 读曹植《白马篇》	65
施蛰存	丈夫志四海　万里犹比邻 曹植《赠白马王彪》赏析	77

吴小如	哀婉悱恻　慷慨激昂 曹植《杂诗》赏析	89
金志仁	血泪凝成的诗篇 蔡琰《悲愤诗》赏析	103
伍夫楹	草原风物入诗情 读《敕勒歌》	117
张永鑫	故国与乡思　千载尚有情 王粲《登楼赋》赏析	123
吴小如	看似寻常笔墨　却亲切感人 鲍照诗赏析	131
黄昌年	泼墨山水　形似神肖 鲍照《登大雷岸与妹书》赏析	149
吴小如	各勉日新志　音尘慰寂蔑 谢灵运《邻里相送至方山》赏析	169
周振甫	发乎情止乎礼义 陶渊明《闲情赋》赏析	181
王力坚	此中有真意　欲辨已忘言 陶渊明《饮酒》（其五）赏析	193
王富仁	由死观生　切实冷峻 陶渊明《拟挽歌辞三首》赏析	205

高建新	"返乡就是返回到本源近旁" 陶渊明《归去来兮辞》赏析	229
苏燕平	孤夜难眠 我心谁知 阮籍《咏怀》（其一）和陶潜《杂诗》（其二）赏析	245
李建中	琴赋一曲尽雅声 嵇康《琴赋》赏析	257
曹明纲	心物相感 情物互生 江淹《别赋》赏析	271
何沛雄	慷慨激昂 淋漓尽致 江淹《恨赋》赏析	285
雒晓春	欲言又止 却道笛声 向秀《思旧赋》赏析	297
吴小如	凝练精致 波澜起伏 谢灵运《从斤竹涧越岭溪行》赏析	309
吴小如	谁谓古今殊 异世可同调 谢灵运《七里濑》赏析	317
傅正谷	南朝乐府民歌的梦幻杰作 《西洲曲》赏析	325
朱迎平	嬉笑怒骂 刺世疾时 鲁褒《钱神论》赏析	341

王英志	"诗缘情而绮靡" 陆机《招隐诗》赏析	355
张国星	山水以形媚道而仁者乐 王羲之《兰亭集序》赏析	371
谭家健	风物奇丽　稗益智海 《水经注》风土人情描写赏析	383
李建中	魏晋多哭　知音难觅 《世说新语·伤逝》赏析	395
顾　农	暮春三月　江南草长 丘迟《与陈伯之书》赏析	407

对酒当歌　人生几何

曹操《短歌行》赏析

王富仁

作者介绍

王富仁(1941—2017),山东高唐县人。北京师范大学中文系教授、博士生导师。出版有著作《鲁迅前期小说与俄罗斯文学》《文化与文艺》《历史的沉思》《中国文化的守夜人:鲁迅》等。

推荐词

"为什么在'三百篇'之后,四言诗衰落了下去,而到了曹操这里又回光返照,突发异彩,而后又一蹶不振,从此息影于文坛?这个原因,似乎还没有人细谈。现我谈点未必正确的意见,以贡献于大方之家。"

对酒当歌,人生几何?譬如朝露,去日苦多。
慨当以慷,忧思难忘。何以解忧?唯有杜康。
青青子衿,悠悠我心。但为君故,沉吟至今。
呦呦鹿鸣,食野之苹。我有嘉宾,鼓瑟吹笙。
明明如月,何时可掇?忧从中来,不可断绝。
越陌度阡,枉用相存,契阔谈䜩,心念旧恩。
月明星稀,乌鹊南飞。绕树三匝,何枝可依?
山不厌高,海不厌深,周公吐哺,天下归心。

——曹操《短歌行》(其一)

"'三百篇'之后,曹操的四言诗,最为杰出。"(刘大杰:《中国文学发展史》上册第254页)这个评语,至为精当。但为什么在"三百篇"之后,四言诗衰落了下去,而到了曹操这里又回光返照,突发异彩,而后又一蹶不振,从此息影于文坛？这个原因，似乎还没有人细谈。现在我谈点未必正确的意见，以贡献于大方之家。

"三百篇"以四言为主，我们称之为四言诗，以与后来的五言诗、七言诗、长短句（词）和现代的自由诗相区别，这当然是无可非议的。但我认为，《诗经》的四言诗的"诗"和后来的五言、七言诗的"诗"在本质上是不同的。严格说来，《诗经》中的诗好，并不在于它们是"四言"诗，而在于它们的抒情状物、叙事表意，在于它奠定了中国诗歌发展的基础，形成了中国诗歌意象系统的基础构架，但作为四言之诗，我们读的时候，会感到它的词语的节奏与其表达的情感本身并不十分协调，读起来有些硬，与所抒之缠绵悱恻或欢快愉悦的情绪格调不统一。这个原因何在呢？因为它原本不同于后来我们所说的诗。后来的诗是文人的个人创作，是为读的，不是为唱、为舞的，而单纯为读与同时为唱、为舞是有巨大差别的。读，是以词语的节奏为节奏，唱则是以曲谱的节奏为节奏，它严重地改变了词语本身的节奏，这种区别就是现在的诗与歌词的区别。若歌舞同时，以歌伴舞，其歌的曲谱又要接受舞的限制；舞的节奏是人体形体动作的节奏，与歌的声音的节奏是有分有合的，有些歌的节奏难以用形体动作来表现，而形体动作的节奏也并不都能合于音乐的节拍。这样，用于歌与舞的词就与单纯读的诗有了很大区别。我们知道，《诗经》的"诗"，是诗、歌、舞的综合体，而不是后来我们所说的诗，用现代的话说来，它们实际是舞曲之词。过去我们有一种说法，好像《颂》与《雅》是为舞与乐所撰之词，而《风》则是为诗谱曲，先有诗而后有乐、有舞。这就是元代吴澄所说的："《国风》乃国中男女道其情思之辞，人心自然之乐也。故先王采以入乐，而被之弦歌。""《风》因诗而为乐，《雅》《颂》因乐而为诗，诗之先后与乐不同，其为歌辞一也。"（《〈校定诗经〉序》）我对这个说法有所怀疑。我认为，不论是《颂》《雅》，还是《风》，在其起源的意义上都是诗、歌、舞的一种综合性行为，如若按照吴澄的说法，好像那时的民间有些像我们现在的诗歌爱好者，一有感触，便写出或读出一首诗来，待到被王的乐官采去，才谱以音乐、被以管弦，用于唱，用于舞。实际上，这在古代是极难想象的。说的行为本身是不会演化为诗的，因为说较之诗更有明确性，诗在开始时必然是与歌相伴随的行为，及至歌成，其词才作为一种独立的语言形式从歌中独立出来，成为后来的诗，而在人们有了独立的诗的概念之后，才会想到用诗的形式表达自己的感触。直至现在，还有很多人一生有很多感触而想不到用诗表达，因为在他没有一个诗的独立概念之前，是不会自然地作出诗来的。农村的诗人很少，但歌手颇多，他们的歌词与他们的歌唱行为是同时产生的，欲歌方有词，无歌便无词。《国风》不但与歌同体，与舞大半也是同体的。只不过《颂》和《雅》的歌、舞都是有组织的行为，而《国风》的歌、舞大半都是即兴的自然性行为。汉族人的"严肃"，是后来的事情，是在礼教制度发达起来之后。只要看一看现在的儿童，就知道任何一个民族的童年时期都是很活泼的。儿童在会作诗以前，就会咿咿呀呀地唱出一些歌来，就会蹦蹦跳跳地跳出一些舞来，他的歌有词，其词有意义，是在后来的事情。在三百篇成书之前的汉族人，也必然与现在的一些少数民族一样，是能歌善舞的，《国风》就是那时歌、舞中的唱词。《国风》的艺术上的一个重要特点的复沓就是与歌舞同体的有力证明，并且更与舞有关。中国后来的诗大都很短小，因为用文字表情意，可以在极短的时间内完成，言尽意犹在，不受文字长短的太大限制，歌、舞则不同，歌必须有一定的长度，唱了四句就不唱了，你会感到歌才开头，还没有酝酿成一定的情绪。舞就更是这样,一首短诗不成歌,一首短歌不成舞,舞的时间要有更大的长度,才会造成一定的气氛。《国风》当记录为诗的时候,肯定还是以词义为准减少了复沓的次数的,但即使如此,这复沓本身就显示了它与歌,特别是与舞的结合。不过在乐官搜集时,舞与乐难以记录,主要记下词来,然后再重新配曲,用于歌舞,这是可以理解的,但这并不能说《国风》是先有诗而后有乐、舞。

《诗经》之诗是诗与乐、舞的统一体,所以就不能用四言说明它的艺术上的特征,因为它的节奏和韵律不是由它的词语本身所决定的。我在初中上学时用的是《文学》课本,它的第一册的第一课就是《诗经》中的《关雎》,那时是作为诗读,其意境、其描写、其所抒之情当然还是觉得出的,但读起来硬硬的,感觉不到诗本身所抒发的那种缠绵的情思,后来学口琴,在一本口琴曲集中,看到瞿希贤为《关雎》谱的曲子,我就用它来练习吹口琴,口琴虽然没有学会,但我却知道在为这首诗谱上曲子之后,其韵味与它所表现的感情情绪就会非常和谐了,就不会感到硬邦邦的了。音乐改变了词语本身的节奏,所以《诗经》中的诗严格说来不一定就是四言诗的节奏。作为纯粹的诗创作，屈原是我国诗歌史上的第一块丰碑。他的《九歌》也是写来用于歌舞的，但这只说明了他与中国以往传统的连续性，即使这些诗，也是他的个人的创作，只不过他要照顾歌舞的需要，其可读性和个人性开始上升为主导的因素。至于他的《离骚》，则完全是诗的、读的，是个人情感和情绪的表现。屈原的诗就句法而言主要有两种形式，一是十三言，一是六言。十三言实际上是两个六言的连接，中间用一个语气词"兮"连接起来。而这两个六言按照我自然形成的习惯性读法，前三字一组，后两字一组，中间一个字轻轻带过，因而它的主体是一个五言。以《离骚》的首句为例：

帝高阳之苗裔兮，朕皇考曰伯庸。

"兮"是一个语气词，起到连接前后两个六言的作用。去掉它，便成了两个六言句：帝高阳之苗裔，朕皇考曰伯庸。在前句中"之"是一个轻声字，在后句中"曰"是一个轻声字。去掉它们，剩下的是两个五言：帝高阳苗裔，朕皇考伯庸。屈原诗中的六言中间同样以一个"兮"字做连接，去掉它就是一个五言的形式。如《湘夫人》的头两句是"帝子降兮北渚，目眇眇兮愁予"，去掉"兮"字，是两个五言：帝子降北渚，目眇眇愁予。所以，我认为，屈原诗的最基本的形式，实际上是五言的。他不用四言，说明四言诗对表现他的感情情绪是不适用的。十三言的形式是主观抒情性的，那种内心的郁闷随着徐长的语流宣泄流淌；六言的形式在屈原的诗里是叙述、描写性的，作者的感情隐于事件和情景的幕后，词语的节奏不是作者内部情感的表现形式，是便于读也便于唱的。

《诗经》中的诗是诗、歌、舞的综合性行为，但一当诗在这种综合性行为中被独立出来，它也就可以成为一种独立被运用的形式。三百篇被搜集整理之时，也就是中国文人（"士"）这个阶层走向独立的时候，文人的个人独立的创作开始盛行。在思想界有诸子百家，在文学界有屈原及屈原的后学们，同时也自然会有人模仿三百篇的形式作诗，从而流及两汉。但当文人模仿三百篇写诗，其行为与原来的三百篇就有了本质的不同。文人的创作是个体性的行为，他不像原来的三百篇的无名的作者们，是在即时性的行为中进行创作。歌喉一开，舞步一起，歌词伴之，虽然粗糙，但与其情其景，声气相应，多次重复，多次修改，一经定型，便臻佳境。文人离开歌舞，离开群体，独自造词，并且拘于原来四字一句的形式，就不易创作出好诗来了，即使有堪与三百篇中的诗相媲美的个别作品，前有三百篇，也不再为人所重，故四言之诗，三百篇后，顿时衰落。骚体诗外，汉代的乐府诗兴。

乐府诗虽也是由诗官从民间采集而来，但它与《诗经》中的诗已经有了本质的差别。我认为，这个本质的差别就是乐府诗已与舞脱离。从产生三百篇的时代到产生乐府诗的时代，中国的民间社会发生了巨大的变化。自春秋末期到汉的建立，这是一个战争频仍的漫长的时代，秦的短暂统一，又强化了中国的文化的统一意识，它的繁重的徭役直接影响到底层人民的生活。我认为，这个时代，是中华民族迅速"严肃"化的时代，民间的歌舞娱乐之风已远非产生三百篇时的情景，人们对自我生活命运的关注远远超过了对自我心灵愉悦程度的关注。汉代的统一局面形成之后，儒家的礼乐制度遂成为中国社会的统一的规范，中华民族从此一直"严肃"到现在，产生三百篇的歌舞娱乐的风气也从此与汉族人民无缘。儒家礼乐制度对民间社会的影响主要表现在：在此之前，社会的集体性活动分为平等的两类，一类是严肃之事，一类是娱乐之事；前者如对外的战争、集体性的生产生活活动,后者就是娱乐、喜庆活动了。一个社会成员在前类活动中既行使自己的权利,也尽自己应尽的义务,而在后一类活动中则享受自己最大的自由,像古希腊的酒神节和我国少数民族的泼水节一样,打破一切可以打破的常规,做一次集体的"疯狂"。在这样一个社会的成员,在社会中求生存,也在社会中求欢乐。但自从儒家的礼教制度成为中国社会的基本行为规范,就把所有集体性的行为都变成严肃的行为,人们在这些行为中都只感到规范的束缚而失去了自由的感觉,因而自由成了个人之事,限制自由成了社会集体性的职责,纯娱乐性的歌舞之事就被严肃的礼乐活动取代了。与此同时,文化教育事业却得到了持续的发展,虽社会动荡,时代变迁,但求学之风仍然日盛,到汉代,文化事业已成规模,社会上读书识字的人多了起来,诗作为一种独立的表达方式也成了他们的一种自觉意识,不在歌舞之时也会想到用诗的形式表达自己的生活感受,有感即发。上述这两种同时出现的文化发展趋向,决定了汉代乐府诗与三百篇的根本差别。汉代乐府诗实际已经不是群体化娱乐活动的产物,因而也与舞脱离了关系。与音乐,还有一定关系,但诗的独立性显然更大了。我认为,只要我们细细体味乐府诗自身的情味,我们就会感到,它们在开始的时候，都是个体人的创作。不但像《孔雀东南飞》这样的长诗必然先有一个人编成全诗的雏形，就是像《战城南》《有所思》等诗，也都表现着明显的个性特征，题材的独特性、视角的个人化和表现手法的创造性都比三百篇有了显著进步。这到了《古诗十九首》，就成了不易的事实，虽然我们无法确定它们的具体的作者，但它们作为下层文人的自觉创作则已为我们所公认。《古诗十九首》之后，乐府诗体为上层文人所接受，遂成了他们个人的自觉创作，虽还在名目上保留着与音乐的关系，但在实际上已不被作为唱词而创作，正像后来陆游、辛弃疾的词不是为唱而写一样，与乐的关系就不再是一体化的关系，不再是由乐兴词，而是由词及乐。由乐兴词，词随乐出。乐是主要的，由乐的情调决定诗的情感特征；由词及乐，乐为词变，词是主要的，由诗人的感情情绪决定他采用何种音乐形式。前者的词完全是为唱的，后者的词首先是要读的。为唱的词不必斤斤于词语本身意义的丰富和节奏的起伏变化，为读的词则必须充实自己的意义，注意词语的节奏。不懂外文的可以听外国歌，但却不能读外文诗，因为音乐主要是一种声音的艺术，诗才是语言的艺术。在这种情况下，乐府诗就与《诗经》中的诗大相径庭，如果说《诗经》中的诗还不是现在意义上的诗,而乐府诗虽也来自民间,但它同来自上层文人的骚体诗一样,都是现在意义上的诗创作,是一种独立的语言艺术,不再是声音和形体动作艺术的附属物。在诗的形式上,它主要不是四言的,除了一些不规范的因素外,五言是其主要的形式。中国古代的五言诗与乐府诗的关系已经不仅是偶然的巧合,而是有了明显的继承关系。

从以上的叙述,我认为可以得出这样一个结论,即中国古代真正意义上的诗歌创作,从一开始就是以五言为最基本的形式的,只不过那时候还没有形成固定的规范和明确的意识,诗人们还完全自由地使用着对自己合适的形式,因而它必然主要以各种变例的形式存在着,直至五言诗正式形成,它才成了一种自觉的语言规范。为什么一到了诗人的创作,四言的形式就被抛弃而逐渐趋向了五言呢?因为作为"诗",四言有比五言更大的局限性。钟嵘说:"夫四言文约意广,取效《风》《骚》,便可多得。每苦文繁而意少,故世罕习焉。五言居文词之要,是众作之有滋味者也,故云会于流俗。岂不以指事造形,穷情写物,最为详切者邪?"(《〈诗品〉序》)钟嵘这里所说的"五言居文词之要"可谓不易之论。中国的汉字,是单音节的,一字一音,一字一个音节。作为意义的单位，或一字一义，或二字一义，不像西方的文字，一个词可以由多个音节构成，所以一字、二字都构不成音的变化起伏，有时连一个独立的意义也没有，不会成为诗歌语言的基本单位；三字可成句，但仍只有三个音节，像《三字经》，只可表义，难以表情、状物，因为它还无法形成特定的语气，更没有语气的变化。四字句开始带上了一定的语气，但这种语气是不能变化的。每句四字，二字一顿，长短相等，构不成起伏变化，三百篇与不同的乐和舞相结合，通过同义的反复，情景的变化，尚可不致雷同，如若作为写诗的规范，就必然千篇一律，难以适应诗人多变的情绪，更难做细致的描绘。只有到了五字句，汉语言才有了真正的活力，它不但有一个完整的意义，还能造成特定的语气，使同样的五字句可以有不同的意义和情调，从而形成和而不同的诗的整体，在叙事、抒情上也更加"详切"。三字句是死的，不可能有任何变化，它都是单音节词，很多只有用双音节词才能表现的意义它不能表现，读起来一字一顿，没有长短音的差别；四字句是硬的，它把单音节词与双音节词结合在了一起，但所容纳的词性是不全面的，其中多是实词，虚词极难进入四言句，连实词中的形容词和副词也很难挤进，读起来两字一顿，节奏没有变化；五字句就不同了，它不但把单音节词与双音节词结合在了一起，而且一句之中有了长短不同的节奏，把汉语言的所有主要功能（音的、形的、义的）都综合在一个最简单的模式中，所以中国诗歌不格律化则已，一格律化，五言就是一个最基本的形式。

那么，曹操的四言诗为什么取得了巨大的成功呢？

我们说四言作为一种诗的形式是带有极大局限性的形式，但却不否认它可以成为一种诗的形式。它的节奏是单一的，语气是缺少变化的，但单一的节奏也是一种节奏，没有变化的语气也是一种语气。中国第一个伟大的诗人屈原，主要是一个抒情诗人。他的求生、求美的意志受到了现实人生的压抑，造成了他的郁闷的情感，这种情感使他用徐长的诗句、造成汩汩流动的气势倾吐出来，因而他没有采取四言诗的形式；屈原除抒情之外，另有叙事、状物（包括他那些丰富的想象），他之后的诗歌创作也不脱叙事、状物、写景、抒情。对于这些目的，正像钟嵘所说，五言才最为"详切"。所有这些诗作者，都有一个共同的特征，就是在自己的世界里，不具有完全的主动性。他们或抒发自己的郁闷痛苦的感情，或以同情的态度叙他人之事，或以赞赏的态度写人写物，但都在外在的客观世界面前，透露着被动性的情绪，即使他们的理想，也不具有直接的自我实践的意义。这种心态，是完全可以理解的，中国"士"这个阶层自从产生，它就从来没有把自己作为这个世界的主人看待过，事实上，它在中国社会中确也不具有直接的实践力量。他们通过为政治统治者服务而发挥自己的才能，即使贵为公卿大臣，也终是天子的仆从，中国的社会人生是由天子定乾坤，不是他自己的独立意志。更多的知识分子是怀才不遇、郁郁终生、不遂其志，更莫提吞吐宇宙之志，即使有其言词，也难免徒作狂言之嫌，所谓狂放不羁，也只是个人言词的不驯，行为的不拘小节，并非真感到有扭转乾坤的力量。在中国，具有扭转乾坤的力量的，不论在实际上还是在人们的普遍观念中，都只是帝王一人而已。但中国的政治统治者，则以权力临天下，以道德劝人心，不以诗文为事。在他们眼里，诗文是文人之事，即或偶尔为之，也不以私情为目的，毛泽东后来说"秦皇汉武，略输文采；唐宗宋祖，稍逊风骚；一代天骄，成吉思汗，只识弯弓射大雕"，不能不说反映了历史事实的一面。但到了曹操这里，情况就有了不同。曹操本身是一个文人，但他又是一个政治家、军事家。在东汉末年的政治混乱的局面里，汉代封建帝王的权威性动摇了，曹操不论当时有没有自己当皇帝的企图，但他以自己的独立力量收拾旧山河的意识无疑是异常明确的。也就是说，他是把自我作为一个独立的意志主体来看待的，他的这种意识并不空洞，不是故作狂态，不是虚张声势，而是与他的实践意志紧密结合在一起的，不论我们如何评价他的历史作用，但他确实在用自己的力量转动着历史的把柄。我认为，正是他的这种特殊性，使他占有了四言诗。中国历史把真正的四言诗只留给了他一个人。

曹操也写五言诗，并且思想艺术成就也不亚于他同时代的其他人，但真正把他与同时代诗人和中国古代所有杰出的诗人区别开来的并不是他的五言诗，而是他的四言诗。如上所述，四言诗的节奏是单纯的，没有变化的，但正是因为它的节奏的单纯，句式的缺少变化，才使四言诗具有为其他形式的诗所没有的特殊意味。它读起来铿锵有力，绝无缠绵悱恻的情调，透露着诗人的坚定意志和内外如一的质直。它的前后语气是一贯的，表现着诗人那不受外在因素影响、不易变动的情感与情绪的特征。它没有抒情诗常有的那种多愁善感的性质，没有叙事写景诗常有的敏感多情的感觉。它无法精描细画，但粗笔浓墨，线条粗犷，如木刻版画，遒劲有力。诗人的心并不温柔，但这正是一个意志坚定的人的性格特征。这类人说不出柔情绵绵的情话，但却也不会可怜巴巴地求人同情、希人怜悯，他是一个独立不倚的人，不悲人也不悯己，所以他的情感是宏大有力的，不狭隘、不逼仄，如临旷野，如观沧海，大气凛然，回肠荡气。

下面我结合他的《短歌行（其一）》具体阐述我对他的四言诗的看法。

> 对酒当歌，人生几何？譬如朝露，去日苦多。
> 慨当以慷，忧思难忘。何以解忧？唯有杜康。

现在提起这几句诗，都免不了批评几句曹操的"消极情绪"，但我认为，这恰恰没有从四言诗的独特格调出发来体验这几句诗的真正意义。我敢说，这里的情绪绝不是消极的，而是在中国古代诗歌中少有的敢于面对真实的人生、不回避人生的矛盾并且表现了不屈服于人生的精神气概的好诗句。鲁迅说："真的猛士，敢于直面惨淡的人生，敢于正视淋漓的鲜血。"（《记念刘和珍君》）曹操这几句诗中便有一种正视的勇气。他直抒胸臆，把自己真实的人生体验质直无伪地表达出来。他不像那些爱面子胜于爱自己的人那样专言自己过去的荣耀，在自己过去过五关、斩六将的经历中沾沾自喜，但他也不是专言自己的委屈，用痛苦的眼泪换取人们的同情，并在这同情中安抚自己受伤的心灵。他直面自己过去的人生，公开承认在过去的体验中，痛苦多于欢乐。回首往事，人生倏忽，转眼之间，已近老境，感到人生像朝露之易逝，去而不返，生命短暂。过往生活的痛苦体验，产生了对人生的忧虑，这忧虑埋于心底，激荡起情感的波澜，慷慨悲壮，无法排遣，只有在酒醉的时候，才能暂时忘掉它。"对酒当歌，人生几何？"这是作者的感情情绪的表现而不是对人的行为的规劝，不是说人生短暂，就应及时行乐，而是说对酒当歌，顿感到生命短暂，忧思难遣。"何以解忧？唯有杜康。"这里说的是一个事实，而不是一个教导，不是说人就应当沉于酒色，而是说自己的忧思是如此难以排遣，只有在酒醉之时才能暂时忘却。这种人生的感受不正是所有的人都会有的人生感受吗？曹操如此质直地道出这种人生感受，正表现了他的正视的勇气，怎能说是消极的呢？与此同时，这种人生感慨恰恰是那些不满于自己、不满于现实、不满于已有的一切而要追求一个更高远的人生目标的人才会产生，消极的苟活者是不可能敢于面对真实的人生痛苦仍不失豪迈的气概的。在这里，四言诗的形式对它的意义起到了重要的廓定作用。我们为什么不会认为它是教人沉沦于酒色之中、不求上进的颓废主义说教呢？因为我们在读它的时候产生的不是精神萎靡的感觉，而是精神上的豪壮、情绪上的激昂。四言诗的节奏给你打出的是有力的节拍，它不是萎靡无力的，也不是婉曲缠绵的，作者的精神之壮，就在语言的节奏中表现出来，这同时也与下文的内容相呼应。若说这里表达的人生观是消极的。下文的积极性又是从何而生的呢？

> 青青子衿，悠悠我心。但为君故，沉吟至今。
> 呦呦鹿鸣，食野之苹。我有嘉宾，鼓瑟吹笙。

在我们解析中国古代诗歌的时候，不能不用中国古代人常用的概念予以概括，这是难免的，也是必要的，但它也同时产生了一个问题，即这类的词语往往在历史的变迁中发生过多次的变化，如何具体感受这些词语遂成了严重的问题，同时它也失去了自身表意的明确性，便如我们在解释曹操的这首诗的时候，就常常用渴望贤才来说明它的意义。但是，招贤纳士是儒家知识分子对封建帝王提出的一个基本要求。在这个要求中，儒家知识分子是把封建帝王放在至高无上的地位的，是封建帝王要实现自己的王政所应当采取的正确措施，被召之贤才是为实现帝王的统治大业服务的，并且因此而被封建帝王所重用，获得自己的人生价值。这是一种利用与被利用的关系，因为帝王的统治大业是属于帝王一人的，"贤才"是辅佐帝王实现帝王的事业，自己的人生价值不是在自己的独立追求中实现的，而是在完成帝王的事业中实现的。在中国漫长的历史实践中，中国的知识分子对儒家这种招贤纳士的政策有了各种复杂的人生体验，尽管很多人仍然以帝王的求贤若渴寄托自己的政治理想，但人们也知道，卸磨杀驴也是这种政策的必然结果。因为帝王是以对自己的用处来确定贤才的标准的，一旦他失去了利用的价值，帝王就会把他从已经得到的地位上踢下来，用更有利于自己的人取而代之，而这些以帝王的重用与否为自己人生价值的表现的儒家知识分子，则必然在帝王的这种"始乱终弃"的行为中感到莫大的痛苦。在这种情况下，用渴望贤才来概括曹操这首诗，就未必能代表人们对它的具体思想和艺术的感受。曹操这首诗所表现的并不能用儒家的招贤纳士的思想来概括。在这里我们首先看一看他所引用的《诗经》中的两首诗：

> 青青子衿，悠悠我心。纵我不往，子宁不嗣音？
> 青青子佩，悠悠我思。纵我不往，子宁不来？
> 挑兮达兮，在城阙兮。一日不见，如三月兮。
>
> ——《诗经·郑风·子衿》

> 呦呦鹿鸣，食野之苹。我有嘉宾，鼓瑟吹笙。
> 吹笙鼓簧，承筐是将。人之好我，示我周行！
> 呦呦鹿鸣，食野之蒿。我有嘉宾，德音孔昭。
> 视民不恌，君子是则是效。我有旨酒，嘉宾式燕以敖！
> 呦呦鹿鸣，食野之芩。我有嘉宾，鼓瑟鼓琴。
> 鼓瑟鼓琴，和乐且湛。我有旨酒，以燕乐嘉宾之心。
>
> ——《诗经·小雅·鹿鸣》

这两首诗，诗义都非常单纯，只要不牵强附会地搜寻它们的微言大义，就会感到它们只是表达友爱关系的。《子衿》怀念朋友，说是我很想念你，我没有到你那里去，你也应当来找我呀！对朋友的那种真诚坦白之心，如一泓清水，明澈见底；《鹿鸣》也表达对朋友的感情，说是朋友来我家，我鼓瑟吹笙，用好酒招待。这里的鼓瑟吹笙、设宴款待，都象征着主人见到朋友时的欢乐心情，主客之间是朋友的关系，感情真挚，不是实利关系。曹操在自己的诗里用这两首诗的诗义表达自己的感情，他所表达的也应是人与人之间的友爱，没有理由把它归纳为招贤纳士的实利关系。这是两个范畴的概念。友爱关系是一种感情关系，它不以对方的能力为标准，若是以对方能力的大小为标准作为交友的条件，那就不是友爱，而成了一个势利眼了；招贤纳士是一种实利关系，是以对方的能力和有用无用为标准的，若是以对方与自己的感情关系作为招贤纳士的标准，那就不是招贤纳士，而成了结党营私了。假若我们从上下文的文义理解这段诗的含义，就更不能用招贤纳士这种有明确目的性的语言概括它的意义。上文作者抒发的是人生短暂、去日苦多的感情沟通，这一段就写求友的愿望，顺理成章。当然，一个政治家、军事家的这种求友的愿望也总是和他的事业分不开的。但不论怎样，这里求的是友爱，而不是才能。它之所以能跨越时间和空间与我们的感情相沟通，也正是由于这种人与人之间的友爱关系，而不是曹操当时所要实现的政治目的。四言诗的形式即使在这里，也为它的意义远见定了特有的格调，使我们不感到作者是在被动的条件下哀求别人的理解和同情（这在中国古代的抒情诗特别是爱情诗里是屡见不鲜的），它的格调是硬朗的，而不是缠绵的；是直快的，而不是迂曲的。这种解释是比较迂远的。前文讲人生的痛苦，讲对友爱的渴望，那么这里也就是友爱的象征，说人与人之间的友爱之情，犹如明明之月，纯洁明净，令人向往，何时才能得到这种友情呢？想到这种友情的难得，想到人与人之间的隔膜、矛盾和斗争，想到人生的痛苦和孤独，忧思之情，由衷而发，绵绵无尽，难以摆脱。由这种忧思，更感到友情之宝贵，所以继而想到朋友之间的相会。有朋自远方来，枉道来访，久别重逢，畅怀而谈，叙旧谈故，两情相契，这是何等的愉快呵！这里所描写的完全是老友见面，欢叙旧情的场面，自由自在，无窒无碍，与帝王垂询政事，谋划国策，完全是两种不同的情景。

> 明明如月，何时可掇？忧从中来，不可断绝。
> 越陌度阡，枉用相存，契阔谈䜩，心念旧恩。

月明星稀，乌鹊南飞。绕树三匝，何枝可依？

山不厌高，海不厌深，周公吐哺，天下归心。

如上所述，我们在上文没有理由一定要用"贤才"代朋友，那么，这一段继续写友情则是显而易见的。"明明如月"是一种象征，在儒家的典籍里，它常常同"德"联系在一起，因而我们在解释这首诗的时候，也根据招贤纳士的观念同贤才之"德"等同起来，显而易见，"月明星稀，乌鹊南飞。绕树三匝，何枝可依"。友爱之心，人皆有之，它要求一种依托，要求一个栖息之地。人的爱心无所归依，人的心灵就是孤独而又痛苦的，这几句诗实际上是这种人生体验的象征，是以己度人的结果。作者由自己的孤独体验，进而想到人的普遍的孤独感，想到无所可爱的心灵的寂寥。至此，全诗一转，由个人的抒情，转化为对身外的人生的关注，从而才想到个人的责任。"山不厌高，海不厌深"，一个人的爱心不厌多，能爱更多的人，能被更多的人所爱，使天下之人都能从自己身上得到爱而又被天下人所爱，才是一个如山之高、如海之深的人，是作者所希望成为的人。

这里的关键是如何理解最后的"周公吐哺，天下归心"。

曹操作为一个政治家，感受到人生的痛苦，生命的短暂，渴望人间的友爱和情感上的沟通，必然不是下层文人常说的个别人之间的友情，也不是下层知识分子常常表达的空洞抽象的政治理想。他把这种友情上升到普遍的人与人的关系上来，上升到自己的政治理想的角度，与自己特殊的政治地位联系起来，这是自然而然的事情。这种情感是个人的，但又与他的政治事业结合为一体，成为他政治理想的一部分，二者是水乳交融的，不像"居庙堂之高则忧其民"那样有终隔一层之感，因为它是在不同的地位上对下层老百姓的关心，二者缺乏共同的感情基础，不是从自我的需要生发出来的；也不像"居江湖之远则忧其君"那样有一种牵强感，因为它没有实现这种空洞愿望的现实基础，不是从自我的真实处境中自然产生的思想愿望。曹操的特殊身份使他能够把个人的与政治的系于一体，虽然在实际上是难以实现的，但在感情上却是真实的，在艺术的逻辑上是顺理成章的。"吾文王之子，武王之弟，成王之叔父也。义相天下，吾与天下亦不轻矣，然一沐三握发，一饭三吐哺，犹恐失天下之士。"（《韩诗外传》卷三）曹操用周公之典，可谓隙合无间。周公和他都是在国家政治生活中起关键作用的人物，用周公的话来说就是"吾与天下亦不轻矣"，曹操正视自己的这种社会地位，不像谦谦君子一样故意把自己说得身轻位卑，这里有他的质直，也有他的独立不倚的精神，但他在这样一个地位上，更容易失去与一般社会成员的友爱关系，把自己孤立于人与人的感情联系之外，所以周公说"一沐三握发，一饭三吐哺，犹恐失天下之士"，也就是失去人们友好的感情。这里的"士"，可以作为知识分子解，但也可以作为所有国民的代称，所以曹操说"周公吐哺，天下归心"，以周公为榜样，自己爱所有的人，也使整个社会人的爱心有所归。

全诗以个人的孤独体验为本、以对人与人的友爱感情的渴望为主体，表达了自己的政治理想。这种政治理想也是人与人的感情关系上的，而不是干部政策上的，所以不能用招贤纳士这种有明显实利性目的的词语来概括它。四言诗这种特定的形式使全诗透露着不琐细、不迂曲、不板滞、不逼仄的特征，所以它尽管抒的是人生的孤独感受和渴望友爱感情的愿望，但基调是豪迈开阔的，精神是悲壮有力的，这与曹操这样一个政治家和军事家的真实感受有着相互契合的关系，所以，在曹操这里，四言诗获得了成功。可以说，真正意义上的四言诗，是属于曹操一个人的。他的《观沧海》，他的《龟虽寿》，都位于中国古代四言诗之冠，使在歌、舞、诗三位的《诗经》中的四言形式获得了独立的诗的品格。

但是，四言诗到底是局限性太大的一种诗的形式，它更适于言志，而不适用于抒发细腻、委婉的感情，不适于描写和叙述。在中国古代社会中，真能有独立意志而又有贯彻自己独立意志的可能性的，大概也只有像曹操这样的极少数人，有其志而又有其才的，大概也只有曹操一人。四言诗在曹操之后几近绝迹，是并不奇怪的事情。但这种四言的形式，后来也在豪放派的词里占有很重要的地位。说句不负责任的话，在中国，写好四言为主体的诗词，几乎是一个人有帝王气概的象征。毛泽东《水调歌头》《沁园春》就都是以四言为主体的，他的一曲《沁园春·雪》，倾动重庆，让国民党上层社会为之咋舌，让民主人士为之一惊，让当时的左翼阵营感到鼓舞，大概并非捕风捉影的事情。

骨气奇高　词采华茂

曹植《名都篇》《吁嗟篇》赏析

王一心

作者介绍

王一心,江苏南京人。本科毕业于南京师范大学文学院汉语言文学专业,硕士研究生毕业于江苏省行政学院政治经济学专业。插过队,当过兵。南京师范大学教育科学学院副研究员。

推荐词

曹植一生有强烈的功名事业心,追求理想,遭挫折而志不衰,他的诗歌在内容上充满追求与反抗,富有气势和力量,这些表现了"骨气奇高"。在建安诗人中,曹植最注重艺术表现。他的诗歌既脱胎于汉乐府民歌,富有清丽自然之质,又学习了古诗和建安文人在运用汉乐府的艺术手法上取得的成就,具有新鲜绮丽之感。诗中描写细致,辞藻华丽,这些表现了"词采华茂"。

曹植是建安时期诗坛的主将，他在文学上的成就超过了与他同时代的作家，南朝文论家钟嵘在《诗品》中称他为"建安之杰"，高度评价他的作品"骨气奇高，词采华茂，情兼雅怨，体被文质，粲溢今古，卓尔不群"。他一生有强烈的功名事业心，追求理想，遭挫折而志不衰，他的诗歌在内容上充满追求与反抗，富有气势和力量，这些表现了"骨气奇高"。在建安诗人中，曹植最注重艺术表现。他的诗歌既脱胎于汉乐府民歌，富有清丽自然之质，又学习了古诗和建安文人在运用汉乐府的艺术手法上取得的成就，具有新鲜绮丽之感。诗中描写细致，辞藻华丽，这些表现了"词采华茂"。他的诗歌多为乐府体的五言诗，善用比兴手法。他也善作辞赋、散文。原有集，已散佚，宋人辑有《曹子建集》。

本文所选的这两首诗，分别是曹植前后期的著名诗篇。

前期一些诗歌,虽大多叙酣宴戏乐之事,然而他素富贵而不淫,居燕安而不溺,表现了自己的壮志与抱负,如《名都篇》;后期的诗歌,主要反映其受迫害的凄楚、愤慨心情和壮志未实现的痛苦,如《吁嗟篇》。

名都篇

名都多妖女,京洛出少年。宝剑直千金,被服丽且鲜。
斗鸡东郊道,走马长楸间。驰骋未及半,双兔过我前。
揽弓捷鸣镝,长驱上南山。左挽因右发,一纵两禽连。
余巧未及展,仰手接飞鸢。观者咸称善,众工归我妍。
归来宴平乐,美酒斗十千。脍鲤臇胎鰕,寒鳖炙熊蹯。
鸣俦啸匹侣,列坐竟长筵。连翩击鞠壤,巧捷惟万端。
白日西南驰,光景不可攀。云散还城邑,清晨复来还。

〔今译〕著名的都市多有美女,京都洛阳出翩翩少年。珍贵的宝剑价值千金,身上的服装华丽鲜艳。斗鸡在城东郊的道上,跑马在长长的楸林间。骑马奔走不到一半路,两只小兔跑过我面前。挽着弓迅速抽出响箭,驱马飞奔追上了南山。左手拉弓于是右手射,一箭发出连穿两只兔。别的技巧来不及施展,抬手迎头又射落飞鹰。观看的人都赞叹叫好,众射手都夸我好箭法。回来在平乐摆设酒宴，美酒一斗价值达万钱。细切鲤鱼烹煮鲂鱼羹，甲鱼还有烤熊掌。叫着朋友又招呼同伴，依次坐满长长的席位。连续不断玩球和击壤，机灵敏捷而变化繁多。太阳往西南迅速驰去，时光丝毫不可挽留住。大家如云散去回城里，明早再到这里来游乐。

《名都篇》属乐府《杂曲歌·齐瑟行》歌辞，篇名取自篇首二字。这首叙事诗是曹植前期的著名作品之一。

关于本诗的主旨早有两种不同的看法。如宋代郭茂倩认为："名都者：邯郸、临淄之类。以刺时人骑射之妙，游骋之乐，而无忧国之心也。"另一种看法则认为是诗人前期生活的写照。通观全篇，本文认为诗人没有讽刺之意，且同意后一种看法。诗中塑造了一个英武矫健的京都少年形象。这个少年不仅有一身高超的武艺，而且还具有豪爽侠义的气概。这样的少年不同于那些腐化堕落、懒散无能的纨绔子弟，而是以"戮力上国，流惠下民"为己任，时刻准备为国建功立业有作为的少年。这首诗通过对京都少年驰逐宴饮生活的描写，寄托了诗人自己壮志未酬、功业未建的感慨。正如李白的《将进酒》一诗中所说："陈王昔时宴平乐，斗酒十千恣欢谑。"（陈王即曹植）由此可见，《名都篇》中的少年可看成是作者的自我写照，这一首诗是诗人前期生活的反映。他的前期作品，表现了开朗、豪迈的基调和意气风发的精神。

《名都篇》用赋的表现手法，继承了汉乐府"感于哀乐，缘事而发"的传统，采用叙事方法，构思巧妙，善于选择具有典型意义的事物展开生活画面，刻画艺术形象，以寄托自己的情志，诗人在选择典型事例时做到详简分明，例如，他只选写了京都一位少年一天的活动，其中主要描写了少年的射猎和饮宴两件事。在描写饮宴的佳肴时，选用了"寒鳖""炙熊蹯"等海味山珍，在酒后游乐中选写"击鞠壤"，这些都具有东汉末年富豪之家饮宴、游乐特征，因此，这首诗不仅内容生动、描写传神，而且洋溢着时代气息。诗人发扬了乐府民歌质朴流丽的气质，又保持雄健浑厚的特色，创造出自然平易、清新流畅，适于叙事、描写和抒情的诗的语言。其成就正如黄侃在《诗品义疏》中所说的"文采缤纷，而不离闾里歌谣之质"。如诗中"宝剑直千金，被服丽且鲜""观者咸称善，众工归我妍"等句，都明显表现了汉乐府、古诗的影响。在描写京都少年精湛的射技时，诗人通过

"挽""发""纵""连""仰""接"等一连串动作描写，把少年非凡的本领栩栩如生地勾画出来，表现了诗人借鉴古诗锤字炼句的功夫。诗中描写这位少年只要见到地上跑的，天上飞的，他都能百发百中，手到擒来。如此高超的射技，赢得众人的赞赏："观者咸称善，众工归我妍。"这里不仅有一般观众为之叫好，而且那些善于射箭的人也都佩服他的箭术最佳。正如汉乐府诗《陌上桑》中写罗敷的美貌，精彩之处是通过旁观者的举动衬托出罗敷的美。在《名都篇》中，诗人没有直接评论，而是用"观者咸称善，众工归我妍"的侧面描写方法，烘托这位少年精湛的射技，使少年箭艺超群的形象更加鲜明突出。

曹植是有热情壮志的诗人，他用塑造京都少年的形象以抒报国之怀。诗中描绘打猎归来后，摆设酒宴，宾朋满座，游乐尽兴，使人在感到京都少年超逸豪放的兴致时，不禁会考虑，难道他们就这样以度奢侈游乐之日为快吗？实际上，这里正体现了京都少年不得志，虽射技超群，却未能慷慨报国的不满，虽表面上宴饮、游乐，而内心却包含着痛苦、悲愤，由此反映了诗人前期生活虽然比较平顺，但在政治上却有不得志之感。因此，借他人之酒杯浇胸中之块垒。在诗的最后四句，揭示了全诗的主旨："白日西南驰，光景不可攀。云散还城邑，清晨复来还。"诗人把自己的情感融入对京都少年的描写之中，借京都少年驰逐、宴饮之事，来表达自己功业未建的惆怅之情，这种情怀的抒发不是直接的、外露的，而是留给读者自己思考和体会，尤其结尾二句，更是耐人寻味。

曹植创作《名都篇》从辞赋中吸取精华，如篇末"云散还城邑，清晨复来还"，即由东汉文学家傅毅《舞赋》中的"骆漠而归，云散城邑"借鉴并提高的。诗人在"云散城邑"中加了一个"还"字，在内容上表达得更明朗、准确，在诵读时更平易自然有节奏。曹植创作《名都篇》不拘于辞赋的影响，冲破了一些陈规旧律的束缚，改变了辞赋过分铺陈的写法，注重刻画典型形象；破除了辞赋讽劝的格局，创立即事抒怀的体式；抛弃了辞赋堆砌辞藻的旧习，树立运用平易清丽诗句的新风。因此，与那些以打猎、宴饮为题材的辞赋相比，《名都篇》让人感到耳目一新。

吁嗟篇

吁嗟此转蓬，居世何独然。长去本根逝，宿夜无休闲。
东西经七陌，南北越九阡。卒遇回风起，吹我入云间。

自谓终天路，忽然下沉渊。惊飙接我出，故归彼中田。
当南而更北，谓东而反西。宕若当何依，忽亡而复存。
飘摇周八泽，连翩历五山。流转无恒处，谁知吾苦艰。
愿为中林草，秋随野火燔。糜灭岂不痛，愿与株荄连。

〔今译〕可叹啊这随风飘转的蓬草，在世上唯独你遭受这种命运！一直离开了根而远远飞去，从早到晚没有休息和闲暇。由东到西经过漫长的小道，从南到北越过遥远的小路。突然遇到旋风骤然刮起来，把我吹上高高的天空云间。自以为能去天上之路尽头，却忽然落下沉入深渊之中。暴风把我从深渊中接出去，仍旧回到那生养我的田间。应当往南边却回到了北边，以为向东边却回到了西边。飘荡着选择应当依附哪里，突然无踪影后来却又出现。飘摇着飞遍有名的八大泽，连续地越过有名的五大山。流动飞转着没有固定的地方，有谁知道我的痛苦和艰难？我希望变成树林中的小草，秋天随着野火一起被焚烧。破碎毁灭了怎么能不悲痛，但我愿和根株永远紧相连。

《吁嗟篇》是曹植拟乐府旧题《苦寒行》之作，属乐府《相和歌·清调曲》歌辞，篇名取自篇首二字。这首诗是曹植后期创作的一首著名的借物抒情诗，也是诗人后期生活的写照。他的后期作品抑郁、深沉，充满了悲愤痛苦和愤慨不平的感情。这主要由于创作生活条件发生了极大的变化，在精神上因壮志难酬和横遭迫害等因素所形成的。

曹植在曹丕和曹睿两代皇帝压迫之下痛苦地度过他生命的后十二年，生活很不安定和自由被剥夺使他内心非常痛苦。朝廷不让他在一个地方久住，常常更换他的封地，还不许他和亲戚来往，更不给他参与政事的机会。在这首诗里，诗人以"转蓬"自喻，形象地描写了自己被迫迁徙、到处漂泊的生活处境，抒发了痛苦的心情。频繁的迁徙不仅给他带来生活上的艰难，还带来了政治上的坎坷、壮志未实现的精神的痛苦。在这首诗的最后，诗人发出"愿为中林草，秋随野火燔。糜灭岂不痛，愿与株荄连"的沉痛呼声，这是诗人对曹丕父子强加于他的迫害而发出的愤慨、谴责和抗议之声，深刻揭露了统治阶级内部骨肉相残的残酷事实。

《吁嗟篇》用的是比兴的表现手法，而且把这一表现手法运用到全篇。这首诗把所写的蓬草加以人格化，以转蓬飘荡比喻诗人极不安定的流徙生活，形象地描写了诗人"十二年中而三徙都"的生活处境和痛苦心情，同时也刻画了随风飘荡的蓬草这一艺术典型。这种比兴的表现手法传承的渊源是《诗经》。例如《诗经》的《桧风》中的《隰有苌楚》一诗，表现贵族诗人因遭遇难堪，感觉不聊于生而作，所以羡慕苌楚的"无知""无家"和"无室"。苌楚是一种植物，它怎么会有知、有家、有室呢？这是诗人把苌楚当作人看待的比兴手法。《吁嗟篇》与这首诗在以物拟人和比兴寄托上是一致的。从《吁嗟篇》的结构上来看，全诗共有二十四句，前十八句写蓬草的流荡，是全诗描述的重点，而后六句则以抒情为主，表达了全诗的中心思想。诗人写蓬草的漂泊和浮沉，与自己"宕若当何依"的处境，水乳交融在一起，构思巧妙，凄婉动人。由此可以看出曹植后期的创作，已由前期的表现客观外在美转为展示自己的内心世界，将心灵活动塑造成感人的艺术形象。诗人的主旨不在于缘事，而在于抒情。

采桑 美女 君子

曹植《美女篇》赏析

于翠玲

作者介绍

于翠玲,曾用笔名余翎。2004年获北京师范大学文学博士学位,导师启功先生。北京师范大学文学院教授、博士生导师,中国编辑学会理事。主要研究中国古典文献学、文献信息学、编辑出版与文化传播史等。

推荐词

为什么"美人喻君子",可以成为阐释诗歌的一种模式呢?在中国封建社会的伦常关系中,君臣之义与男女之情有类似之处,所谓"男女之情通于君臣朋友","贤女必得佳配,贤臣必得圣主"。然而,贤女往往不得佳配,贤臣往往不遇圣主,这种人生命运也有相同之处。因此,屈原《离骚》所开创的"美人君子"之喻,才可能为历代有相同情感体验的文士所选择沿用,成为抒发"士不遇"的主题,表现文人自赏自怜心志的一种典型手法。

美女妖且闲，采桑歧路间。柔条纷冉冉，落叶何翩翩！
攘袖见素手，皓腕约金环。头上金爵钗，腰佩翠琅玕。
明珠交玉体，珊瑚间木难。罗衣何飘飘，轻裾随风还。
顾盼遗光彩，长啸气若兰。行徒用息驾，休者以忘餐。
借问女安居？乃在城南端。青楼临大路，高门结重关。
容华耀朝日，谁不希令颜？媒氏何所营？玉帛不时安。
佳人慕高义，求贤良独难。众人徒嗷嗷，安知彼所观？
盛年处房室，中夜起长叹。

曹植的《美女篇》，是建安时期文人乐府诗的代表作。这首诗取首句前两字为题，从不同角度描绘了一位美貌而高节的美人形象。其中描绘美人的容貌服饰一段，明显脱胎于汉乐府民歌《陌上桑》。开篇两句"美女妖且闲，采桑歧路间"，就点出了这是一位美丽的采桑女，令人联想到《陌上桑》中"罗敷喜蚕桑，采桑城南隅"两句。接下描写美女采桑的动作："柔条纷冉冉，落叶何翩翩！"并由此逐步展示美女的姿态和身上的饰物："攘袖见素手，皓腕约金环。头上金爵钗，腰佩翠琅玕。明珠交玉体，珊瑚间木难。罗衣何飘飘，轻裾随风还。"最后是画龙点睛之笔："顾盼遗光彩，长啸气若兰。"与《陌上桑》的平实叙述相比，《美女篇》的描写更有层次，语言更为生动，而且注意描摹美女的高雅神态。

"行徒用息驾，休者以忘餐。"这两句承上启下，是借助旁观者的眼光，侧面衬托美女的美貌。这也是从《陌上桑》中"行者见罗敷，下担捋髭须。少年见罗敷，脱帽著帩头。耕者忘其犁，锄者忘其锄。来归相怨怒，但坐观罗敷"几句变化而来的。接下几句采用问答形式，让美女自叙其显贵家门，这仍然有《陌上桑》的痕迹。但是，从"容华耀朝日"一句起，《美女篇》的内容已转为抒发观者的议论感慨，而与叙述故事的《陌上桑》完全脱节了。

如果抛开《美女篇》与《陌上桑》的联系，《美女篇》本身的结构可以分为三个部分。第一部分描写美女的容貌神态，已如前述。第二部分从"行徒用息驾"至"玉帛不时安"，描写"众人"观美女及其议论。"众人"为美女的惊人姿色和显贵家门而赞叹,并为美女至今未嫁而惋惜,于是责怪媒人不及时来议婚。如果全诗至此结束,也未尝不可。只是如此落笔,诗中的美人,依旧有采桑女的影子,不可能转为君子的化身了。而诗中"容华耀朝日,谁不希令颜?媒氏何所营?玉帛不时安"这两句议论也不过出自人之常情,并无独到之处。

《美女篇》的关键转折之笔,是第三部分,即结尾六句。诗人以完全不同于"众人"的眼光,来理解美女的心志,设想美女的忧思。"佳人慕高义,求贤良独难。"佳人所追求的不是凡俗之夫,而是要选择一位贤德之君;并不是美人无处可嫁,而是贤君实在难得。即使贤君难求,也不肯屈身下嫁。正因为佳人有如此高志,可以想象到她"盛年处房室,中夜起长叹"的忧思。这一切都是众人所不能理解的,"众人徒嗷嗷,安知彼所观"。显然,诗人已经自诩为佳人的知己,或者说诗人是以己之情来推测佳人之志的。

正是"佳人慕高义,求贤良独难""盛年处房室,中夜起长叹"四句诗,曲终奏雅,为后代论诗者揭示诗中"美人"形象的深层寓意留下了余地。唐代张铣在《文选》"五臣注"中已经明确指出,这首诗"以美女喻君子。言君子既有美行，上愿明君而事之。若不得其人，虽见征求，终不能屈"。从此以后，"以美人喻君子"，就成为阐释这首诗的基本思路。如宋人郭茂倩《乐府诗集》分析这首诗就完全是张铣之说的复写："《美女》者，以喻君子。言君子有美行，愿得明君而事之；若不遇时，虽见征求，终不屈也。"

张铣"以美女喻君子"的解诗思路，有什么依据呢？如果追溯源流，张铣之说应出自汉代王逸《楚辞章句》对《离骚》中"美人"意象的阐释。王逸祖述《诗经》的传统，解释《离骚》的表现手法说："《离骚》之文，依诗取兴，引类譬谕。"而"灵修美人，以媲于君"，就是其中一个有特定寓意的比喻。王逸此说对于后来诗人的创作构思是有深远影响的。"以美女喻君子"，可以使文人笔下的美女形象具有表层和深层两种寓意，既合乎儒家"好色而不淫""怨诽而不乱"的诗教，又构成了言外有意、含蓄不露的诗境。如收入《文选》的张衡《四愁诗》，诗前的序文明确提到诗歌的创作意图和表现手法："时天下渐弊，郁郁不得志，为《四愁诗》。依屈原以美人为君子，以珍宝为仁义。"这段序文自然成为破译全诗"美人"意象的密码。而阐释这类"以美女喻君子"的诗，自然与纯粹从"好色"角度描写美女的诗，如萧纲《美女篇》，有着天壤之别。

那么，曹植这首《美女篇》是否如张铣所言，是有意"以美女喻君子"呢？这就要运用孟子"知人论世"的解诗方法，以曹植的生平经历作为依据。对于曹植的生平经历，张铣没有一一引证。而元代刘履《选诗补注》中已有详细补充。他指出："《美女篇》，比也。……子建志在辅君匡济，策功垂名，乃不克遂，虽授爵封而其心犹为不仕，故托处女以寓怨慕之情焉。"刘履逐句阐释了全诗"以美人自托"的深层寓意。清代几位论诗者，还提到曹植的《求自试表》，作为解说《美女篇》的佐证。朱乾《乐府正义》指出："贤女必得佳配，贤臣必得圣主。……余读子建《求自试表》，未尝不悲其志。……以子建之才，而亲不见用，君臣际会，自古难之，此诗所谓'盛年处房室，中夜起长叹'者也。"吴淇《六朝选诗定论》指出，《美女篇》末尾两句，"亦是请自试之意"。王尧衢《古唐诗合解》指出："子建求自试而不见用，如美女之不见售，故以为比。"参照这些阐释资料，曹植《美女篇》以美女喻君子，以美物喻美德，以美女难得贤夫喻君子难遇明主的深层寓意，可以说是言之有据，清晰可辨了。

再深究一步,为什么"美人喻君子",可以成为阐释诗歌的一种模式呢?这里还有深刻的社会文化背景。在中国封建社会的伦常关系中,君臣之义与男女之情有类似之处,所谓"男女之情通于君臣朋友"(清朱鹤龄《笺注李义山诗集序》),"贤女必得佳配,贤臣必得圣主"(朱乾《乐府正义》)。然而,贤女往往不得佳配,贤臣往往不遇圣主,这种人生命运也有相同之处。因此,屈原《离骚》所开创的"美人君子"之喻,才可能伴随着漫长的封建社会,为历代有相同情感体验的文士所选择、所沿用,成为抒发"士不遇"的主题,表现文人自赏自怜心志的一种典型手法。而历代诗论家极力阐释文人诗作中美女意象的寄托寓意,也逐渐成为一种普遍性的审美期待视野,甚至出现将本无寄托的"美女"形象也纳入"《离骚》之义"的误解。而"专咏女色"、并无寄托的诗词历来遭到非议。

总之,读曹植的《美女篇》,对于今天读者窥探"美人君子"的阐释模式,并触类旁通,了解中国诗学的特色是很有好处的。

柔情丽质 哀怨蕴结

曹植《洛神赋》赏析

李 健

作者介绍

李健,1943年生,山西介休人,1968年毕业于北京师范大学中文系,1978年入山西大学中文系师从姚奠中先生学习古典文学,1981年获山西大学古典文学硕士学位。退休前为山西教育出版社编审。

推荐词

诗有诗眼,文有文眼,"恨人神之道殊兮,怨盛年之莫当"就是《洛神赋》的文眼。全篇至此,恨怨俱集。于是洛神举袖掩面悲啼,泪水浸湿了衣襟。从此一别,再无相见之日,怎不令人悲伤怨恨?"恨人神之道殊兮,怨盛年之莫当",就是曹植与自己的美好理想诀别时,惆怅愤懑,所放之悲声。

曹植的《洛神赋》借神话传说并加以浪漫主义的想象，写出了一个人神恋爱而不能结合的哀怨故事，塑造了美丽、纯洁而又多情的洛神形象。

关于《洛神赋》的写作动机，曾有这样一个故事，说曹植当初曾向美丽的甄氏求过婚，未能如愿，而后来曹丕娶了甄氏，于是曹植一直心怀不平。黄初年间曹植入朝，这时甄后已死，曹丕把甄后留下的出嫁时陪送的枕头赠给了曹植。曹植就在这次归藩途经洛水时在梦中见到了甄后，于是写了这篇赋，名为《感甄赋》，后来又被魏明帝曹睿改为《洛神赋》。这个故事最早见于宋代尤袤的《李注文选》刻本的李善注文中。李善是唐代人，到底是李善误引了不可靠的说法呢，还是别人伪造了这段注文？其说不一，纷然无定论。然而，这个故事的不可靠则是无疑的。

"感甄"的故事是很有戏剧性的，用它来注解曹植作

《洛神赋》的动机和《洛神赋》的思想内容，似乎也说得通，因此有人总愿意相信它。但是，这个说法完全经不起推敲，不仅材料的出处不可靠，而且所说的曹植曾求婚于甄后和曹丕赠枕等情节都与史书记载不符，与当时人物之间的关系情理不合。"感甄"的说法作为小说流传颇广。我们要弄清《洛神赋》的真正写作动机和它的思想内容，必须抛开"感甄"说的影响，实事求是地去了解写作这篇赋的历史背景和分析作品本身。

《洛神赋》中的情节本来是虚构的，那么黄初三年是否有朝京师、过洛水的事也就不必深究了。但此赋的写作年代则大致可以确定是在黄初三年或之后不久。这正是传说曹植写七步诗的年代。曹植、曹丕争夺王位的斗争日趋激烈。曹操死后，曹植就屡受曹丕的猜忌和迫害，拯世济物的抱负更不得施展，精神上十分苦闷。个人的思想和性格与社会环境之间的不可克服的矛盾，使他在文学上取得了与前期相比更为突出的成就。《洛神赋》就是曹植在其兄曹丕即位之后精神上更受压抑时的作品。

《洛神赋》的思想内容是十分隐蔽和含蓄的，因此很容易被附会的说法曲解。其实，作者在赋的序言中已对自己的写作动机做了提示。据序文说，写作此赋的动机有二。一是根据古代关于宓妃的传说。相传宓妃是伏羲氏的女儿，溺死于洛水而为洛水之神。屈原的《离骚》中曾提到过她。二是受宋玉《高唐赋》楚王梦会神女故事的启发。在屈原的作品中，宓妃是一位高傲而无礼的女神，关于她的故事并没有展开。《高唐赋》中所说的神女故事叙述也极简单。《洛神赋》正是借神女故事来展开宓妃的故事，再加以丰富的想象，使宓妃获得了新的更为鲜明、丰满的形象，作者就借此来抒发自己的胸臆，这就是《洛神赋》的艺术构思。

《洛神赋》虽然在构思上和描写上明显地受了宋玉《高唐赋》《神女赋》和《登徒子好色赋》的影响和启示，但《洛神赋》绝不仅仅是模仿前人之作。它在艺术上很有创新。赋这种文体在曹植手中已与宋玉等人一味铺陈描写的写法不同了。《洛神赋》的故事情节贯穿始终，其中的人物形象更为鲜明生动，具有个性，描写更富于抒情性。赋的感染力不仅通过描写语言的铺排，也通过人物形象和故事，使抒情和描写紧密地结合在一起。在思想内容上，《洛神赋》更多地继承了楚辞的精神。作者在洛神身上寄托着自己的理想，表现了自己在特定的时代环境中的情绪。和宋玉赋的注重客观描写相比,《洛神赋》则主要是在抒写主观感情;和宋玉赋的寓意讽谏相比,《洛神赋》则意在表现自己的不幸和怨愤。

《洛神赋》除序文外,全文可分为六段。第一段从开始至"臣愿闻之",写作者归藩途中得遇洛神的情形,并引出下文对洛神肖像的描写。第二段,从"余告之曰"至"采湍濑之玄芝",集中描写了洛神的仪态、容貌、服饰和神情动作,为下文写爱慕之情做了铺垫。第三段,从"余情悦其淑美兮"至"申礼防以自持",委婉曲折地写出了作者对洛神的爱慕之情和由此引起的矛盾心情。第四段,从"于是洛灵感焉"至"令我忘餐",写洛神钟情于君王的情态和内心活动。以上两段,分别从恋爱双方来写爱情,又为后面的悲剧结局做了抒情准备。第五段,写因"人神之道殊",双方不能结合,洛神只得满怀恋情,含恨离去。这一段文势有一个大转折,从相爱到相离,故事也就有了结局。第六段,以抒写君王的眷恋和惆怅之情结束全篇。这实际上已是整个故事的尾声了。全文结构十分严密,六个部分环环紧扣,情节波澜起伏,步步加强抒情气氛,最后涌出高潮,末段虽系尾声,却绝不可少,并且篇终而余韵未尽。《洛神赋》所具有的结构美在同类赋作中也是少有的。

洛神是这篇赋的主要描写对象。这是有着丰富、复杂的思想感情和性格的理想化的形象。作品从各个角度、各个方面刻意描写了洛神的美，并以此为抒情的出发点。

作者写洛神的美是从外形美入手的。赋的第二段写到洛神的出现，首先集中地描写了她的外形美，气象十分壮丽。从"其形也，翩若惊鸿，婉若游龙"开始，有一段十分精彩的文字。一系列美妙动人的比喻，表现出洛神那轻捷柔婉的动态和娴静庄重的静态。而秋菊、春松之比，在赞美其仪态高贵的同时，也暗示了其品格的高尚。远望则"皎若太阳升朝霞"，近察则"灼若芙蕖出渌波"，更从不同的角度，极形象地写出了洛神的光辉灿烂和无比美艳。这一小节，作者用自然界中最瑰丽的景象作比，描绘了洛神降临的动人一幕。其"婉若游龙"一语，前人用过，"翩若惊鸿"，则由曹植首创，成为生命力很强的成语。

接下来，是工笔细描洛神的容貌、服饰、神情、动作。这里有特别动人的关于洛神情态、动作的描写。赋中写她隐身于芬芳的幽兰丛中，又漫步在山脚下；她跳跃嬉戏，把她柔嫩的臂腕伸向水边,采摘急流中的黑芝。这是多么纯真活泼的少女的形象!这时的洛神,真是可爱极了。

在曹植笔下,洛神不仅面貌、身材、体态极美,而且具有内在的智慧美和品格美。当君王向她表示了爱慕之情以后,洛神则表现得既多情而又明于礼度。她举起琼玉作答,指着水下所居约君王相会。这是洛神形象的进一步深化。

洛神的性格随着情节的发展变化而逐渐丰满起来。当君王犹豫狐疑,"申礼防以自持"时,洛神又表现得激动不安了。她摇曳徘徊,怅然哀啸。这又是一个多么富于激情的女子!这些细节写出了洛神性格的又一个侧面。然而还不止如此,洛神还有更深沉的感情流露。"叹匏瓜之无匹兮,咏牵牛之独处。"洛神以匏瓜星的无偶和牵牛星与织女星的分离来慨叹君王的寂寞独处,表示深切的同情。这就进一步表现了洛神的多情和善良。这时的洛神,处于钟情和热恋之中,她的行动表明她心情异常激动。她忽而飘然起飞,忽而又在水面上轻步行走,好似要离去,却又返回。她含情脉脉,目光分外有神,玉颜更加光润。她有话而还未出口,已可嗅到她气息的幽香。这些细节描写实际上已近于心理描写,活画出恋爱中的洛神的情态和内心活动。同时,君王的爱慕之情已到不能自持的地步,也显得十分自然。

对洛神的美的描写已导致了两相爱慕的结果,这时,他们的结合已成为必然。至此,作品也基本上完成了对洛神的形象塑造。

接下来,笔锋一转,洛神要离去了。这时,已经人格化的洛神又恢复了神的身份。于是文势急转直下,写了这一对情人诀别的悲剧场面。赋中描写了洛神将去时的众神的活动,造成了一种不可抵御的声势,这声势表明洛神与君王之间相隔着神与人的鸿沟。洛神的心情是矛盾痛苦的,她已"越北沚,过南冈",而又返回身来,徐徐陈说交接的道理。"恨人神之道殊兮,怨盛年之莫当",人和神的不同身份,使他们之间的爱情不得不断绝,美丽而年轻的洛神竟不能享受爱情的幸福,这是多么不合理的事啊!

诗有诗眼,文有文眼,"恨人神之道殊兮,怨盛年之莫当"就是《洛神赋》的文眼。全篇至此,恨怨俱集。于是洛神举袖掩面悲啼,泪水浸湿了衣襟。从此一别,再无相见之日,怎不令人悲伤怨恨?

"恨人神之道殊兮,怨盛年之莫当",就是曹植与自己的美好理想诀别时,惆怅愤懑,所放之悲声。

曹植虽然失去了抗争的力量和勇气,还是对曹丕存在着幻想。在《洛神赋》中,洛神临别时向君王倾诉了衷情:"无微情以效爱兮,献江南之明珰。虽潜处于太阴,长寄心于君王。"这两句诗可以认为是曹植向曹丕说的。清代何焯说:"植既不得于君,因济洛以作为此赋,托词宓妃,以寄心文帝,其亦屈子之志也。"何焯的看法是有道理的。曹植向文帝表示自己的忠诚,这是曹氏兄弟之间的君臣关系决定的。他作为一个没有任何实权的臣子,不得不完全屈服。他的怨愤是委婉的,有限的,并且不敢直接指向曹丕。而他表示忠诚的态度却是十分明白的。就曹植的思想性格和处境来说,这也是合乎情理的。

《洛神赋》的抒情内容主要是通过对洛神的描写来完成的。作者写洛神的美,就是在写理想,有时也是在写自己。不能把《洛神赋》看作是那种影射时事的作品,很难指明赋中的哪个人物是影射现实中的哪个人物,也不能简单地把作品中的人物关系和生活中的人物关系相比附。但是赋中所表现的情绪,却是作者在现实生活中情绪的反映。这种情形在屈原的作品中就是常有的,是并不难理解的。《洛神赋》中所表现出来的对意中人的爱慕、追求、彷徨、忧惧,不能如愿的痛苦、忠诚的表白，这些都是作者自身在现实生活中所经历着的。

除了洛神以外，赋中的另一个主要人物君王，即处于幻想状态的作者自己，也在抒情中起到了重要作用。他不仅与洛神在感情上相呼应，构成了曲折的情节，而且更直接地抒发自己的感情。他爱慕洛神却又无由表达，"无良媒以接欢兮，托微波而通辞。愿诚素之先达兮，解玉佩以要之"。这些句子俨然屈原口吻，其急切取得信任的心情毕现。在洛神离去之后，那一段由他自己出场的直接抒情也是精彩动人的。他已走下了山陵，心仍然留在那里，他怅然若失，想象着洛神出现的情形，回头张望那洛神出现过的地方，愁绪满怀。他希望洛神重新出现，竟驾小船沿江上溯去寻觅。越是思念，就越是增加着眷恋，耿耿难眠，身上沾满了繁霜，直至天明。让仆夫驾好车，还是回封地去吧，拿起了鞭儿，却是依依不舍难以离去。这是前面抒情高潮的余波，也是这篇赋的尾声。作者这种以直接抒情来收束全篇的写法，给人以更为切实的感受，更突出了自己的抒情形象。

总的来说，《洛神赋》有鲜明的人物形象和虽简单却还完整的情节。它有故事，但用意并不在于叙述故事，而在于借人物和情节来抒情。它是一篇抒情赋，和一般的赋一样，也使用了铺排手法，对描写对象也做了过细的、夸张的描写。而它又与其他许多赋不同，那就是它的形象要具体鲜明得多，而铺排又不大量集中，这就避免了烦冗和矫饰，而保持了赋体的凝重、富丽的艺术特色。它的语言华美而不艰涩，文章波澜起伏，毫不平板。再加上蕴积颇深的思想内容，就使这篇赋成为汉魏六朝抒情小赋中的优秀作品。

钟嵘曾指出曹植的艺术风格"骨气奇高，词采华茂"。这个风格，在《洛神赋》中也有突出的表现。但是，《洛神赋》和其他许多作品如《吁嗟篇》《美女篇》《赠白马王彪》等篇相比较，则还表现出另外一方面的风格：柔情丽质、哀怨蕴结。这是他的艺术风格，也是他的性格。特别是他后期的作品，这一风格更为明显。他的作品很注重抒情，并总有一种热切的感情，三回九转，凄婉动人。而同时，他的作品中又总是郁结着怨愤和凄凉，难以喷薄而出。他的这种风格的形成若要细分析起来，自然有其各方面的原因。而我们读了《洛神赋》，当也能体味出作者这种风格的存在及其艺术的价值吧？

原文

洛神赋

黄初三年,余朝京师,还济洛川。古人有言,斯水之神,名曰宓妃。感宋玉对楚王神女之事,遂作斯赋,其辞曰:

余从京域,言归东藩,背伊阙,越轘辕,经通谷,陵景山。日既西倾,车殆马烦。尔乃税驾乎蘅皋,秣驷乎芝田,容与乎阳林,流眄乎洛川。于是精移神骇,忽焉思散。俯则未察,仰以殊观。睹一丽人,于岩之畔。乃援御者而告之曰:"尔有觌于彼者乎?彼何人斯,若此之艳也!"御者对曰:"臣闻河洛之神,名曰宓妃。然则君王所见,无乃是乎?其状若何,臣愿闻之。"

余告之曰:其形也,翩若惊鸿,婉若游龙,荣曜秋菊,华茂春松。仿佛兮若轻云之蔽月,飘飖兮若流风之回雪。远而望之,皎若太阳升朝霞。迫而察之,灼若芙蕖出渌波。秾纤得衷,修短合度。肩若削成,腰如约素。延颈秀项,皓质呈露,芳泽无加,铅华弗御。云髻峨峨,修眉联娟,丹唇外朗,皓齿内鲜。明眸善睐,靥辅承权,瑰姿艳逸,仪静体闲。柔情绰态，媚于语言。奇服旷世，骨象应图。披罗衣之璀璨兮，珥瑶碧之华琚。戴金翠之首饰，缀明珠以耀躯。践远游之文履，曳雾绡之轻裾。微幽兰之芳蔼兮，步踟蹰于山隅。于是忽焉纵体，以遨以嬉。左倚采旄，右荫桂旗。攘皓腕于神浒兮，采湍濑之玄芝。

余情悦其淑美兮，心振荡而不怡。无良媒以接欢兮，托微波而通辞。愿诚素之先达兮，解玉佩以要之。嗟佳人之信修兮，羌习礼而明诗。抗琼珶以和予兮，指潜渊而为期。执眷眷之款实兮，惧斯灵之我欺。感交甫之弃言兮，怅犹豫而狐疑。收和颜而静志兮，申礼防以自持。

于是洛灵感焉，徙倚彷徨。神光离合，乍阴乍阳。竦轻躯以鹤立，若将飞而未翔。践椒涂之郁烈，步蘅薄而流芳。超长吟以永慕兮，声哀厉而弥长。尔乃众灵杂沓，命俦啸侣。或戏清流，或翔神渚。或采明珠，或拾翠羽。从南湘之二妃，携汉滨之游女。叹匏瓜之无匹兮，咏牵牛之独处。扬轻袿之猗靡兮，翳修袖以延伫。体迅飞凫，飘忽若神。凌波微步，罗袜生尘。动无常则，若危若安。进止难期，若往若还。转眄流精，光润玉颜。含辞未吐，气若幽兰。华容婀娜，令我忘餐。

于是屏翳收风,川后静波。冯夷鸣鼓,女娲清歌。腾文鱼以警乘,鸣玉鸾以偕逝。六龙俨其齐首,载云车之容裔。鲸鲵踊而夹毂,水禽翔而为卫。于是越北沚,过南冈,纡素领,回清阳,动朱唇以徐言,陈交接之大纲。恨人神之道殊兮,怨盛年之莫当。抗罗袂以掩涕兮,泪流襟之浪浪。悼良会之永绝兮,哀一逝而异乡。无微情以效爱兮,献江南之明珰。虽潜处于太阴,长寄心于君王。忽不悟其所舍,怅神宵而蔽光。

于是背下陵高,足往神留。遗情想象,顾望怀愁。冀灵体之复形,御轻舟而上溯。浮长川而忘返,思绵绵而增慕。夜耿耿而不寐,沾繁霜而至曙。命仆夫而就驾,吾将归乎东路。揽𬴊辔以抗策,怅盘桓而不能去。

捐躯赴国难 视死忽如归读

曹植《白马篇》

牟世金

作者介绍

牟世金(1928—1989),四川忠县(今属重庆)人。1960年毕业于山东大学中文系。山东大学教授、《文心雕龙》研究室主任,中国古代文论学会第二届常务理事,中国《文心雕龙》学会第一届常务理事、秘书长。

推荐词

我们不能把《白马篇》完全视为曹植的"自我写照"。诗中有作者在内而又不是完全写他自己,塑造一个作者崇敬的人物形象,而又反映了当时多数人的愿望和理想,正是此诗成为历代传诵佳篇的重要原因。

白马饰金羁,连翩西北驰。借问谁家子?幽并游侠儿。
少小去乡邑,扬声沙漠垂。宿昔秉良弓,楛矢何参差!
控弦破左的,右发摧月支。仰手接飞猱,俯身散马蹄。
狡捷过猴猿,勇剽若豹螭。边城多警急,虏骑数迁移。
羽檄从北来,厉马登高堤。长驱蹈匈奴,左顾凌鲜卑。
弃身锋刃端,性命安可怀?父母且不顾,何言子与妻!
名编壮士籍,不得中顾私。捐躯赴国难,视死忽如归!

《白马篇》属乐府歌辞《杂曲歌·齐瑟行》,以篇首二字名篇。这首诗塑造了一位武艺高超而有强烈爱国精神的英雄形象,是曹植前期的代表作品。

曹植生于汉献帝初平三年(192),正好这年曹操已击败黄巾军,收编为青州兵。所以,曹植所经历的已是汉末大乱的后期了。但他自称"生乎乱,长乎军"是不错的,其青少年时期,确随其父曹操南征北战,有过一些军旅生活。自汉末分裂割据以来,为国家的统一和社会的安定而献身,一直是时代的最强音。《白马篇》正是这样一曲时代的慷慨高歌。

郭茂倩《乐府诗集》谓此篇:"言人当立功立事,尽力为国,不可念私也。"吴淇《六朝选诗定论》提出,"此篇当与《名都篇》参看。彼一少年专事游戏,此一少年只是卖弄他一身本事",并从本诗的"少小""宿昔"等句,看到"今日捐躯赴国,非一朝一夕之故"的深意。古人的这些评论对我们认识此诗是有一定帮助的。当时确有一些如《名都篇》所写斗鸡走马的京洛少年,日复一日地在醉生梦死中消磨岁月。张铣注《文选》有云,《名都篇》乃"刺时人骑射之妙,游骋之乐,而无爱国之心"。这种人和《白马篇》中"捐躯赴国难,视死忽如归"的英雄形象,确有鲜明的对照作用,由此更显出白马少年的"尽力为国"和"爱国之心"的可贵。但是,为国与爱国的具体内容和实质是什么,古人未曾说破,这是今天的读者所不能满足的。

从汉末长期割据分裂的战乱现实可知,国家的统一,社会的安定,是整个社会的客观需要,为了统一而征战一生的曹操，特别是他那种"烈士暮年，壮心不已"的豪情，也不能不对经历过一些"世积乱离"的曹植以深刻的影响。这两方面的结合，就铸成了本诗歌颂的英雄形象。他既有精绝的武艺，又有为了国家而视死如归的美德。只有这样的人，才是当时所急需的，才能为现实做出应有的贡献。所以，这位英雄形象，是时代的思想在曹植的笔下凝聚而成的。朱乾《乐府正义》以为此诗"实自况也"，近人更发展其说而谓这位英雄"实际上是诗人的自我写照"，都觉缩小了它丰富的时代意义。

清人方东树认为："此篇奇警。"（《昭昧詹言》卷二）正概括了这首诗艺术上的特点。起首二句"白马饰金羁，连翩西北驰"，就既警且奇了。诗是歌颂英雄人物，首二句虽未写人而人在其中。这位白马英雄为何疾驰？又为何是直奔西北？显然，一着墨就紧扣读者心弦，创造了令人惊奇的浓郁气氛。西北是古来多事之地，不断遭到侵犯者的骚扰破坏，以致酿成巨大的战祸。所以，"连翩西北驰"的战士，显示了情况的紧急。下面的"边城多警急，虏骑数迁移。羽檄从北来，厉马登高堤"，正是这种紧急情况的具体说明：边地的城池已多次告急，犯边的骑兵活动频繁，步步紧逼；插上羽毛的紧急文告从北方传来，边防将士策马登上了高高的防御工事。这既是必须"西北驰"的原因，也是"西北驰"行动的继续。

这里的"奇"，是不先叙军情事由，以"白马饰金羁，连翩西北驰"二句突然而起之后，仍不直述因果，却用慢笔插入"借问谁家子"以下一大段铺陈。作者这样安排，一是以写人物为主，而不以叙事为本。前两句写人，紧接"借问谁家子"十二句是为了说明他是何等样的人。人物形象以此而更为突出了。二是起笔紧，间以缓，再继之以急，使文章波澜起伏，曲折生姿，而不流于板滞。三是层层补叙，次第井然："借问"十二句以补"西北驰"者为何人，"边城"四句以补"西北驰"的原因。

巧妙地补入"借问谁家子"一段是十分必要的。在长期的战乱中，人们盼望的，正是久经沙场而武艺高强的英雄人物。无论"为国"与"爱国"，在当时的情况下，徒有其愿是无济于事的。所以，诗人用高度凝练的笔墨，集中概括地说明了这位英雄的勇猛：

借问谁家子，幽并游侠儿。少小去乡邑，扬声沙漠垂。
宿昔秉良弓，楛矢何参差！控弦破左的，右发摧月支。

仰手接飞猱，俯身散马蹄。矫捷过猴猿，勇剽若豹螭。

这种问答式和上下左右的铺陈描写，自然是学习汉乐府民歌的表现方法。曹植学得较为成功，在于不是简单的形式模拟，而是从表达内容的需要出发。这里有很深的用意。幽并二州，是自古多豪侠之士的赵燕故地。这位英雄既是"幽并游侠儿"，可见其根基不浅，经历非凡，此其一。事实上，他自幼离家，已久经征战而"扬声沙漠垂"了。唐人有"醉卧沙场君莫笑，古来征战几人回"之句，他却是身经百战、扬声沙场的凯旋者，此其二。他为什么能扬声沙漠呢？就因为他有超人的勇武，于是以热情的颂歌，精心描述了英雄的武艺，此其三。不仅这三个层次，一环紧扣一环，层层深入，使人确信其能安边卫国，写其武艺的几句，也是如此："宿昔"二句说明其武艺的精深，并非一朝一夕之功，而是在长期不懈的骑射中苦练出来的。"参差"二字很值得注意。它的本意是长短不齐，这里讲箭的"何参差"，其意何在呢？似不好理解，于是，此诗的多数注译和分析者，都把它引申为"多"，字义上的引申虽也可以，但这里如果真是讲箭矢何其多，便觉索然无味了。曹植工于练字，其实这是很好一例。上言"宿昔秉良弓",是说早早晚晚弓不离手,岂能是持之观赏?下言"楛矢何参差",自然就是状其射出之箭的纷纷疾驰,络绎不绝了。我们于此,正可看到所写人物习艺之勤。握有这样的苦练功夫,进而道其武艺之精,就有较大的说服力了:不仅左右开弓,都能中的,仰射飞猱,俯射马蹄,无论上下左右,或动或静,都能百发百中。这里虽只说其骑射之精,却概括了他的全部武艺。正因如此,故能敏捷胜过猿猴,勇猛有如虎豹与蛟龙。也正因他有如此勇猛,所以在"边城多警急"之际,能有"长驱蹈匈奴,左顾凌鲜卑"的气概。通过以上描写,读者对此是完全信得过的。但必须指出的是,"长驱"二句只是概括性的说法,并非实指。所谓"蹈""凌",不过表示可以战胜之意,并非已然之词;"匈奴"与"鲜卑",也是泛指边地的骚扰者,如果视为真的指古代的匈奴和鲜卑,则匈奴与鲜卑当时是否曾同时犯边于西北,反击者怎样既"长驱蹈匈奴",又"左顾凌鲜卑",都是无法解释的;即使能解释,也失去了诗歌艺术的广泛意义。

诗歌到此,所写英雄人物已被推到顶点,对于颂歌来说,似乎无以复加,无话可说了。但塑造一个完整的、有血有肉的英雄形象，这里才完成一半，下面还有相当重要的一半，就是英雄人物可贵的精神世界：

弃身锋刃端，性命安可怀？父母且不顾，何言子与妻！

名编壮士籍，不得中顾私。捐躯赴国难，视死忽如归！

投身于锋刃之中，首先是把个人的生死置之度外，再就是要舍得割断父母妻子之爱，然后才能做到捐躯为国，视死如归。这些字字千钧的豪言壮语，我们读来并无空泛的印象，反觉句句真切，感人至深，原因何在呢？首先是本诗通篇高昂的情绪感染了读者，它引导着读者的激情步步上升，自然而然地达于非此不可的境地，如果把这段话移到诗前，就绝难起到它现有的作用。二是作者安排了一个巧妙的过渡："长驱蹈匈奴，左顾凌鲜卑。"这两句既是前段描写的自然归宿，又是诱发后段豪情的有力引言。此二句是正面写勇，点出人物的英雄气概。而这种勇，是和"性命安可怀"分不开的，贪生怕死的人就谈不到什么勇了。不畏锋刃，毫无个人私念，而视死如归的精神，正是英雄气概的本色，也是勇的动力和具体表现。我们读到"长驱蹈匈奴"二句时，不仅能接受其思想，而且有快感。伴随着这种快感过渡到下段,就是非常自然的了。所以,紧接在"长驱"二句之后的豪言壮语,不仅是全诗的有机组成部分,且逐步发展到"捐躯赴国难,视死忽如归",才把诗的主题引向最高潮。现在出现在读者面前的,才是具有巨大感人力量的爱国主义英雄形象。

诗以言志。《白马篇》抒发了作者自己的报国之志,这是毋庸置疑的。如曹植在《杂诗》之五中所说"闲居非吾志,甘心赴国忧",就和《白马篇》的基本思想一致。但我们又不能把《白马篇》完全视为曹植的"自我写照"。诗中有作者在内而又不是完全写他自己,塑造一个作者崇敬的人物形象,而又反映了当时多数人的愿望和理想,正是此诗成为历代传诵佳篇的重要原因。这种技艺高超而一心为国的人物,不仅在整个封建社会中是可贵的,他的精神直到今天,仍有值得发扬之处。诗歌能具有这种深远的艺术力量,就因为它是用高度概括的方法,通过鲜明的艺术形象写成的;同时又必须看到,曹植能创造出这种传神百代的爱国英雄形象,是倾注了他自己的满腔报国之志的。试细读这样两句:"父母且不顾,何言子与妻!"这是身临疆场者非常现实、非常具体的问题,能说它是言不由衷的大话?此二句若非真情,则不仅"性命安可怀""视死忽如归"等靠不住,全诗以至"甘心赴国忧"等,都将变成假话。"父母"二句讲得如此具体和深刻,如果读者体会到它是出自作者刚毅果断的内心,自会感到诗人熔铸在这个人物身上的情感是很不一般的。至少可以说,作者是真诚而热情地歌颂这种自我牺牲精神,也在一定程度上表白自己的决心;它不过是"甘心赴国忧"这类直陈其情的剖视。曹植在这首诗中,只是没有出场自白,而是把他的激情凝聚在更完美的白马英雄身上,尽情歌颂他,倾其才力来塑造其高大形象。也正因如此,他才创造了这位历久不衰的英雄形象。

丈夫志四海　万里犹比邻

曹植《赠白马王彪》赏析

施蛰存

作者介绍

施蛰存(1905—2003),著名作家、文学翻译家、学者,华东师范大学中文系教授。

推荐词

最后四句:"王其爱玉体,俱享黄发期,收泪即长路,援笔从此辞。"是本章的结语,也是全诗的总结。语挚情深,前二句是深心的祝愿,后二句则是点明赠别之意。而在感情的披露上却又达到高峰,语虽平淡,而字字血泪。

黄初四年五月，白马王、任城王与余俱朝京师，会节气。到洛阳，任城王薨。至七月与白马王还国。后有司以二王归藩，道路宜异宿止。意毒恨之。盖以大别在数日，是用自剖，与王辞焉。愤而成篇。

其一

谒帝承明庐，逝将归旧疆。清晨发皇邑，日夕过首阳。
伊洛广且深，欲济川无梁。泛舟越洪涛，怨彼东路长。
顾瞻恋城阙，引领情内伤。

其二

太谷何寥廓，山树郁苍苍。霖雨泥我涂，流潦浩纵横。
中逵绝无轨，改辙登高冈。修坂造云日，我马玄以黄。

其三

玄黄犹能进，我思郁以纡。郁纡将何念？亲爱在离居。
本图相与偕，中更不克俱。鸱枭鸣衡轭，豺狼当路衢。

苍蝇间白黑，谗巧令亲疏。欲还绝无蹊，揽辔止踟蹰。

其四

踟蹰亦何留？相思无终极。秋风发微凉，寒蝉鸣我侧。
原野何萧条，白日忽西匿。归鸟赴乔林，翩翩厉羽翼。
孤兽走索群，衔草不遑食。感物伤我怀，抚心长太息。

其五

太息将何为？天命与我违。奈何念同生，一往形不归。
孤魂翔故域，灵柩寄京师。存者忽复过，亡没身自衰。
人生处一世，去若朝露晞。年在桑榆间，影响不能追。
自顾非金石，咄唶令心悲。

其六

心悲动我神，弃置莫复陈。丈夫志四海，万里犹比邻。
恩爱苟不亏，在远分日亲。何必同衾帱，然后展殷勤。
忧思成疾疢，无乃儿女仁。仓卒骨肉情，能不怀苦辛？

其七

苦辛何虑思？天命信可疑。虚无求列仙，松子久吾欺。
变故在斯须，百年谁能持？离别永无会，执手将何时？
王其爱玉体，俱享黄发期。收泪即长路，援笔从此辞。

诗人曹植（192—232）字子建，是曹操的第三子，魏文帝曹丕之弟。据《魏志·陈思王传》载：他少有俊才，聪敏好学，曹操对他很钟爱，几次想立他为太子，由于他"任性而行，不自雕励"，终于失宠。而曹丕则"御之以术，矫情自饰"，遂得定为嗣。曹丕即帝位以后，猜忌兄弟诸王，对他施行压制和迫害，屡次将他贬爵徙封，他很不得志。他的生活和创作，可以曹丕称帝那年为界，分为前后两期。前期诗作，主要是表现自己向往建功立业的政治抱负，也写了一些反映战乱和人民疾苦的诗，具有进步意义。后期诗歌大多抒发渴望自由、反抗迫害、蔑视庸俗的思想感情和怀才不遇的愤懑。由于时遭迁徙，处境窘困，骨肉之情，流离之苦，他真实地体验到了人生的悲痛和被迫害的哀伤。这篇《赠白马王彪》更是悲愤交集地控诉了曹丕等人的残忍与酷虐，深刻地揭露了统治阶级内部的矛盾和黑暗。

这首诗是曹植的著名作品。全诗按思想内容的段落，分为七章。七章不是七首，诗仍是一首。汉魏时还没有长篇五言诗，像唐代的五言古诗。所以思想内容多的诗，不是七句八句可以表达，就采用分章的办法。这种形式，古代称为"连章"，现代名为"组诗"。

本诗前有一段"诗序",说明写作这首诗的时、地和本事。序文说:黄初四年(223)五月,白马王曹彪、任城王曹彰和我一同来到京城,行会节气之礼。到洛阳不久,任城王暴卒。到了七月,我和白马王归回封地,本可同路东行,后因监国的官吏,迎合皇上的意旨,认为二王归藩,沿途不得同行同宿。心中每每痛恨,因为永别可能就在几天之内,可以把自己心里的话剖白出来,跟白马王告辞,就悲愤地写成这首诗。

诗的第一章,写初离京都的心情。这章诗措辞委婉,但流露出深心的怨抑和伤感。开篇两句叙说这次来京,本为晋谒皇帝,现在是朝会已毕,即将返回旧疆。诗人此刻虽已徙封雍丘,但仍居鄄城,所以诗中的旧疆是指鄄城。三、四两句,写早晨从洛阳出发,傍晚时分经过首阳山。首阳山在洛阳东二十里,是东归的第一站。"伊洛"四句曲写经过伊水、洛水的当儿,河水既深且广,没有桥梁可以渡过,只好乘船越过惊涛巨浪。想到行旅的艰苦,而又遭生离死别,诗人在"怨彼东路长"这句中,突出"怨"字以示内心的悲伤。"东路",即东归之路,诗人的哀怨,分明来自骨肉的惨别和政治上遭受的冤屈,只说"怨东路之长",可见有悱恻之情，极为哀婉。接着以"顾瞻"两句，深化了这种情感，表明自己虽已离开京城，但非常眷恋，因而回头西望，极目伤怀。眷恋之深，正见受压迫之重。这章是全诗的开端，也是长歌当哭的开始。

第二章写越过伊、洛二水之后，正逢霖雨，道路泥泞，欲前无路，人马疲累，不堪其苦。这章先写路过太谷的情况："太谷何寥廓，山树郁苍苍。"太谷亦称通谷，在洛阳东南五十里。诗人感到此刻太谷更加寂寥深远，山上的树木，却显郁郁苍苍，外界凄凉的景色，更衬映出行人心境的忧伤，接着以"霖雨泥我涂"四句，写路上因为连日下雨，泥泞阻塞了归路，河水泛溢，四野洪潦，大路上无法通行，只得改走山路，登高陟险增加了行旅之苦。结句"修坂造云日，我马玄以黄"，"修坂"，即长坡。陡峻的山坡路，高到天上，马也累得病了。《诗·周南·卷耳》篇："陟彼高冈，我马玄黄。""玄黄"指马病，意思是：玄色的马因病极变成黄色了。《离骚》："仆夫悲余马怀兮，蜷局顾而不行。"两句是说：仆夫悲感，我马思归，而道路屈曲，顾瞻难行。诗人兼用《诗》《骚》之意，通过人马困顿，含蓄地诉说旅途的艰苦。不说内心的悲抑，而悲抑自在其中。

第三章从人事着笔，由政治上遭受的迫害，表明兄弟不得同路相亲，是由于小人的离间。起笔以"玄黄犹能进"紧承前章，"犹能"表示进一层的转折。"玄黄"四句是说：马虽病了尚能奋力前进，而我心的郁结之情却无由纾解。我之所念，乃在于亲爱者的离别，我和白马王是亲骨肉，却连结伴同行这点自由也被剥夺，几天以后即将长期分别，我怎能抑止内心的惨痛！接着以"本图相与偕，中更不克俱"两句，表明在初出都时候，尚未有"异宿止"之命，只因出都以后，监国使者和一些官员，讨好皇上，佞言希旨，才中途下了命令不许二王同路。（这两句诗的命意，序文中本有说明，这里是重新申诉。）诗人对这些小人深恶痛绝，于是大声痛斥道："鸱枭鸣衡轭，豺狼当路衢。苍蝇间白黑，谗巧令亲疏。"鸱鸮（枭）俗称猫头鹰，是不祥之鸟。豺狼是恶兽。现在鸱鸮竟在乘舆之侧作不祥的喧嚣，可见皇帝身边小人之多；豺狼居然当道，可见政治的黑暗。这批邪恶的小人，又像苍蝇那样颠倒黑白，搬弄是非，致使亲兄弟反而被猜忌被疏远，谗佞反而成为亲信，何等痛心的事啊。如果说，前两章抒发的只是怨悱悲苦之情，这一章则是迸发了不可遏止的悲愤了。不难看出，其矛头所指，乃是曹丕那个阴暗的政权，在文字上可说是淋漓尽致。这章结句说："欲还绝无蹊，揽辔止踟蹰。"诗人痛感在朝谗人既多，自己又欲还无路，日暮途远，只有含悲揽辔、徘徊不前，而有人间何世之感！

第四章通过秋天原野日暮凄凉的景象，抒发自己感物怆怀的心情。首二句承前，表明自己虽是踟蹰不前也难以停留。而兄弟别后的相思，则是永无终极的。中间八句，写旅途中原野萧条的景象：秋风已经吹来了微凉，寒蝉在近旁哀唱。原野上满是秋意。夕阳很快在西方下落，飞鸟振翅向林子里归飞。孤兽在寻找自己的群体，衔着草儿也无心去吃。诗人借景抒怀，在八句中写了秋风、寒蝉、落日、归鸟、孤兽等物象。鸟且思归，兽且求侣，见到这些物象，怎能不增添离别之悲。"感物怆我怀，抚心长太息"两结句，表明诗人在此时此刻，只有把内心的哀痛，付之长叹了。

诗的第五章，进一步倾诉哀痛的根由，痛感人生无常，由任城王的暴死则有死生之感，对白马王则更添离别之悲。"太息将何为，天命与我违"八句，感叹命运总是和心愿相违背的，怎奈想念到同胞兄弟，竟然在仓促之间长离人世，死者的孤魂，虽已飞回旧日的封地，而灵柩仍然寄放在京城。想到自己和白马王很快也会死去，一旦身衰，亡没也无从避免。这几句情绪低沉而词意激烈。悼念逝者，甚至也是对存者不幸遭遇的痛悼。"人生"以下六句，则是诗人在悲痛中自求解脱之语。诗人说：人生本来就是短暂的，就像太阳光照下的朝露，一忽儿露珠就会晒干。"人生处一世，去若朝露晞。"这就是惨痛的人生现实。人到晚年，就像太阳在桑榆之间，这种晚景，想留也不会多久，时光流逝之快，就是最快的光和声也追赶不上。自己也并非金石，抚事怆怀，却也不能抑止哀感。人们常用"痛定思痛"这个词语，表示最大的悲痛，乃在于痛定以后的回思。诗人由于哀痛无由诉说，于是归咎于天命之可疑，归咎于人生的无常，于是感到自己和白马王虽在盛年也竟有桑榆晚景之叹。

第六章写安慰白马王之情，也借以自慰。开头两句"心悲动我神，弃置莫复陈"，诗人深感内心的悲痛，影响到自己的精神，所以力求撇开悲痛，警示自己不要再提起它。接着就以"丈夫志四海，万里犹比邻"等八句，于痛楚中陡作振奋。诗人认为大丈夫志在四方，纵使相隔千万里，还感到好像就在近邻一样。倘使友爱之情彼此没有减少，相隔虽远，在情谊上倒反会与日俱增。何必定要同衾同裯地生活在一起，然后才能互展深情呢！再说如果为了别离就忧伤成病，那就是幼稚的少年儿女之情了。这八句词气慷慨，情调转为高昂。然而内心的悲痛，并未完全解脱，毕竟还是难以忘情，所以在这章的结句说："仓卒骨肉情，能不怀苦辛。"对于生者的离别，尽管能用"万里若比邻"的豪语，互相勉励，而对于骨肉仓促的永别，则不能克制其悲辛。显然，这两种心情是极其矛盾的，但这种矛盾的存在，正符合诗人的身世，表明诗人是个有血有肉、有理智、有性情的真人。所以在这章诗中，虽然在心情上交织着痛苦和矛盾，而在文字上，正是出于肺腑之词。

诗的末章写惜别的深情。这章前四句因任城王之死，从苦辛中省悟到"天命可疑""求仙无用"，更和第四章中"天命与我违"相呼应。次四句因祸福无常，变故发生在顷刻之间，表明百年善终，谁也没有把握。因后会难期，更不知和白马王重新欢晤能在何日？又不免使人肺肝摧裂。最后四句："王其爱玉体，俱享黄发期，收泪即长路，援笔从此辞。"是本章的结语，也是全诗的总结。语挚情深，前二句是深心的祝愿，后二句则是点明赠别之意。而在感情的披露上却又达到高峰，语虽平淡，而字字血泪。

哀婉悱恻 慷慨激昂

曹植《杂诗》赏析

吴小如

❧ 作者介绍 ❧

吴小如,北京大学中文系、中国中古史研究中心教授,中央文史研究馆馆员。主编过《中国文化史纲要》,著有《读书丛札》《中国文史工具资料书举要》等二十多种图书。

❧ 推荐词 ❧

综观曹植一生传世之作,其有代表性的大约分为两大类:一类哀婉悱恻,另一类则慷慨激昂。《杂诗》第一、四两首属前者,第六首显属后者。

梁昭明太子萧统的《文选》曾选曹植的《杂诗》六首，今本曹植诗集中这六首也是编排在一起的，看来在当时乃是脍炙人口之作，虽然它们的写作时间未必相同。《文选》李善注以为此六诗皆曹植徙封雍丘后所作，今人黄节和古直都提出了各自的修正意见，今择其第一、第四、第六三首略加讲析，同时也提出自己的点滴看法。第一首是：

高台多悲风，朝日照北林。之子在万里，江湖迥且深。
方舟安可极，离思故难任。孤雁飞南游，过庭长哀吟。
翘思慕远人，愿欲托遗音。形影忽不见，翩翩伤我心。

旧说大都议此诗为作者怀念其弟曹彪之作，较可信。古直《曹子建诗笺定本》系于魏文帝黄初四年（223）。这一年曹植自鄄城王徙封雍丘王，曾入朝，《定本》以为此即入朝时所作。而黄节《曹子建诗注》则谓当作于徙封雍丘之前。两家之说先后相去不及一年，似乎关系不大。当时曹彪封吴王，都广陵（今江苏扬州），古直《笺》云："魏地东尽广陵。吴当为广陵。广陵，（西汉）吴王濞都也。"广陵是魏王朝当时东南边界，隔江与东吴相对，距魏都最远，故诗中有"之子在万里"之句。

此诗开头两句实属景语，并无影射比喻之意。自李善《文选》注引《新语》："高台喻京师，悲风言教令。朝日喻君之明，照北林言狭，比喻小人。"下文又云："江湖喻小人隔蔽。"后人乃多从其说。这就把两句摹绘秋日景色的名句给牵强比附得全无诗意。窃谓此诗下文既有"孤雁飞南游"之句，自当作于秋天，则首句"高台多悲风"亦属秋景无疑。登高可以望远，所以思远人也；而时值秋令，台愈高则风自然愈凄厉，登台之人乃因风急而愈感心情之沉重悲哀。说风悲正写人之忧伤无尽。这一句简括凝练，开后人无数法门。如大谢句云："明月照积雪，朔风劲且哀。"是化一句为两句，又如老杜之"登高"七律（"风急天高猿啸哀"一首），只是把此一句衍化为五十六字之长诗。故我以为曹植此五字之所以为名句，正以其虽作景语，实寓深情也。次句"朝日照北林"，固亦景语，却化用《诗·秦风·晨风》之首章："鴥彼晨风，郁彼北林，未见君子，忧心钦钦。""北林"者，乃女子思其夫之地，故作者《种葛篇》写思妇有"徘徊步北林"之句，而此篇亦以"朝日照北林"起兴，古人以夫妇与兄弟关系相互为喻，盖始于《诗》三百篇，即曹植诗中亦屡见不鲜。此处点出北林，正隐含《诗》中下文"未见君子，忧心钦钦"之意，所以作者紧接着写到"之子在万里"了。夫己之所思既远在万里之外，而"江湖迥且深"一句更是寓意深远，情韵不匮。盖江湖阻隔彼此之消息是一层，而"之子"却经过这样遥远而艰难的路程走向万里之外，其身心所受之摧伤折磨可想而知，又是一层；况其身既远，他日归来更非易事，为对方设身处地着想，自然更深了一层。只写道路隔阔，已诉不尽别恨离愁，何必又节外生枝，添上一个局外的"小人"呢！故李善注文为我所不取。"方舟"二句又紧承"江湖"句而言。"方舟"，二舟相并，古时为大夫所乘用；"极"，至。江湖深迥，舟不能及，故"离思难任"，"任"者，负荷也。把"离思"写得十分沉重压抑，可见其中有多少愁苦幽怨之情。这虽只就自己一面说，实际上也体现出所思之人同样是不胜其愁苦幽怨了。

以上六句为第一段，自"孤雁"句以下六句为第二段。

"孤雁飞南游",表面上是写实,即作者在登高望远之际看到孤雁南飞,实则蕴涵着好几层意思。盖古人以"雁行"喻兄弟,曹彪封吴,无异流放,已似孤雁南游;今自己亦如孤雁,故"过庭"而"长哀吟"。"过庭"虽用《论语·季氏篇》"鲤趋而过庭"的字面,实借喻自己的入朝。但诗句仍作实写,故见孤雁哀鸣而"翘思慕远人"。李善注:"翘,悬也。""翘思",等于说"悬念";"慕",有念念不忘之意。不但见孤雁而思远人,并且把希望寄托于雁,问它是否愿为自己捎个信儿去。但雁飞甚速,形影倏忽间便已不见,这就更使作者黯然神伤了。"翩翩"形容鸟疾飞之貌。连孤雁都翩然而逝,说明自己怨怀无托。结语似意犹未尽而已令人不忍卒读,是真正写情高手。

此诗用笔似浅直而意实深曲,前六句以赋体为主,却似比兴(也难怪前人用比附之意去勉强解释),后六句以比兴为主,反近于赋体。这说明作者深得《诗》三百篇之三昧,而出以五言新体,故为建安以来诗中绝唱。

下面请看第四首:

南国有佳人,容华若桃李。朝游江北岸,夕宿潇湘沚。

时俗薄朱颜，谁为发皓齿？俯仰岁将暮，荣华难久恃。

这一首，黄节以为作者于黄初四年（223）徙封雍丘后数年内所作，其说近是。

如果说"高台多悲风"一首是继承和发展了《诗》三百篇的，那么这一首则直接渊源于《楚辞》。丁晏（《曹集诠评》卷一）在《九愁赋》眉评中说："托体楚《骚》，而同姓见疏，其志同，其怨亦同也。文辞凄咽深婉，何减灵均（按指屈原）。"这些话皆可转引以评此诗。

此诗共八句，一韵到底，每两句为一小节，而每一小节皆具一转折。首句"南国有佳人"，说的是美女，实指屈原，即用以自况。盖屈赋每以美人比贤才，故作者亦以容颜之美喻才华之高。"容华"句，言佳人之姿容姣好，如桃李之明艳。屈原之流放，先在江北，后到江南，故此诗三四句言"朝游江北岸，夕宿潇湘沚"。"潇湘"，指清而深的湘水（"潇"非水名）；"沚"，渚，岸边小块陆地。这两句以屈原的被流放隐喻自己被朝廷疏远。"时俗"二句，喻才高貌美而为世俗所轻，因而自己也无处向人倾诉，只能缄口不言。"薄"，轻视。"谁为"，倒装语，等于说"为谁"。"发皓齿",犹启玉齿。这句指美人无可告语,也有"纵有话也不想说了"这一层意思。最末两句说光阴易逝,青春女子纵然光彩照人("荣耀",谓青春焕发,光彩照人),却很难久恃。"俯仰",等于说一瞬间,这里喻时光迅疾。"岁将暮"有两层意思,一是指一年即将过去,二是同时也指一生的时光也很容易流逝。正如《离骚》中说的"老冉冉其将至""恐年岁之不吾与"。

开头两句虽属客观描述,却是极力赞扬语气。接着写三、四两句,虽未明言流放,实已点出这位"佳人"的漂泊生涯。言外暗示给读者,以"佳人"容华之美,才质之妍,却受到如此不平冷遇,令人寒心。这一层转折并不明显。然后作者明白指出,"时俗"对"佳人"并不重视,即使内心可倾诉者多,又有谁来听取呢!然则"佳人"所处之逆境将无法挽回了。这一层转折是很清楚的。但可虑的乃是时不待人,荣耀不能久恃,一旦"佳人"失去了成为"佳人"的条件,即使再有人赏识也来不及补救了。这才是一位"佳人"的真正悲剧。最后的两句愈转愈深,也愈加体现贤人才士悲凉幽怨的心境。而全诗却戛然而止,把更多的伤心话留给读者慢慢品味。诗虽短却不局促急迫,这是在继承屈赋的基础上，同时也深得温柔敦厚风人之旨的体现。

此诗主题与作者另一名作《美女篇》大体相似。丁晏评《美女篇》云："美女者，以喻君子。言君子有美行，庶得明君而事之，若不遇时，虽见征求，终不屈也。"而此诗之怨情较《美女篇》尤深。《美女篇》云："佳人慕高义，求贤良独难。"即所谓虽见征求而自己却不肯苟从。此则直写"时俗薄朱颜"，故只能默默无言，坐待老大。夫朱颜皓齿，人尚熟视无睹；况青春易逝，荣耀难久，一旦老去，岂不更无可凭恃了！其意较《美女篇》更进一层。然《美女篇》前半有显著模仿汉乐府《陌上桑》痕迹，体近于铺采摛文之赋；此则仅以八句写尽了深曲之情，实以少许胜多许。诗贵凝练，于此可见一斑。

《杂诗》的最末一首是：

飞观百余尺，临牖御棂轩。远望周千里，朝夕见平原。
烈士多悲心，小人偷自闲。国仇亮不塞，甘心思丧元。
抚剑西南望，思欲赴太山。弦急悲声发，聆我慷慨言。

黄节注引曹植《东征赋序》云："建安十九年，王师东征吴寇，余典禁兵，卫官省。"并云："《魏志》建安十九年秋七月，操征孙权，使植留守邺都。植有是赋。此诗盖同时作也。"建安十九年为公元214年，植年二十三。近人注本多从此说。古直《笺》引近人曾运乾说，系此诗于魏明帝太和二年（228）。这一年冬天，诸葛亮统蜀军伐魏，出兵散关，围陈仓。魏遣张郃拒亮，明帝亲至河南城（在今洛阳市西）为郃送行。曹植为此而赋诗明志。时植年三十七。细绎诗意，古、曾说近是，今从之。

综观曹植一生传世之作，其有代表性的大约分为两大类。一类哀婉悱恻，另一类则慷慨激昂。《杂诗》第一、四两首属前者，此诗显属后者。

此诗共十二句，一韵到底，每四句为一节。第一节写登高远眺，统摄全诗；第二节以"烈士"与"小人"对比，借以明志，第三节更深入一层，直言自己以身许国的打算。但第三节的前两句乃承第一节的登高眺远而言，后两句则承第二节的"国仇"二句而言，带有总结全诗的意思。篇幅虽短，却波澜迭起，气象万千，诚为异军突起之佳作。

第一节首句写楼观之高，不高则不能远眺，次句写当窗凭槛，视野自然开阔。"飞观"，形容楼阁耸立，结构宏伟，如飞鸟凌空，"临牖"，等于说当窗，"御棂轩"，等于说凭槛。第三句的"周"字用得确切而有气势,"周"者,遍也,匝也,意思说不论东南西北,都能周遍地望得到千里之外。"朝夕见平原",通常讲成早晚都能看见平原,然则眼中的平原难道还有不成其为平原的时候?古直《笺》云:"朝夕见平原,犹云日出处见平原,日入处亦见平原。"则以"朝"为东方日出处,"夕"为西方日入处(义本《尔雅·释山》)。可见"朝夕"本是表空间的名词,后乃引申为表时间的名词。但鄙意上句既言"周千里",则此句的"朝""夕"似不仅指东、西两面,而是泛指四面八方。正如以朝夕表时间,虽指早晨和傍晚,实概括一昼夜二十四小时而言之。这两句正写出河南地处中原,登高望远,有控驭四方之势。所以表面上看似领起下文,实已体现作者胸罗万象、气盖当世的雄才大略。

第二节,"烈士"指有正义感而不怕牺牲的人,不一定专指死者。"偷自闲",偷安而自甘闲散。"亮",诚然,实在。"塞",防止,杜绝。"国仇"句,是说国家的仇敌诚然一时还消灭不了,"丧元",《孟子·滕文公下》:"勇士不忘丧其元。""元"指头颅。原意是说勇士要时时不忘自己应当有不怕牺牲的精神。"烈士"二句看似泛指,含意实深，意谓自己本是"多悲心"的"烈士"，但每当遇到报国歼敌的机会，却不允许自己参加，尽一分力量，这无异把自己看成苟且偷安的"小人"。这两句诗表面上是客观的、平列的，事实上却洋溢出作者报国无门的一腔义愤。因此接下来坚决表态：在国仇未灭之时，自己是甘心抛头颅、洒热血的。然后转入第三节，承上登高远眺的描写更明确地表示，自己关心双方的战斗，很想亲赴前线。蜀在魏之西南，故作者"抚剑"而瞩目"西南"。"太山"，不是山东的泰山而是指陕西的太乙山（小如按：王维诗"太乙近天都"，指此山。详见古直《笺》引曾运乾说）。此山与终南山相接，在今陕西郿县南，正当蜀军入魏的冲要之地。当时诸葛亮既围陈仓，扬言要从斜谷取道郿县，太乙山正是必经之路，故作者打算奔赴那里迎战敌人。古直《笺》引曾说，并从此诗之言肯定曹植能"知兵要"，确有见地。

最后两句，依黄节注，"弦急"句是比喻作者为什么要让人们听他慷慨陈词。"弦急"指把琴弦绷紧，使调门儿增高，《古诗十九首》所谓"弦急和柱促"正是此意。盖弹琴时如果要使音调高亢激越，必须拧紧琴弦。音调既高"悲声"乃作。这两句意思说琴弦一"急"，琴声自"悲"；而大敌当前,国家多事,自己却被投闲置散,使英雄无用武之地,因此才悲愤交加,慷慨陈词的。这两句既是"国仇"二句的补充,又是全诗的结语。通篇造语悲壮雄浑,结构严整紧凑,句无闲字,篇无闲笔,它体现了曹植后期诗歌艺术的高度成就。

血泪凝成的诗篇

蔡琰《悲愤诗》赏析

金志仁

作者介绍

金志仁,1938年生,江苏如东人。南通大学文学院教授。

推荐词

《悲愤诗》围绕被掳入胡、被赎归汉的经过,布局谋篇"段落分明,而灭去脱卸转接痕迹,若断若续,不碎不乱",既有概写,又有详述,既有重点,又有陪衬,剪裁得当,结构严谨。而字里行间,又渗透着作者极为深挚的感情,可以说是满腔悲愤,一纸血泪。作者感情的波涛千百年来一直冲击着读者的心弦。

蔡琰，字文姬，东汉末年著名学者蔡邕之女。她虽"博学有才辩，又妙于音律"，但一生坎坷，多有不幸。幼年曾随被诬获罪的父亲亡命在外，十六岁嫁河东卫仲道，不久，又因夫亡无子，寡居娘家。董卓乱起，为胡骑所掳，身陷南匈奴十二年，嫁左贤王为妾，后曹操以金璧赎回，她忍痛抛别亲生二子，复归故土再嫁陈留董祀。蔡琰饱经离乱，遭遇悲惨，又有很高的文学才华，才写出了《悲愤诗》这样具有重大社会意义和高度艺术成就的杰作，成为我国文学史上第一个才华出众的女诗人。

《悲愤诗》是五言长篇叙事诗，全诗共计五百四十字，可分三部分。第一部分从"汉季失权柄"到"乃遭此厄祸"，叙述被掳的缘由和入胡途中所遭的苦楚，又分三层来写：第一层先写董卓作乱，挟持汉主，残害忠良，逼迁旧都，志欲篡弑，引起海内震怒，大兴"义师"而共讨之。第二层写董的部下李傕、郭汜率兵大掠陈留、颍川诸县。"斩截无孑遗，尸骸相撑拒，马边悬男头，马后载妇女"，便是当时屠掠情况的真实写照。诗中虽未明言作者被掳，但据诗中所写"马后载妇女"，蔡琰又家居陈留，被掳当在此时，是没有疑问的。〔何焯在《义门读书记》中便指出这点："（李傕、郭汜军）因略陈留、颍川诸县，杀掠男女，所过无复遗类，文姬流离当在此时。"〕第三层详写作者被掳入关途中的情况。虽大多写作者目睹被俘者遭受的非人待遇，表露作者对他们的深切同情，其实作者此时也身陷其境，其遭遇当不例外。

第二部分叙述作者在南匈奴的生活和被赎归汉的情形。从"边荒与华异"到"行路亦呜咽"。这一部分也分三层写。第一层述作者在胡地生活的孤苦和对祖国的思念，这是概括地写。第二层，写作者深知自己能回国时的高兴心情，但又非得与儿子分别不可，又不禁悲痛万分。第三层写难友送别，自己是幸运者，反衬不幸者的痛苦。

第三部分写归途和到家后的情形。"去去割情恋"到篇末。归途的描写仅一笔带过。重点是写回家后亲戚死尽，自己孑然一身，满眼都是萧条残破的景象，又思念远在异邦的孩子，肝胆摧裂，神魂飘逝，痛不欲生。虽经友人劝慰，又托命新人，但仍惴惴终日，郁郁寡欢。在异域思故国，归故国仍愁思萦绕。故最后以"人生几何时，怀忧终年岁"感叹收结。真是痛定思痛，痛何如哉！

该诗通篇围绕被掳入胡、被赎归汉的经过，布局谋篇"段落分明，而灭去脱卸转接痕迹，若断若续，不碎不乱"，既有概写，又有详述，既有重点，又有陪衬，剪裁得当，结构严谨。而字里行间，又渗透着作者极为深挚的感情，可以说是满腔悲愤，一纸血泪。作者感情的波涛千百年来一直冲击着读者的心弦。

但更为难能可贵的是，作者在写她遭遇不幸的时候，没有局限于她个人的身世，而把视线转向更为广阔的社会生活，对当时战事频仍，异族入侵，给广大人民所带来的深重苦难，给社会所造成的严重破坏，做了如实的描绘。如诗中第一部分就以大量篇幅描写了董卓部属东掠西归的情况。董卓军队在东掠陈留、颍川时，把男子杀得一个不留，尸横遍野，这就是诗中写的"斩截无孑遗，尸骸相撑拒"。离开陈留、颍川时，把所斩的人头挂在马旁，把掳获的妇女载在马后，这就是诗中描绘的"马边悬男头，马后载妇女"，而对被俘的人动辄詈骂、捶杖，横施暴虐，这就是诗中反映的"不堪其詈骂"，"或便加捶杖"。再如第三部分以较多篇幅描写了东汉末年战乱给社会带来的极大破坏。作者给我们描绘了这样一幅画面："城郭为山林，庭宇生荆艾。白骨不知谁，纵横莫覆盖。出门无人声，豺狼号且吠。"进入读者眼帘的是荒草蔓蔓，白骨累累，听到的只是豺狼的嚎叫，又绝不闻人语之声。蔡琰大胆地接触到社会的本质，以真实的笔墨描绘了残酷的现实；她跳出个人悲愁的狭窄范围，而对遭难的广大群众寄予真诚的同情。即使在她行将归汉时仍不忘同时陷落异邦的其他妇女。这就使《悲愤诗》的意义远远超出了一般仅描写个人际遇的诗歌。

《悲愤诗》如此动人，除了所述的反映历史的真实深刻和抒写感情的真切深挚外，还有一个重要原因，就是作者成功地塑造了一个饱经忧患屡遭困顿的战乱中的妇女形象，这个形象就是作者自己。

那么作者是怎样塑造这一动人形象的呢？在艺术表现上又具有哪些特色呢？

一、细致真实的心理刻画。《悲愤诗》很注意人物心理的刻画和内心世界的揭示。如写她被掳西入关中，见山重路远、归期难计而产生的想法是"还顾邈冥冥,肝脾为烂腐";写她归汉后见亲戚死尽,旷野萧条而产生的心情是"茕茕对孤景,怛咤糜肝肺。登高远眺望,魂神忽飞逝";写她托命新人后的心境是"流离成鄙贱,常恐复捐废"。这些心理描写都很真实、准确、生动。特别是写她闻讯能得归汉后的心情,更是扣人心弦,感人肺腑。身在异邦,处境孤凄,能得归汉,已属不易,怎能不喜;但要归汉,就要丢弃亲生的两个孩子,永无会期。故国之思与母子之情在这儿成了一对矛盾,不能两全,必须做出取舍。作者在诗中充分展示了她当时极为复杂的心理活动和做出抉择的经过。诗中先写当她听到汉使来迎的心情:"己得自解免,当复弃儿子。天属缀人心,念别无会期。存亡永乖隔,不忍与之辞。"她深知此一去就难再看到两个孩子了,而不忍与之分别。但故国之思又使她决定归汉。但当真要分别时,见亲生儿子抱着她的颈项,声声责备母亲的忍心,作者此时真是柔肠寸断,五内俱崩了。请看诗中是怎样写的吧:"见此崩五内,恍惚生狂痴。号泣手抚摩,当发复回疑。"她一面号泣,一面抚摩安慰孩子,简直要发狂变痴了,归汉的决心也动摇了。真是生离苦于死别啊!但作者出于大义,仍强行割断缕缕情丝,"去去割情恋",强忍着生离的痛苦归汉了。虽然在归途中仍念念不忘"出腹子",但这已是感情的余波,不能再动摇她的决心了。有这部分心理描写,与没有大不相同。它直接关系到人物形象的塑造和主题的揭示。否则,蔡文姬就太绝情或太重儿女私情了。由于作者真实展示了她当时复杂的心理和曲折的思想斗争过程,一个充满柔情又深明大义的母亲形象才呈现在读者的面前。那么,是谁造成这一母子生离的悲剧的呢?作者没有明言,但通过这令人酸心的生离场面的描写,读者已深知作者批判锋芒之所向。

二、个性化的人物语言。《悲愤诗》的人物语言的描写很注意切合人物身份,符合人物的个性特征。比如写董卓兽兵的话语:"毙降虏。要当以亭刃,我曹不活汝。"翻译出来的意思就是:"杀了你这死囚,让你吃刀子,我们不让你活下去了。"这就通过语言活画出这群虎狼之徒对被俘者恶语相加的神态。再如写胡儿与蔡文姬分别时说的一段话:"人言母当去,岂复有还时?阿母常仁恻,今何更不慈?我尚未成人,奈何不顾思?"三个连珠炮式的反问,一层深一层地表达了胡儿对母亲的挚爱和对她弃儿归汉的责备。语气强烈但又极有分寸,问题尖锐却又切合孩子的口吻,使读者如闻其声，如见其人。个性化的语言使得悲愤诗中的人物形象，即使是陪衬人物，个个都栩栩如生，跃然纸上。

三、典型化的细节描写。《悲愤诗》很注意选择具有典型意义的细节来描写人物。如写作者自己的思乡之情，就选择了"有客从外来，闻之常欢喜。迎问其消息，辄复非乡里"这一细节。这一举动是独在异乡的人见到同乡人常有的，更何况沦落异邦的人呢？它不仅揭示了人物的内心世界，也表露了作者对祖国和亲人极为深厚的感情。此外，如"儿前抱我颈""号泣手抚摩""旦则号泣行，夜则悲吟坐""哀叫声摧裂"等细节或人物行动描写，对塑造人物、增强诗的形象性都起了很好的作用。

四、悲剧气氛的强烈渲染。作者很注意调动多种艺术表现方法渲染气氛，以增强诗的感染力。如诗中第二部分写母子分离，气氛已很凄怆，在结尾时作者仍不遗余力地再加渲染。先写同时被掳入胡的妇女"慕我独得归，哀叫声摧裂"作陪衬，又写"马为立踯躅，车为不转辙"，用拟人的手法夸张，再以"观者皆唏嘘，行路亦呜咽"烘托。通过这样反复地渲染，把诗的悲剧气氛推向了顶点，收到了震撼人心的强烈艺术效果。诗中第三段写作者归里后所见，又变换手法，以环境描写来渲染气氛。

五、实录式的叙事手法。《悲愤诗》是一首叙事诗，但它与我国古代许多著名叙事诗如《羽林郎》《陌上桑》《木兰辞》《孔雀东南飞》不同，后者是以第三人称写的，人物形象都是作者塑造的，情节也都是虚构的，这些作品可以叫作小说式的叙事诗。但《悲愤诗》却完全不同。它以第一人称写作者亲身经历、亲眼看见的事情，没有任何虚构之处（虽然也有典型化的过程），可以说是自传式的叙事诗。虽说它们都在不同程度上反映了生活本质，但《悲愤诗》从某种意义来说，更具有真实性。它是诗史。

从上文的分析，我们可以看到《悲愤诗》真正做到了深刻的思想性与高超的艺术性相结合。它成功地塑造了典型环境中的典型人物，强烈抒发了典型人物的典型感情，同时又把叙述、描写、议论、抒情有机地结合在一起，在反映社会本质的广度和深度上，在艺术表现的独特杰出上都达到了一个新的高度。但是正如任何事物都是一分为二的一样，《悲愤诗》也不是完美无缺的，这主要表现在语言的使用上。《悲愤诗》的语言总的来说是好的，质朴无华，真切感人，但也有美中不足之处。其一是，使用了一些文人干瘪晦涩的词语，如"厄祸""迥路""遄征""遐迈""怛咤""参并下""徼时愿"等。由于诗的语言中夹了这些沙子，吟味咀嚼时便有点磕牙。其二是虽然《悲愤诗》通篇能注意词的感情色彩，但在个别的地方仍失之疏忽。比如诗中有这样两句"卓众来东下，金甲耀日光"，蔡琰对豺狼似的董卓军队是深恶痛绝的，自己也深受其害，可在描写这些虎狼之徒时，由于只注意了用词的华丽，却勾画出了一幅"金甲耀日光"，声势赫赫，军威甚壮的画面。这就美化了作者自己所憎恶的对象，起到了与作者意愿相反的效果。当然，这只是白璧上的微瑕，丝毫也遮掩不了全诗的耀眼光辉。《悲愤诗》永远是我国诗歌艺术宝库中的瑰宝。

↘ 原 文

悲愤诗

汉季失权柄，董卓乱天常。志欲图篡弑，先害诸贤良。

逼迫迁旧邦，拥主以自强。海内兴义师，欲共讨不祥。

卓众来东下，金甲耀日光。平土人脆弱，来兵皆胡羌。

猎野围城邑，所向悉破亡。斩截无孑遗，尸骸相撑拒。

马边悬男头，马后载妇女。长驱西入关，迥路险且阻。

还顾邈冥冥,肝脾为烂腐。所略有万计,不得令屯聚。
或有骨肉俱,欲言不敢语。失意几微间,辄言毙降虏。
要当以亭刃,我曹不活汝。岂复惜性命,不堪其詈骂。
或便加捶杖,毒痛参并下。旦则号泣行,夜则悲吟坐。
欲死不可得,欲生无一可。彼苍者何辜?乃遭此厄祸。
边荒与华异,人俗少义理。处所多霜雪,胡风春夏起。
翩翩吹我衣,肃肃入我耳。感时念父母,哀叹无穷已。
有客从外来,闻之常欢喜。迎问其消息,辄复非乡里。
邂逅徼时愿,骨肉来迎己。己得自解免,当复弃儿子。
天属缀人心,念别无会期。存亡永乖隔,不忍与之辞。
儿前抱我颈,问母欲何之。人言母当去,岂复有还时?
阿母常仁恻,今何更不慈?我尚未成人,奈何不顾思?
见此崩五内,恍惚生狂痴。号泣手抚摩,当发复回疑。
兼有同时辈,相送告离别。慕我独得归,哀叫声摧裂。
马为立踟蹰,车为不转辙。观者皆唏嘘,行路亦呜咽。
去去割情恋,遄征日遐迈。悠悠三千里,何时复交会?
念我出腹子,胸臆为摧败。既至家人尽,又复无中外。
城郭为山林,庭宇生荆艾。白骨不知谁,纵横莫覆盖。
出门无人声,豺狼号且吠。茕茕对孤景,怛咤糜肝肺。

登高远眺望,魂神忽飞逝。奄若寿命尽,旁人相宽大。为复强视息,虽生何聊赖?托命于新人,竭心自勖厉。流离成鄙贱,常恐复捐废。人生几何时,怀忧终年岁。

草原风物入诗情

读《敕勒歌》

伍夫楹

作者介绍

伍夫楹，1940年生，台山人。原名伍福盈。1964年毕业于中山大学中文系。曾在山西师范大学中文系执教。1983年10月调入广东教育学院中文系任教授，从事美学、文艺理论等课程的教学。

推荐词

金代诗人元好问写道："慷慨歌谣绝不传，穹庐一曲本天然。中州万古英雄气，也到阴山敕勒川。"对《敕勒歌》可谓备极称赞。

《敕勒歌》是我国南北朝时期一首著名的民歌。这首诗描绘了苍莽辽阔的北方草原，歌唱了大草原的丰美。浓郁的诗意，如画的境界，令人赏心悦目。

敕勒川，阴山下。

天似穹庐，笼盖四野。

天苍苍，野茫茫，

风吹草低见牛羊。

读这首诗，仿佛走进了繁花似锦、无边无际的大草原，饱览了草原迷人的风光。诗一开始，便点明了草原所在的位置。敕勒川是古代地名，不过现在已不容易准确说明它在什么地方，大约是在当时敕勒族居住的草原上，在阴山山脉一带。接下来，"天似穹庐，笼盖四野"两句，写出草原天地的特点。大草原坦荡无垠，向四周沿地平线望去，只见天地边缘相接，仿佛穹庐即巨大而圆的蒙古包笼罩着大地一样。这样描写是很有草原特色的。只有在广袤的草原上生活和观察过，才有可能产生这样真切而独特的感受。之后两句"天苍苍，野茫茫"，是表现天地空阔辽远的佳句，天高而蓝，因而有"苍苍"之感；牧野广漠无边，于是呈现"茫茫"的色彩。然而，诗的最精彩之笔是结句。它没有把草原上多少牛羊全部写出，但读者从草浪起伏的画面中，从隐约处、细微处，却仿佛看见遍布在草原上星星点点数不清的牛羊。这句诗的构思是非常别致新巧的。整首诗独到的构思，也落脚在这里。茂草丰美的草原，加上牛羊的点缀，画面更加生动，更具风姿和诗情。

从艺术表现来说，"风吹草低见牛羊"的描写，是采用欲露故藏的手法。艺术表现上的藏与露，这是艺术的辩证法。掌握和运用这个辩证法，在艺术表现上就能达到以小见大，以有限见无限的效果。所谓"景愈藏，境愈大"，就是这个道理。这是艺术表现的客观规律。就这首诗来说，如果把结尾一句换成"无数牛羊密布在草原上"，这样的意思虽相同，但失之太露，缺乏风致和神采，形象也大为逊色了。

所以，艺术表现要善于藏，要藏之深深。同时也要善于露，不然，艺术形象及其思想内蕴就难以捉摸。不仅诗歌艺术如此，其他艺术也是如此。"善露者未始不藏，善藏者未始不露……若主露而不藏便浅而薄。"（唐志契《绘事微言》）《敕勒歌》这首诗，就妙在很好地处理了表现上藏与露的关系。风吹草浪起伏时，隐约可见牛羊，这无疑是露。但茂密的牧草必然遮掩着许许多多牛羊。虽然诗中没有直接说出，但按照诗的艺术逻辑是不难体味到这种藏的内容的。这里藏是为了露，露则更加深了藏，因而使这首诗境界宏阔，味外有味，耐人咀嚼。

《敕勒歌》是首抒情短诗，气势豪宕，激越奔放。七行诗中，句式略有参差，三言、四言、七言，错杂相间，形成明快、雄健、跳荡的节奏。就一二、三四、五六，三组诗句来看，各自又是整齐的。尤其"天苍苍，野茫茫"两句，叠字叠韵，对偶工整，音韵悠扬、粗犷，韵味深长。千百年来，这首诗博得读者的喜爱和传颂。金代诗人元好问写道："慷慨歌谣绝不传，穹庐一曲本天然。中州万古英雄气，也到阴山敕勒川。"对《敕勒歌》可谓备极称赞。今天，它仍能给人以美的享受，对诗歌创作也还有积极的借鉴意义。

故国与乡思 千载尚有情

王粲《登楼赋》赏析

张永鑫

作者介绍

张永鑫,1961年毕业于北京大学中文系。先后任教于郑州大学、苏州大学、无锡教育学院。出版有《汉魏六朝小赋选》《汉乐府研究》《古典诗文论丛》等著作。

推荐词

《登楼赋》是著名的抒情小赋。它同汉代那种以宫苑、田猎、佚乐、京都为主题,以堆砌辞藻、铺张扬厉为风格的大赋截然不同,大异其趣。全赋平易浅近、洗练自然、明白晓畅、清丽俊爽。王粲运用这种语言,抒写个人情感,婉转动人,深刻淋漓。正如浦铣《复小斋赋话》所说:"《登楼赋》情真语至,使人读之泪下。文之能动人如此。"

赋是一种非文非诗或是兼有诗歌散文特点的文体。它既有散文的铺陈直叙而无其散漫无韵，又有诗歌的音韵节奏而无其严整格律。两汉由于政治的空前统一和经济的高度繁荣，由于汉代统治者学术思想的统治和献赋考赋制度的施行，由于《诗经》《楚辞》和文字学发达的影响，由于先秦纵横家余风的熏染和碑志铭文的勃兴，终于促成了两汉骚体赋、大赋、小赋的繁盛。按照刘勰的说法，汉赋可分"体物""写志"两大类。而王粲的《登楼赋》，便是"写志"一类的抒情小赋名篇。

《登楼赋》是王粲于汉献帝初平三年避乱至荆州依刘表久客思归而作，抒发了诗人深沉的故土之思与怀才不遇的孤愤。全赋共分三段。第一大段写道：登楼举目四眺，暂借这良辰美景来消融郁结的隐忧。城楼巍巍，豁亮宽敞，天下恐难再有像它那样的雄遒。它耸立在洁净如镜的漳水和九回百折的沮水之滨，宛如挟带着澄澄清漳，偎靠着块块长洲。北面地势高隆，平陆广袤，南面地形低湿，水渚润潮。陶牧尽于北陲，昭丘相望西接。杂花硕果覆盖着原野，黄黍红稷铺满了田畴。风光满楼，美不胜收。但它却不是我心中的旧土故乡，又哪里值得我稍加流连逗留！一起两句，作者开门见山，单刀直入，点明登楼的目的是为了"销忧"，为全赋定下一种沉郁悲愤的格调。一个"忧"字，一气贯下，全面展开，涵盖了下面第二、第三大段内容。"清漳""曲沮"八句，写城楼枕水倚洲、拔地顶天的形胜，以确指"显敞而寡仇"的真实不虚，又为"虽信美而非吾土兮，曾何足以少留"二句兜转，从而结清第一段。

第二大段，诗人转为从正面描写思归的情状。作者写道：遭乱避难来到荆州，回首已是一十三年的漫长光阴。眷眷情思怀恋着乡土，无边无际的忧思有谁能忍？拍遍栏杆，凭轩远望，迎着乡风，敞开衣襟。放眼千里平原，山风正浓，遮蔽遥岑。长途漫漫，路程曲折而修长；重岩叠嶂，江流湍急而幽深。面对着山高水长，思念着被隔绝的故乡，怎能不悲从中来、涕泪沾襟？孔子困陈，发出"归去""归去"的叹声。钟仪囚晋，奏出辛酸凄苦的楚音；庄舄尊显，病中低唱着思乡的越吟。有谁不怀念旧土故国啊,难道会因困厄、显达而有不同的心情?首四句,诗人再次点出一个"忧"字,与首段起句相照应。诗人依楼凝望,心潮翻滚。想到国家屡遭动乱,自己不得不避难来到荆州。离乡背井,颠沛流离,坎坷不平,寄人篱下。这样的遭际真令人痛彻,可家乡何在?归程哪边?眼前唯有不尽的平原,山峰,渡口,长道,真有"岭树重遮千里目,江流曲似九回肠"样的悲痛。林纾曾说,这一段文字,"声激而悲,尚不远于屈宋,齐梁以下,不足语此矣",确是透辟不凡之论。

第三大段,诗人将"忧"字的内蕴再作更深一层的挖掘。他不仅有苦恋旧土、思念故国的悲痛,而且还有怀才不遇、壮志未酬的悲愤。日月逝迈,光阴如流;河清未极,盛世难期。他多么想能够遇上清平的时局,以施展自己的才能。他担忧自己会像悬着的匏瓜,不被世用;会像淘清的净井,不被人来汲饮。但他终于失望了。他踯躅楼头,徘徊檐下,白日沉沦,凄风四生,黯淡的天色,死寂的原野,城楼周遭的自然环境是这样的阴森惨淡。它不就是当时那个政治动乱、生灵涂炭的丧乱社会的写照吗?不也正是那个污浊现实、江河日下景象的象征吗?走兽在狂顾求群,惊鸟在相唤投林，行客正日暮途远。他们无不茫茫无之，惶惶无息。宏愿不能实现，忧思难以断绝；忉怛惨恻，感慨丛生。诗人本想登楼销忧，不料却勾起更深广的忧愁。还是下楼吧，"循阶除而下降"正同首段"登兹楼以销忧"相应；登楼时的消忧愿望正同下楼时的沉重心情相对照。从首段的"曾何足以少留"到结尾的"夜参半而不寐"，人们仿佛听到了一位悲愤填胸、辗转反侧的羁客，在萧瑟霜风中慷慨沉吟的心声。这是对军阀罪行的谴责和对社会不平的控诉，是对分裂战乱的不满和对和平统一的渴望，也是作者那种关心民瘼、积极用世精神的体现。

《登楼赋》是曹丕在《典论·论文》中推崇为"虽张（衡）、蔡（邕）不能过也"的四篇赋作之一。全赋结构严密，形式整齐，对偶精工，通篇用韵。李元度《赋学正鹄》云："因登楼而四望，因四望而触动其忧时、感事、去国、怀乡之思。凡三易韵，段落自明，文意悠然不尽。"全赋就时序言，由白昼而傍夕而夜半，就情绪言，由闲畅而深沉而繁复，就风格言，由舒散而慷慨而激越。因为取势独立苍茫，因为耳聆天籁之声、目接山川风物，因为观望时间之久，踟蹰徘徊之长，从而更衬托出诗人那种撑拄天地之间、承受忧思之深的鲜明形象。这就是《登楼赋》之所以能打动千百万读者心灵的艺术奥秘所在。

《登楼赋》是著名的抒情小赋。它同汉代那种以宫苑、田猎、佚乐、京都为主题,以堆砌辞藻、铺张扬厉为风格的大赋截然不同,大异其趣。全赋只三百二十九字,除用三个典故、三个成语以外,一般全是平易浅近、洗练自然、明白晓畅、清丽俊爽的语言。王粲运用这种语言,抒写个人情感,婉转动人,深刻淋漓。正如浦铣《复小斋赋话》所说:"《登楼赋》情真语至,使人读之泪下。文之能动人如此。"千载之下,使人读后,仍不能不为作者那种系念故土、悲歌当哭、远望当归的情怀所感动,也不能不为作者空有壮志、难以酬偿的愤慨一掬同情之泪!

故国与乡思,千载有余情。海外游子,去国孤臣,当读到王粲的《登楼赋》时,大概会受到它深切的感召而引起共鸣的吧。更何况,创痍已平,国运日隆,正当丽日中天、海阔天空的清正盛世呢!

原文

登楼赋

登兹楼以四望兮,聊暇日以销忧。览斯宇之所处兮,实显敞而寡仇。挟清漳之通浦兮,倚曲沮之长洲。背坟衍之广陆兮,临皋隰之沃流。北弥陶牧,西接昭丘。华实蔽野,黍稷盈畴。虽信美而非吾土兮,曾何足以少留!

遭纷浊而迁逝兮,漫逾纪以迄今。情眷眷而怀归兮,孰忧思之可任?凭轩槛以遥望兮,向北风而开襟。平原远而极目兮,蔽荆山之高岑。路逶迤而修迥兮,川既漾而济深。悲旧乡之壅隔兮,涕横坠而弗禁。昔尼父之在陈兮,有归欤之叹音。钟仪幽而楚奏兮,庄舄显而越吟。人情同于怀土兮,岂穷达而异心!

惟日月之逾迈兮,俟河清其未极。冀王道之一平兮,假高衢而骋力。惧匏瓜之徒悬兮,畏井渫之莫食。步栖迟以徙倚兮,白日忽其将匿。风萧瑟而并兴兮,天惨惨而无色。兽狂顾以求群兮,鸟相鸣而举翼。原野阒其无人兮,征夫行而未息。心凄怆以感发兮,意忉怛而憯恻。循阶除而下降兮,气交愤于胸臆。夜参半而不寐兮,怅盘桓以反侧。

看似寻常笔墨　却亲切感人

鲍照诗赏析

吴小如

推 荐 词

鲍诗的特点就在于平平写起,闲闲引入,看似寻常笔墨,而诗意却亲切感人。此诗正是这种典型写法。

鲍照是南朝刘宋时代卓有成就的诗人。后世尊之以为可与谢灵运齐名。但在当时，鲍照的诗名却远不及谢灵运。梁代钟嵘撰《诗品》，竟列鲍照于中品。原因很简单，谢灵运是当时世家望族，鲍照则出身寒门，终身屈居下僚。诗坛名气大小，每视其人出身高贵与寒微而异，这种风气自古已然，而六朝尤烈。到了近、现代，特别是当代，人们对鲍照的评价才超过了谢灵运。然而从总的情况来看，今天对这位诗人的重视仍嫌不足。从我个人学习古典诗歌的体会来说，尽管谢灵运功力深邃，修辞凝练，却总有王国维说的那种"隔"的毛病；而鲍照大部分的诗，读来都能亲切感人。关键在于，谢诗得力于辞赋，而鲍诗得力于乐府民歌。我们不妨总结一条经验，凡善于从乐府民歌汲取营养的诗人，其作品大抵能平易近人或亲切感人，这就是作家所运用的语言文字反转过来对其所表达的思想感情所起的作用。一位作家思想境界不高，感情不诚挚，这当然不行，然而在创作时如果缺乏清新流畅的语言和深入浅出的修辞本领，纵使有好的思想感情，也还是不能恰如其分地表达出来的。

杜甫在《春日忆李白》一诗中有两句名言："清新庾开府，俊逸鲍参军。"从此"俊逸"的评语便成为鲍照诗的定论。其实杜诗的原意，是说李白的诗具有庾信的清新和鲍照的俊逸这样的特点，并非把鲍照的诗风只局限在"俊逸"这一个方面。事实上，鲍照的诗在"俊逸"之外，古人还用"峻健""深秀""雄浑""沉挚""奇警""生峭"这些词语来评论他，清末的吴汝纶甚至还说他的诗"下开东野（孟郊）、山谷（黄庭坚）"（见钱仲联《鲍参军集补注》引，下同），那就跟一般人的理解差得更远。可见六朝诗到鲍照手中，已经别开生面，蹊径独辟了。我以为，鲍照在我国诗歌史上的价值和影响，体会得出。正如陶渊明的好处，唐以前的作家也是同样无法领略的。

这里首先介绍鲍照的《赠傅都曹别》：

轻鸿戏江潭，孤雁集洲沚。邂逅两相亲，缘念共无已。

风雨好东西，一隔顿万里。追忆栖宿时，声容满心耳。

落日川渚寒，愁云绕天起。短翮不能翔，徘徊烟雾里。

此诗是鲍照赠朋友诗中的代表作，由于通篇用"比"体，虽是一般古诗，却有着浓郁的乐府民歌气息。自汉魏以来，在文人作家所写的古诗中，这一首还是很有创造性的。近人钱仲联先生《鲍照年表》于此诗未系年，今考其诗，语多愁苦，有"孤雁集洲址""短翮不能翔"之句，疑是早年受临川王刘义庆召聘以前未仕时之作。傅都曹为何许人，不详。闻人谈《古诗笺》谓是傅亮，但亮与鲍照年辈迥不相及，前人早认为其说不足信。故不取。

全诗十二句，每四句一节，凡三节。"轻鸿"四句写与傅都曹志趣相投，亲切订交。"风雨"四句，写两人分手惜别时情景。"落日"四句，设想别后离愁，并写自己看不到出路的苦闷。从结构看，并无什么大的起伏波澜，只是闲闲说起，怅怅结束。然而感情深挚，思绪万千，读来感到作者一腔孤愤，引人无限同情。这就是鲍照诗亲切感人的最佳体现。

全诗以"鸿"喻傅都曹，以"雁"自喻，此甚易知。但郑玄《毛诗笺》："小曰雁，大曰鸿。"古人往往以鸿鹄并称而以凫雁对举，鸿鹄象征清高，凫雁则迹近微贱，可见此诗一开头便有扬傅而抑己的倾向，显得傅尊而己卑。而在"鸿"字上，诗人更着一"轻"字，"轻"自然有可能轩翥于高空；而在"雁"上却用了一个"孤"字，"孤"者，离群索居，寂寥无侣之谓。而"戏江潭"与"集洲沚"，一则高翔游戏，一则独自幽栖，不仅动静不同，抑且有得意与失志之分。这两句看似客观描述，实已两相对照，说明彼此命运若云泥之悬殊。不过当二人无心邂逅，却又过从甚密，两两相亲。"邂逅"句表面似平铺直叙，实际已隐含一层转折，而第四句"缘念共无已"则又深入一层。"缘"者缘分，"念"者思念，"无已"，无终尽之谓。夫缘分无终尽，思念亦无终尽，非但作者对傅"缘念无已"，即傅对作者亦复如是，此正所谓"共无已"。这两句本写双方交谊笃厚，情深意惬，却以极平淡之笔出之，仿佛毫不着力。这就叫举重若轻，好整以暇。

第二节第一句"风雨好东西"，颇费解。钱仲联先生《鲍参军集注增补》引张玉穀《古诗赏析》云："言遭风雨而东西分飞也。"则"好"字无着落。钱增补云："按，风雨句'好'字去声。语本于《尚书·洪范》：'星有好风，星有好雨。'《伪孔传》：'箕星好风，毕星好雨。'孔颖达《正义》：'箕，东方木宿。毕，西方金宿。'"（小如按：钱所引证皆是）"好"与"善"，无论为名词、形容词或动词，皆属同义。如言"好谋善断"，即善谋善断也。《洪范》之意，盖言东方箕星善于引起刮风，西方毕星善于招来下雨。鲍照此诗则近于倒装，言东方之星善风，西方之星善雨，风雨方向不一，则鸿与雁亦随之不得不分飞两地，故下文紧接"一隔顿万里"，"顿"者，顿时、立即之谓。语近夸张，故情弥激切。且人在相聚时每当境不觉，及别后追思，则有不可骤得之感。所以作者此处乃把笔锋掉转，"追忆"二句盖设想别后回忆当初同在一处"栖宿"之时（闻人倓《古诗笺》引《禽经》："凡禽，林曰栖，水曰宿"）则"心耳"之间充满了彼此的"声容"。这里流露别后互相思念之情已溢于言表，却全从侧面虚写，文势虽小有跌宕而仍不显得着力。但读者如反复咏叹，自觉一往情深。谢灵运写情，多从内心矛盾曲折处进行峭硬的刻画，不深思冥索不易体会，而鲍照则多以自然平淡出之，仿佛古人说的"有若无，实若虚"。但鲍诗写情多发自肺腑，稍加咀嚼，便回味无穷。此鲍与谢之大较也。

最后四句，乍看全是景语，实则句句抒情。"落日"本身就是孤寂的象征，因日落而川渚生寒，则孤寂中带出了凄凉萧瑟的苦味。"愁云"句明点"愁"字，而"愁云"竟多得"绕天起"，则愁之不得解脱可想而知。"短翮"句以雁之不能高翔远引喻己之窘迫局促，说明诗人之处境是多么使他苦恼。"徘徊"句乃找不到出路的最形象的描写。试想万里晴空，鸿雁高飞，该是多么壮美的景象，而今却徘徊于烟雾迷茫之中，连读者吟咏至此，也会感到透不过气来，这真是悲剧性的场面了。夫好友远别，满腹心事再无人可以倾诉，因赠别而自伤身世，从诗人构思的逻辑性来看，也是很自然的。全诗在戛然而止之中有着情韵不匮的余味，令人叹服。

与这首《赠傅都曹别》有异曲同工之妙的，还有鲍照的《学刘公干体五首》，实亦用"比"体自况。这里举其中的第三首为例，借以玩味、鉴赏作者的艺术特色。

> 胡风吹朔雪，千里度龙山。集君瑶台上，飞舞两楹间。
> 兹晨自为美，当避艳阳天。艳阳桃李节，皎洁不成妍。

自建安以来，诗坛出现了一种模拟前人诗体的风气。这种风气盖始于文人作家模仿乐府旧题，后来便扩展为模仿前代作家的创作。不过六朝人虽说模仿，究竟还保存和体现了模仿者本人的风格特征。这跟明代拟古主义者亦步亦趋、生吞活剥的做法还是有区别的。

刘公干即"建安七子"之一的刘桢。他写诗曾与曹植齐名，成就高于侪辈。可惜作品传世太少，其中以《赠从弟三首》最为有名。而鲍照集中今所存的《学刘公干体五首》，除第二首有可能模仿刘桢《赠从弟》中"亭亭山上松"一首外，其他各诗很难确指为模仿刘诗某首。近人黄节认为这第三首是模仿刘桢《赠从弟》中"凤凰集南岳"一首的，绎玩诗旨，其说恐未必可靠，只好阙疑。但刘桢诗今虽仅存十五首，却能见出作者的个性。他确是一个有骨气的人，外具清高之风，内察坚贞之节。因此他的诗很能代表建安时代知识分子凛然有风骨的一面。鲍照的这五首《学刘公干体》，确实也体现了刘桢的人和诗所具有的这一特点。我想，这已经足够说明问题的了。

此诗亦通首用比体，即以北国皎洁的冬雪自喻。全诗八句，四句为一节，而一节中的每两句各表达一个完整的意思。从结构看，简括而谨严，没有枝蔓，没有铺排，十分凝练。诗意也极醒豁，一望而知，毫无隐曲，然而层次井然，转折分明。虽属模仿前人，在鲍照诗集中却是精心刻意之作。

开头两句写远在北方的雪被胡地寒风吹越龙山（即逴龙山，古代传说中北方的一座冰山），落到帝都所在。三、四两句写雪的形象美观动人，"集君瑶台上"写静止的雪，"飞舞两楹前"写动荡的雪，笔意虽平淡朴实，却把雪的丰姿写得十分具体。"君"即国君，"瑶台"字面用屈原《离骚》"望瑶台之偃蹇兮"，指巍峨而洁白的宫殿。试想，皑皑的白雪静静地落积在高台之上，自然很壮观。《文选》李善注引郑玄《礼记》注云："两楹之间，人君听治正坐之处。"可见"两楹前"即皇帝的正殿之前，雪花在殿前空中飞舞，景象也很动人。这两句虽说是景语，实含"比"的成分。

夫以雪自喻，较易理解。其洁白晶莹，正象征人品的高尚纯洁。北国多雪，本属自然现象，但作者为什么要写它从阴寒幽僻的朔漠吹到帝王的殿堂之上呢？这就隐寓着作者本人的身世之感。鲍照出身于微贱的寒门，想在朝廷上占一席之地是很不容易的，正如雪虽皎洁却来自遥远的荒漠，不可能轻易进入帝王之所居。所以作者于此诗的第三、四句，特意把下雪的场面安排在以帝王宫殿为背景的地方，这实际上寄托了鲍照希望跻身朝廷、与豪门权贵分享政权的理想，当然其中也不无追名逐势往上爬的庸俗成分。但读者从诗人以雪自喻这一点来体会，至少会感到鲍照虽"心存魏阙"，却还没有低声下气到对豪门权贵摧眉折腰的地步。

然而这第一节只是表达了作者的主观愿望。下面四句突然一个转折，跌入了另一境界，即春日一旦来临，在艳阳天气里，只允许桃李争妍斗胜。而这时的雪，纵使高洁得一无尘滓，也没有容身之地了。此诗好就好在，"艳阳天"和"桃李妍"，原是春意盎然的景象，在一般人心目中，它应该属于值得肯定的良辰美景的范畴，然而作者却把它当作高洁无滓的白雪的对立面。于是这明媚春光、桃李缤纷的场景一下子便成为名利场中趋炎附势的象征，使读者在强烈的对比下竟对绚丽妍美的"艳阳天"产生了庸俗尘下之感。这就是诗人不同凡响的大手笔了。正由于这样的写法，才更加显出豪门权贵的炙手可热，也自然体会到寒士阶层命运的可悲和身世的凄凉。

从这首诗可以看出，鲍照之学刘桢，乃是形神兼备地学，学得有血有肉、有筋骨。诗中所体现的抒情主人公形象仍是刘宋时代的鲍照而非建安时代的刘桢。这种模仿与学习，实际上是由继承而求得发展，而不是照葫芦画瓢的每况愈下。悟彻此理，始可一与言诗也已。

最后，我想介绍一下鲍照的《发后渚》。这应属于作者另一种风格的诗，虽然它多少仍带有乐府民歌的遗响。

> 江上气早寒，仲秋始霜雪。从军乏衣粮，方冬与家别。
> 萧条背乡心，凄怆清渚发。凉埃晦平皋，飞潮隐修樾。
> 孤光独徘徊，空烟视升灭。途随前峰远，意逐后云结。
> 华志分驰年，韶颜惨惊节。推琴三起叹，声为君断绝。

据钱仲联先生《鲍照年表》，此诗写于宋文帝元嘉十七年（440）。依钱说，这时鲍照已为临川王刘义庆的侍郎，他先随义庆还都省家，然后道出京口，赴广陵。但诗中有"从军乏衣粮"之句，似与侍郎身份不合。故方东树《昭昧詹言》卷六以为此诗不得其事之本末，"第以为行役之什可耳"，姑存疑。"后渚"在当时帝都建业（今南京市）城外江上。

诚如方氏所说，这是一首行役诗。作者写旅途风光，乍看颇似二谢山水诗的路数，细绎全诗，仍有区别。诗中"凉埃"四句，看似景语，实近比兴，与二谢对水光山色做客观描绘者迥异其趣。唯修辞具锤炼之功，于精深中略带生涩之味，这大约就是吴汝纶认为鲍诗与唐之孟郊、宋之黄庭坚风格接近的原因了。而"华志"二句，尤觉晦奥费解，更是鲍诗独有的构词法。读者如多读鲍照诗，自能领会。

这首诗的结构也很别致。第一、二两节各六句：第一节写别家上路时情景，第二节写途中所见景物及自己的主观心情随客观景物之变化而变化的心理活动。"华志"二句自为一节，是前两节的一个小结。"推琴"二句又成一节，似用旁观者口吻结束全诗。这是作者从主观世界中跳出来，故意用客观叙述来"冷处理"，从而让读者于言外去品味诗人内心的苦况。

在第一节中，"仲秋始霜雪"的"始"作"初"解。余冠英先生《汉魏六朝诗选》注云："近人用'始'字有迟久而后得的意思，此不同。"其说是。诗句译成口语，应该是"刚到仲秋时节就开始出现霜雪了"，取其来得早之意。另外，"方冬与家别"的"方冬"，乃指正入冬，而非将入冬。这里有个节序的先后问题。"江上"二句写今年寒意来得早，阴历八月就下霜落雪了。这时要出门从军，必须把衣食准备充足，偏偏作者因家境困穷，缺乏衣粮，但又不能不动身，只好在初冬辞家远行了。陈柞明《采菽堂古诗选》："起句迤逦而下。别家固悲，方冬尤惨。"方东树说："起六句从时令起叙题，不过常法，而直书即目（眼中所见），直书即事（生活实况），兴象甚妙，又亲切不泛。"鲍诗的特点就在于平平写起，闲闲引入，看似寻常笔墨，而诗意却亲切感人。此诗正是这种典型写法。于是接下来写五、六两句：寒冷的初冬，已是满目萧条，偏偏又在缺衣少食的经济条件下离乡背井，从后渚动身时内心当然要充满凄怆了。这六句纯以质朴平实的描写来打动读者，遣词造句，仿佛全不着力。这与第二节的六句字字锤炼、刻画景物的写法几乎判若泾渭。但作者却把这两节巧妙地连接在一起，乍读时觉得何以一诗之中风格顿异，其实这正是鲍照写诗善于变化，力图用语言的浅显与生涩来对读者施加影响，从而使读者的感受随诗人笔锋而转移的地方。

第二节，"凉埃晦平皋"者，在寒冷的空气中，弥漫的尘埃把空阔平旷的皋原给掩蔽了，显得模糊晦暗，使作者无法向远处瞻眺。这是陆景。"飞潮隐修樾"者，腾跃的江潮遮住了诗人的视线，两岸修长的树影仿佛都隐没了（当然，在飞潮未到时，作者是肯定会看到"修樾"

的，这是理解诗歌的辩证法）。这是江景。于是作者乃置身于一片迷茫和惊涛骇浪之中了。吴汝纶以"凉埃"二句比喻世乱，我看有一定道理。因为作者此行的目的是"从军"，而目之所接，身之所经，却是晦暗的前途和惊险的处境，自然会产生来日茫茫吉凶未卜的预感。所以这首诗的景语似非纯客观的描写，而是近于比兴的。"孤光"指太阳，"独徘徊"者，茫然不知所往之意。所以前人大都认为此一句为作者自喻。"空烟"，指天空的雾霭，它们正在包围着太阳，故吴汝纶谓此句"喻世事之变幻"。"视升灭"者，眼看这一簇烟雾忽而升起，忽而消逝之谓。总观这四句景语，还有个动与静相对配合的特点。"凉埃"虽非静态，但比起"飞潮"来，相对地却要静一些，而"孤光"虽在独自徘徊，比起"空烟"的倏尔升起、忽然消灭来，相对地说也算是静态。这就比以纯动与纯静相对照来得空灵生动得多。这种写景的方法就比谢灵运以前的人有所进步，像这种相对的动与静的配合在鲍照以前人的笔下是很少见到的。而到了王维，干脆有静无动，以静为动，只把宏观的壮伟场面如照相一般摄入诗中，其胆识可谓远胜前人，即所谓"大漠孤烟直，长河落日圆"是也。

四句景语之后,再虚写两句以为收束。"途随前峰远"者,"前峰"虽眼中所见,要达到那里却还有一大段路程,作者心里是有数的,故用了个"远"字。而这一句又含有前路无涯、茫然无所归适之意。"后云"者,指已被抛在身后的重云叠雾。行人虽已走过那一段"空烟升灭"的地带,而那郁积的云层仍压在心头,给自己带来了迷惘与怅恨,所以诗人的思绪仍在追逐着它,从而使内心郁结不释。王夫之《古诗选》以"发心泉笔"四字评价鲍照,"发心"谓心细如发,"泉笔"谓妙笔生花,文思泉涌——用来形容此诗的中间六句,真是说到点子上了。

"华志"二句写得很吃力。"华志"犹"美志",它是鲍照自创的词语(此外还有"藻志"一词,亦始于鲍照)。"分",犹言分散、打乱。"驰年",指岁月流逝如迅奔疾驰。这句是说自己虽有美好的志愿,却被无情岁月给搅乱了。"韶"与"华"为同义词,"韶颜",美好的容颜,指自己的青春。"惨"是动词,指由美好年轻变得惨淡衰老。"惊节"与"驰年"为对文,指使人吃惊的节序变化。这句是说,自己的青春已被令人吃惊的时光给弄得凄惨暗淡,无复当年的蓬勃朝气了。这就把客观上时空的变化和主观上壮志的消磨融成一体，综合地化为无限感慨。诗写至此，已届尾声，本可结束。但作者意犹未尽，乃变换了一个角度，用最后两句收束全篇。

以上所写，从作者离家远行说起，并把旅途所感抽绎出来，全属主观抒情之笔。但鲍照在此诗结尾处却忽然转到弹琴上来，好像作者已结束了旅程，在到达后把所见所思通过弹琴来表达或发泄，这就把直接的主观抒情做了间接的客观处理，前面写的种种思想感情仿佛是事过境迁的一番追溯。但作者也并未做纯客观的处理，只是把距离拉开了一点而已。因为从诗意看，弹琴者仍是作者本人。末二句说，作者通过琴音表达一腔心事，但由于伤心而终于弹不下去，只能推琴三叹（"三起叹"者，三次兴起感叹也），琴声亦如有情，遂因弹琴者（即末句的"君"）之凄怆感慨而戛然中止。作者可能认为这样写会增加有余不尽的回味。但这种把笔势宕开的结尾，其艺术效果究竟如何，则仁智所见亦各不相同。如方东树就说"收句冷意凡语"，认为作者弄巧成拙。鄙以为作者本意原为创新，但衔接得过于突兀，加上这一手法也并不新奇，反倒成为赘笔。故方氏之见亦未可忽视也。

泼墨山水　形似神肖

鲍照《登大雷岸与妹书》赏析

黄昌年

作者介绍

黄昌年,宁波工程学院副教授。著有《美的欣赏与评论》,合编《中国古代文学》《宋词百科辞典》等。

推荐词

在《登大雷岸与妹书》中,鲍照以激越奔放的感情、峻健惊挺的笔势,饱蘸浓墨重彩,点染云烟,着意山水,酣畅淋漓地极尽自然景物的雄姿妍态,这在当时是一个前所未有的创举。

鲍照是刘宋时代一位才华横溢、卓尔不群的杰出诗人。他出身贫贱，但从小胸怀壮志，不仅勤攻文学，而且也崇尚武略，很想做一番事业。由于南朝是一个门阀森严的社会，鲍照受尽了歧视与排挤，抱负始终不得施展，仅做过县令一类的小官。最后一次任为临海王刘子顼的参军，因此又称"鲍参军"。后来刘子顼谋反失败被赐死。鲍照当时在荆州，竟枉死于乱军之中。

为了谋求出路，鲍照早年曾向被称为"宗室之表"的临川王刘义庆献过诗。刘义庆赏识鲍照的才华，赐给他帛二十匹，并提拔他作国侍郎。宋文帝元嘉十六年（439）四月，刘义庆出镇江州。同年秋天，鲍照从京城建康（今南京）赴江州（今江西九江）就职，途中登上大雷岸，远眺四野，即景抒情，挥毫写下了《登大雷岸与妹书》。"大雷"是古地名，在今安徽省望江县境内。当时鲍照才二十六岁，正年轻气盛,对前程充满了幻想与自信。但人微职卑的经历,使他对仕途的艰辛也已经有了一定的体验与认识。鲍照的妹妹鲍令晖是一位才女。在这封信中,鲍照以生花妙笔,泼墨山水,淋漓尽致地描绘了途中所见景物的神奇风貌,使一封普通的家书,成了南朝山水文学中的一篇奇文。

《登大雷岸与妹书》可分为三大段。第一段叙述离家远游,备尝旅途艰辛的情形,大意是:我冒着寒冷的秋雨启程,能整天赶路的日子很少。更加上秋雨滂沱,山溪横流,在水深浪阔的江上行舟,历尽艰险。有时跋涉在峻险的山道,借着星光进餐;有时与荷花结伴,投宿在江畔泽边。旅途遥遥,风尘仆仆,备尝困顿艰辛,直到今日中午,才仅仅到达大雷岸。走了上千里,过了十多天,凛冽的寒霜冷彻骨节,悲凉的秋风撕人肌肤。远离亲人,客游他乡,心境是何等的凄凉。

这是鲍照第一次离家远游,虽说是去江州就职的,对妹妹却依依不舍。旅途的艰辛劳顿,更增加了他对亲人的怀念。"寒雨""严霜""悲风"不只点明这次启程时在秋季,而且通过这些具体的萧瑟景物表现了他初次离家的愁思。但第一段并不是借景抒情的,它只是全文的一个楔子。鲍照从京城建康出发，沿长江跋山涉水，风餐露宿，到大雷岸已"涂登千里，日逾十晨"。千里之行，十日所见，才是鲍照要告诉妹妹的主要内容。第一段叙述的"旅客贫辛，波路壮阔"，也就为下一步展开描写壮丽的长江风光做好了张本。

从"向因涉顿"到"吹涝弄翮"为第二段，这是全文的主体。鲍照绘声绘色地描写了登上大雷岸所见的景物。高山巨川，云烟鱼虫，尽收笔底，构成了一幅雄伟挺拔而又幽峭秀美的画图。鲍照在描绘这些景物时，不禁涂上了自己的感情色彩，使这一帧壮美的山河长轴，充满了浓郁的抒情气氛。

这一段有四个层次。第一层没有对山川景物作具体的描写，而是以提顿蓄势的笔法，极其凝练的文字，回顾了来路。大意为：前些日子，我跋山涉水，眺望河流平川，心神遨游于水中清明的小洲，又放眼饱览刚刚降临的暮色。东望来径，与家人遥隔五洲；西眺前路，目的地江州正在九道水分流之处。脚下是关山绝景，头上是天际孤云，眺望着如此壮丽开阔的景象，我埋藏在胸中的宏图大志早就被激发起来了！

重要的是最后一句："长图大念，隐心者久矣！"鲍照虽然出身低微，处处受人压抑，但他并不甘心寂寞，有着强烈的施展抱负的渴望。在他向临川王刘义庆献诗述志时，就有人因为他地位卑微而加以劝止。鲍照勃然大怒道："大丈夫岂可终日碌碌与燕雀相随乎！"刘义庆对他的赏识，使他获得了一次实现壮志的机会。因此，赴任途中，鲍照旷观川陆，周流绝景，便觉得天广地阔，一腔久藏心中的壮志豪情，不禁喷薄而出。这种慷慨激昂、高亢奔放的感情，也就构成了整篇文章描绘山川景物的基调。

如果说第一层是千里长轴的一个远景，那么以下三个层次则是中景或近景了。镜头慢慢推近，从不同角度摄下了一幅幅生动的画面。第二层次就是一幅风格雄奇、气势宏伟的长江风光图。

鲍照从南、东、北、西四个方向分别描写了途中所见的高山、平原、湖泽、江河。南边的"积山万状"，是说重叠的山峦，千姿百态，峥嵘奇特。群峰"争气负高"是拟人化的写法。因为鲍照的壮志豪情在胸中激荡，所以在他看来，群峰也有了生命，也能使气竞胜，试比高低。"含霞饮景"的"景"，就是阳光，"饮景"就是吸引阳光。凡高峻的山峰映照在云霞阳光中的，便称为雄长。"参差代雄"就是随着时间的推移，群峰交替逞雄称霸。这二句也是拟人手法，生动地描出了重峦叠嶂在紫霞白云间明灭莫测的景象。最后四小句是一个比喻，大意是：绵延不断的群山凌空飞起，它们昂首阔步，前后相连，犹如高出田中的一道长垄，围绕天边，兜圈有余；横亘大地，不见尽头。在这一节里，鲍照赋予高山峻岭以飞动的气势，它们充塞于天地之间，而又怒起竞胜，迎面扑来，这是何等的威武雄壮啊！

写东面的平原与北面的湖泽，则是用白描手法。"东则砥原远隰"一节的大意是：东面是一川平原，越远越低，无边无际。蓬草在黄昏的寒风中拔地卷起，苍劲的古树高耸云霄。当旋转的晚风从四野袭来，思恋故巢的鸟儿一群群地飞归山林，侧耳静听，却寂然不闻风声；纵目远望，却不见群鸟踪影。鲍照以寥寥几笔淡墨，勾出了一川秋野的广袤，特别点染了暮色君临时的肃杀与静谧。这恰与下面湖泽中的热闹喧嚣形成了鲜明的对照。

"北则陂池潜演"的"陂池"就是水泽。"潜演"是指地下水脉。"栖波之鸟"是水鸟；"水化之虫"即游鱼。《说文》："鱼，水虫也。"这一节的大意是：北面大小湖泽之间水脉相通，这儿是芒麻青蒿生长积聚、菰瓜芦苇生息繁衍的富庶之地。水鸟游鱼在水波中弱肉强食，追逐鼓噪，显得纷乱而喧闹。这一节，写法虽然也是白描，但在意境上却与上面平原一节迥然不同。"寒蓬夕卷，古树云平"突出的是秋野的萧条空疏，而"苎蒿攸积，菰芦所繁"突出的是湖泽的繁盛茂密；"旋风四起""静听无闻"突出的是原野的沉寂宁静，而"号噪惊聒，纷乎其中"突出的是湖泽的喧嚣嘈杂；"思鸟群归""极视不见"的视野是如此开阔，而"水化之虫""强捕小"的观察又是如此细微。这种强烈的对比，构成了两幅各具风貌的画面，鲜明地表现了秋色中原野与湖泽的不同特色。

"西则回江永指"的"指"同"诣"字，是"往"的意思。"修灵"就是神，这儿是指河神，出自《离骚》"怨灵修之浩荡兮"一语。这一节的大意是：西面，迂回曲折的大江奔腾远去，与天相衔。波浪滔滔，江流漫漫，怎会穷尽枯竭？自古迄今，江上舟只往来，络绎不绝。汹涌的波涛，惊险的潭壑，惹人愁思。江上烟云蒸腾，弥漫八方，最终还是化为浮尘游埃。只有这江水的汇集流泻，才是变幻莫测的。大江浩荡地奔流向前，有谁知道它究竟是什么缘故呢？

对着汹涌激荡的大江，鲍照兴起了古今人事代谢的感叹。临川王刘义庆可以欣赏他的才华，却不能从根本上改变他受压抑的地位。"思尽波涛，悲满潭壑"，正写出了他处处受人掣肘的痛苦。他借眼前"烟归八表，终为野尘"的自然景象，发泄了对世族豪门的不满与蔑视。鲍照在门阀制度重压下的痛苦、迷惘与反抗，借着变幻无穷、奔腾而去的江水得到了形象化的表现。

从大雷岸远眺四方，高山、平原、湖泽、江河的方位是虚构的，并不是实际上的地理位置。但第三层次描绘的庐山，却是一个令人神往的实景，它是那样绚丽、神奇。

"上常积云霞，雕锦缛"中的"缛"，《说文》解为"繁采饰也"。"锦缛"是形容庐山云霞的鲜艳秾丽。这是平时的景色。但庐山的色彩是随着时间的推移不断变化的。"若华"即若木之花，语出《淮南子》，说的是霞光，从"若木夕曜"句看，指的是晚霞。"传明散彩，赫似绛天"描写的就是晚霞放出的光亮与色彩，或赫或绛，赫是火红色，绛是深红色，两者还有细微的差别，反映了色彩层次的丰富与多变。"左右青霭，表里紫霄"的"青"与"紫"也造成色彩上的鲜明对照。而当暮色笼罩，庐山峰顶只剩下最后一缕"金光"时,"半山以下,纯为黛色"。"黛色",即深青色。一明一暗,对比是如此强烈。鲍照的庐山图,是一幅水彩画。一座庐山就浸在绚丽的色彩中了。这色彩,是阳光给的,云霞给的,雾气给的,所以庐山不仅娇美鲜艳,风采斐然,而且在烟云夕照的变幻中气象万千,展示出它的雄伟壮丽,气概非凡。最末二句"信可以神居帝郊,镇控湘汉者也",既是对庐山奇丽景象与雄武形势的赞美,也是对这一鲜明形象的高度概括,显得准确而有力。

第二大段的最后一个层次只写一个"水"字,读来却叫人惊心动魄:"若漯洞所积,溪壑所射,鼓怒之所豗击,涌濆之所宕涤。"一口气就写了四种不同的水流:细流急疾地汇成巨川,山溪汩汩地喷射不息,疾风鼓起的水浪发怒似的相互撞击,汹涌曲折的江水激荡向前。"漯"是小水汇大水的意思。"洞"是急速的样子。"豗"是碰撞。"涌濆"的"濆"就是曲水回流。这些水流虽有大小巨细之分,但都争先恐后地奔腾向前,锐不可当,"则上穷获浦,下至狶洲,南薄燕爪,北握雷淀",到达的地域,如此广远。"削长埤短,可数百里"是说,如果把这些从四面八方来的流水断长补短,合在一起,可有数百里方圆。你看,鲍照要任意剪裁流水，这想象是多么神奇！接着，他以更加峻峭飘忽的笔势，接连不断地拓开了一幅又一幅突兀奇险的画图。"其中腾波触天，高浪灌日，吞吐百川，写泄万壑"，描写那翻腾咆哮的巨浪，上能滔天蔽日，下则侵吞万水千山，这是何等的壮观。"轻烟不流，华鼎振涾"是一个比喻。"华鼎"就是金鼎。"振涾"是水珠滚动的样子。这个比喻真是太别致了。接下去，鲍照加快了描写的节奏，几乎都是二句一景，犹如一个个特写镜头，展现在我们眼前。"弱草朱靡，洪涟陇蹙"是说洪波冲倒了岸边的细草，又向田垄逼近。"朱"在这儿解释为草茎。"蹙"是逼迫的意思，生动地刻画出洪波凶猛的来势。"散涣长惊，电透箭疾"是说波浪突然崩碎飞散，如闪电快箭，令人惊叹。"散涣"是指浪花崩散。浪花之美，就在它的突如其来，瞬息万变。人受其"惊"，这一声惊叹包含着多少赞美！"穹溘崩聚，坻飞岭复"二句是说一座座巨浪，一会儿抱成一团，一会儿又跌得粉碎，简直可以把河岸冲走，叫山岭倾覆。"穹"是高，"溘"是水，"穹溘"就是大浪。"坻"是水中高地。大河激浪的排山倒海之势，雷霆万钧之力，就生动地体现在"坻飞岭复"的画面之中。写"势"写"力"，容易流于空疏，而一"飞"

一"复"之间,则把这"势"与"力"形象化了。"回沫冠山,奔涛空谷。磴石为之摧碎,碕岸为之䴬落"四句是说,撞击退回的水沫盖满了山顶,呼啸奔腾的波涛洗空了山谷。激浪撞来,把坚硬的山石与弯曲的河岸都冲击得粉碎。"磴石"就是河边捣衣石。"碕岸"就是曲岸。"䴬"是碎末。鲍照对惊涛骇浪的描写是层层推进的。上面写到"洪涟陇蹙",是说洪波紧逼田垄,具有威胁性;接着描写"坻飞岭复",说巨浪终于把河岸冲走了,使山岭倾覆了,但这样的描写还是从大处着墨的。现在是"磴石为之摧碎,碕岸为之䴬落",这"摧碎""䴬落"显然比"飞"与"复"的冲击力更加巨大,有力地突出了大江激浪恣肆汪洋的气势。鲍照以他雄健的笔力,摹绘了一幅幅变幻莫测的大江激浪图。我们读来,宛如身临其境,胜景过眼,应接不暇。这一节的最后四句"仰视大火,俯听波声,愁魄胁息,心惊栗矣"是说:遥望火星,侧耳江涛,不禁令人气息屏止,神魂战栗。"大火"是火星名。"胁息"就是屏住呼吸。鲍照之所以把"俯听波声"与"仰视大火"对联起来,是因为他描绘的惊涛骇浪,翻腾于天空与江面的整个空间,这种惊心动魄的壮观景象,不只使鲍照,也使读者都感到"胁息""心惊"了。

在这一节对"水"的描绘中,鲍照特别注意对名词与动词的锤炼。遣用名词,尤为丰富多彩。比如,描写"波浪",就铸造了"腾波""高浪""洪涟""奔涛"等词,不仅极其凝练,而且形象生动逼真,表现了高超的艺术概括力。形容词加动词的,如"坻飞岭复"固然千锤百炼,颇具匠心,而像"鼓怒""触天""灌日"则更是吐奇脱俗,一鸣惊人。这里的动词描出了波浪挺举飙发、恢宏壮阔的气势,赋予波浪以鲜明的性格,表现了鲍照奇崛丰富的想象。

在淋漓尽致地描绘了惊涛骇浪之后,鲍照突然把笔锋一转,悠然自得地描写起水中的鱼虫鸟兽。如果说惊涛骇浪令人屏息止气,那么水族珍奇实在叫人赏心悦目。"至于繁化殊育,诡质怪章"是说这儿生息着品种繁多、千奇百怪的生物,它们有着怪异的身躯和奇特的花纹。"掩沙涨,被草渚,浴雨排风,吹涝弄翮"的大意是:这些奇异的鱼虫鸟兽出没在沙丘草洲之间,栉风沐雨,吐沫弄翅,逍遥自在,活跃异常。"类""族""俦""属"都是类别的意思。这一节中,最引人兴味的是一口气列举的十六种奇禽异兽。这些水族,见所未见,闻所未闻。有的实有其物,有的仅仅来自神话传说,有的还可能是鲍照信手拈来,临时起的名称。

但就这些光怪陆离的名字而言,已经令人神往了。"吹涝弄翻"这种悠然自得的神态更是惹人喜爱。山水文学不仅要"美",而且要"奇",才能富有魅力。对水族珍奇的描绘,真为整幅汹涌澎湃的水景画图增添了别一番闲逸优雅的情趣。

至此,鲍照戛然而止,把泼墨长江风光的饱笔轻轻提起。然后,淡淡地点染了几笔眼前的景色,托孤鹤游鸿给妹妹寄出了无限的情思,此即全文的第三大段。此段又分为三个层次。第一个层次的大意是:在晨昏交替之际,遥望孤鹤游鸿在寒风中长啸远去,樵夫船翁也不禁叹息涕下,这种悲哀忧愁,真是难以用语言表达。风狂雨骤,无法夜行,在本月二十三日左右,我可望到达目的地江州。这一节,开头六小句中"夕景""晓雾""孤鹤""游鸿""樵苏""舟子"的艺术形象,共同构成了一幅枯寂疏萧的画面。鲍照移情于景,写得楚楚动人。尤其是一"啸"、一"吟"、一"叹"、一"泣",声微情哀,传响在夜深人静时候,更增添了森冷悲凉的气氛。

这一段的第二层次表达了鲍照对妹妹的关怀与爱护,大意是说,天气冷热,很难适应。你要小心谨慎,早晚自己保重,不要把我牵挂在心。我怕你为我担心,姑且写上我所看到的一切。途中匆匆挥笔,文意并不详尽。这一节抒写兄妹之情,真是娓娓动人。鲍照为人一向粗率豪放,但信中对妹妹的声声叮嘱,却是如此关怀备至,体贴入微。看来,慷慨激昂之士也不乏绵绵柔肠、脉脉温情。陈柞明说鲍照"既怀雄浑之姿,复挟沉挚之性",正道中了鲍照的性格特征。

《登大雷岸与妹书》艺术上最显著的特色是富有浓厚的浪漫主义色彩。全文感情雄肆奔放,想象瑰丽奇特,泼墨淋漓尽致。杜甫曾以"俊逸鲍参军"的诗句来比赞李白,可见潇洒飘逸是鲍照、李白这两位浪漫主义诗人共同的艺术风格。鲍照从不拘泥于山川景物的准确方位,而是凭借想象的力量,描绘了一幅不受时间与空间制约的长江风光图。他能一会儿雄视"凌跨长陇",一会儿细察"水化之虫",一会儿远眺庐山的"金光",一会儿近观碨石的"摧碎"。笔之所至,着墨饱酣,挥洒随意。鲍照丰富多彩的想象是对现实景物的一种高度的艺术概括,因而,具有惊人的魅力。比如,他手握彩笔,为可望而不可即的庐山淡妆浓抹;他拿起剪刀,要为奔腾汇聚的水流断长补短;他把"轻烟不流"的江面，比作一尊沸腾的金鼎。这些奇峭的想象，为全文增添了瑰丽的浪漫主义色彩。敖器之说鲍照"如饥鹰独出，奇矫无前"，赞赏的正是这种独特的艺术风格。

鲍照具有极强的审美能力。他不仅善于发现并捕捉自然景物中的美，更擅长于创造并表现这种美。山水文学的美学要求，不是机械的"模景"，而是进行艺术的再创造。鲍照把长江沿途的山川景物，完全置于自己的感受之中，体物写貌，不仅力求形似，更着意追求神肖。他赋予山川景物以灵魂，使它们成为有生命、有活力、有感情、有个性的艺术形象。鲍照自己负才任气，慷慨激昂，所以他笔下的高山才能"争气负高""参差代雄"。当他自己的感情洪流与奔腾无前的大江合流时，大江才会"鼓怒赑击""吞吐百川"。鲍照心境中的庐山，更像一位才貌出众的侠女，她不仅有飘飘欲仙的妩媚姿色，还有镇控湘汉的神奇威力。我们置身于这些性格鲜明、神态逼真的山水形象之中，遨游经过鲍照艺术再创造的长江风光图，怎会不感到是一种美的享受呢？

在《登大雷岸与妹书》中，鲍照以激越奔放的感情，峻健惊挺的笔势，饱蘸浓墨重彩，点染云烟，着意山水，酣畅淋漓地极尽自然景物的雄姿妍态，这在当时是一个前所未有的创举。吴汝纶在评论这篇佳作时说:"奇崛惊绝,前无此体,明远创为之。"指出了鲍照对我国山水文学发展的创造性贡献。因此,《登大雷岸与妹书》并不只是一封普通的家书,它实在是一篇在我国山水文学史上占有重要地位的杰作。

原 文

登大雷岸与妹书

吾自发寒雨,全行日少,加秋潦浩汗,山溪猥至,渡泝无边,险径游历,栈石星饭,结荷水宿,旅客贫辛,波路壮阔,始以今日食时,仅及大雷。涂登千里,日逾十晨,严霜惨节,悲风断肌,去亲为客,如何如何!

向因涉顿,凭观川陆;遂神清渚,流睇方曛。东顾五洲之隔,西眺九派之分;窥地门之绝景,望天际之孤云。长图大念,隐心者久矣!

南则积山万状,争气负高,含霞饮景,参差代雄,凌跨长陇,前后相属,带天有匝,横地无穷。东则砥原远隰,亡端靡际。寒蓬夕卷,古树云平。旋风四起,思鸟群归。静听无闻,极视不见。北则陂池潜演,湖脉通连。苎蒿攸积,菰芦所繁。栖波之鸟,水化之虫,智吞愚,强捕小,号噪惊聒,纷乎其中。西则回江永指，长波天合。滔滔何穷，漫漫安竭！刨古迄今，舳舻相接。思尽波涛，悲满潭壑。烟归八表，终为野尘。而是注集，长写不测，修灵浩荡，知其何故哉！

西南望庐山，又特惊异。基压江潮，峰与辰汉连接。上常积云霞，雕锦缛。若华夕曜，岩泽气通，传明散彩，赫似绛天。左右青霭，表里紫霄。从岭而上，气尽金光；半山以下，纯为黛色。信可以神居帝郊，镇控湘、汉者也。

若渌洞所积，溪壑所射，鼓怒之所豗击，涌渡之所宕涤，则上穷获浦，下至狶洲；南薄燕爪，北极雷淀，削长埤短，可数百里。其中腾波触天，高浪灌日，吞吐百川，写泄万壑。轻烟不流，华鼎振淆。弱草朱靡，洪涟陇蹙。散涣长惊，电透箭疾。穹溘崩聚，坻飞岭复。回沫冠山，奔涛空谷。磔石为之摧碎，碕岸为之䪻落。仰视大火，俯听波声，愁魄胁息，心惊慓矣！

至于繁化殊育，诡质怪章，则有江鹅、海鸭、鱼鲛、水虎之类，豚首、象鼻、芒须、针尾之族，石蟹、土蚌、燕箕、雀蛤之俦，折甲、曲牙、逆鳞、返舌之属。掩沙涨，被草渚，浴雨排风，吹涝弄翮。夕景欲沉，晓雾将合，孤鹤寒啸，游鸿远吟，樵苏一叹，舟子再泣。诚足悲忧，不可说也。

风久雷飙,夜戒前路。下弦内外,望达所届。寒暑难适,汝专自慎,夙夜戒护,勿我为念。恐欲知之,聊书所睹。临涂草蹙,辞意不周。

各勉日新志　音尘慰寂蔑

谢灵运《邻里相送至方山》赏析

吴小如

推荐词

　　谢灵运写山水诗，贵在其善于用精美准确的词句客观地刻画出山水景物奇异而微妙之处，读之有似观赏细腻的工笔画。然而这种精心刻意的描绘，又与他一生复杂多变的政治处境和矛盾纠缠的思想感情有着千丝万缕的联系，所以同为山水诗，他的作品既不同于鲍照，也不同于谢朓。

祗役出皇邑，相期憩瓯越。解缆及流潮，怀旧不能发。
析析就衰林，皎皎明秋月。含情易为盈，遇物难可歇。
积疴谢生虑，寡欲罕所阙。资此永幽栖，岂伊年岁别。
各勉日新志，音尘慰寂蔑。

谢灵运是晋代世家大族名将谢玄的孙子。在当时的门阀制度下，他作为豪门世族的后裔，不仅拥有大量财产，而且政治上影响也很大。尽管宋武帝刘裕出身不够高贵，倚仗兵权在握才篡夺了晋室天下，做了皇帝，但他对当时的豪门世族还是要拉拢敷衍的。所以在刘宋开国以后，谢灵运虽未身居知要，却依然在朝任闲散官职，名气还是很大的。等刘裕一死，少帝即位。由于各派政治势力互相倾轧，谢灵运终于受到排挤，于永初三年（422）七月出任永嘉（在今浙江）太守。这首《邻里相送至方山》，便是写他离开帝都建康（今南京市),于京城东面大约五十里的方山码头上船,与送行的亲友告别时的具体情景和思想活动的。方山,又名天印山,以山形如方印而得名。

四十多年前,我在北大听俞平伯先生讲授古典诗词,曾听到这样一个精辟的论点,即古今作家创作诗词,有"写"出来的,有"作"出来的。"写"指自然流露,仿佛从笔下随手挥洒而成,大约如苏轼所说的"常行于所当行,而止于所不得不止","作"则须精心刻意,字斟句酌。当然"作"出来的诗词有时难免矫揉造作,有生硬的斧凿痕迹,而"写"出来的作品也难免信笔敷衍的率意之作。根据俞老的意见来品评晋、宋之际的诗人,我认为不妨这样看:陶渊明的诗仿佛是"写"成的,而谢灵运的诗则十之八九是"作"出来的。盖陶诗平易近人,明白如话,而谢诗则比较浓缩凝练,精密谨严。我们也可以换个角度说,即陶是以散文为诗的,所以冲淡疏朗;而谢是以辞赋为诗的,所以工巧雅粹(谢诗多对偶,但不讲平仄,故虽近于骈俪却并非律诗,与齐梁以后之作还不一样)。陶诗是天然美,而谢诗则巧夺天工,多靠人力。读陶诗如散步于乡间原野,景色平常而得天真之趣,读谢诗则如置身于巧匠布置的园林,或面对堂皇秀丽的金碧山水,尽管带有人工雕饰的痕迹,却不易一眼望尽,有耐人寻味的特色。读者如囫囵吞枣或浅尝辄止,是不大容易领略其佳处的。半个多世纪以来,我们对谢灵运研究得并不够,因此评价也欠全面和公允。看来这方面我们还是有许多领域要深入细致地进行探索挖掘的。

前人谈谢灵运,都认为他是山水诗人之祖。而山水本自然景物,观赏者角度不同,思想感情每个人都不一样,同一风光,在不同诗人的笔下就未必面貌相同。所谓仁者见仁,智者见智。窃以为谢灵运写山水诗,贵在其善于用精美准确的词句客观地刻画出山水景物奇异而微妙之处,读之有似观赏细腻的工笔画。然而这种精心刻意的描绘,又与他一生复杂多变的政治处境和矛盾纠缠的思想感情有着千丝万缕的联系,所以同为山水诗,他的作品既不同于鲍照,也不同于谢朓。而谢灵运诗的真正特点,我却认为在于他能用深细的笔触来摹现其内心微妙的感情。即如这首《邻里相送至方山》,就不是山水诗,而是一般的赠别抒情之作。表面上虽语多旷达,骨子里却是恋栈朝廷的,作者终于用凝练而微带生涩的语言把这一真实而隐曲的思想给勾画出来了。这就是谢灵运诗值得借鉴的地方。

此诗共十四句,前四句和中四句各成一小段落,末六句自成起讫,而这六句中,每两句又各为一层意思。其中最难讲的是中间"析析就衰林"四句。我个人认为,自闻人倓《古诗笺》至近人余冠英先生,包括黄节、叶笑雪等注本,除尚未出版的顾绍伯《谢灵运集校注》还不曾见到外,几乎没有一位是把它讲透了。这里姑陈己见,亦未敢自以为无舛误也。

开头四句写自己将出任郡守,因与邻里有旧情而不忍分别。"祗",敬。古书多以"祗"字与"奉""承""仰""候"等动词连用,因此"祗"字亦含有上述诸词之义。"役",行役,指出任郡守是为朝廷服役。"祗役",敬其职役,指郑重对待皇帝的任命,故须到官就职。"皇邑",犹言帝都。第一句是说由于敬承王命而服役赴郡,故出京远行。第二句是说要去的目的地。永嘉在今浙江,古瓯越之地。"相期"的"相",虽有互相、彼此之意,却不一定有对方存在。这里的"相期"只是期待、打算的意思。"憩"本是休息、止宿,这里用得别有深义。作者到永嘉是去做官,不是去度假,到任之后,根本谈不到"憩",而应该勤于公务。而作者却用了个"憩"字,言外之意，作者被朝廷外迁并非受重用，而是投闲置散。而作者本人也并不想在外郡有所建树，只是找个偏僻地方休息休息。这就伏下了后面"资此永幽栖"的根。"资此"，借此，利用这次机会，"永幽栖"，长期栖隐起来。把做官看成"幽栖"，并且想长此以往地生活下去，这就是反话，就是牢骚。事实上，谢灵运本人原是不甘寂寞的。

接下去，作者写船要解缆启程了。"及流潮"，趁着涨潮的时候。这句是说自己要离京出发了。但第四句又一转，说由于怀念亲旧而不忍离去，一时还未能出发。这种欲行又止的描写并非纯粹指行动，因为船终于还是解缆出发了，而是写心理活动，即该走了却不想走，不想走又不能不走。表面上是与邻里亲友依依不舍，实际上是对"皇邑"的恋栈。读下文自明。

以上是第一小段，下面四句是第二小段。"析析"二句是写实，也是比兴。这时船已前行，途中所见，应为实景，但与"含情"两句相连，则又属比兴了。"析析"，风吹林木声。"就衰林"，叶笑雪《谢灵运诗选》注云："就，迎面而来。岸边的树林是静止的，江上的船则顺风随流急驶，在船中看岸上的树林，不觉船动而只看到树林向自己走近。"这个讲法颇具诗意,但不一定确切。依叶说,"就衰林"的"就",主语应为船,应为乘船人,而叶的解释却成了倒装句,成为"衰林"迎面而来,其本身逻辑已觉混乱,如与下文对举,则"皎皎"与"明"皆"秋月"之形容词,除"析析"与"皎皎"为对文外,其他词语并不严格对仗。且"衰林"亦为不词,不能同"秋月"相提并论。鄙意下句既点出"秋"字,则上句自为秋景无疑。而谢灵运出京赴郡是在公元422年农历七月,虽交秋令而木叶尚未衰枯。这时就把树林称为衰林,似乎为时过早。故应读为"就衰林"始合。"就衰林"者,已经出现的迹象、向着衰的趋势发展之林也。耳之所闻,乃析析风吹木叶之声,感到又是秋天,原来葱翠的林木从此又要日渐衰枯了,而目之所接,却是皎洁明亮的秋月。作者动身的当晚是七月十六,正值月圆,故为写实。这与第一小段实际已有一段间隔,即跳过了船已解缆、人已离岸的阶段,而写途中景物了。"含情"二句,旧注多讲成作者自谓,而把"遇物"的"物"讲成林和月。我则以为,此二句乃逆承上文,"含情"句是说"月","遇物"句是说"林",但同时又是借外景以抒内情,实质仍在写自己思想感情的变化感触。七月十六正月盈之时,因之作者联想到：由于月亦含情，尽管它经常有亏缺晦暗之时，而每月总要盈满一次，看来这也并非难事。正如多情之人，一有悲欢离合，感情自然流溢，这也是一种不能自制的表现。即如自己之迁离皇邑，远赴越瓯，虽已成行，犹"怀旧"而"不发"，这也正是情不自禁，"易为盈"的表现。而"遇物难歇"，即《韩诗外传》所谓之"树欲静而风不止"，"物"指风，乃承"析析"句而言，指林木析析作响，正因风吹而不能自止。亦如自己本不欲迁外郡，而朝命难违，身不由己，欲罢不能，只好扬帆上路。旧注或将景语与情语割裂，或引老庄之言而故求艰深，恐皆无顺理成章之妙。若依鄙说，则因实而入虚，见景而生情，转折亦较自然，层次似更清楚。故不惮辞费，析言之如上。

最后六句，在全诗为第三小段。就题意言是点明与邻里告别之主旨，即作为诗之结尾。但中间每两句为一层。"积疴"二句从自己说起，"资此"二句既与赴郡相关联，又同来送行者相呼应。最后"各勉"二句看似与邻里赠别的套语，实将自己留恋京都、不甘寂寞之意"不打自招"式地点出。有人认为谢灵运的山水诗每于结尾处发议论，成为无聊的尾巴，而这首诗恰好相反，正是从末两句透露出作者深藏于内心的底蕴。先说"积疴"两句。上句说由于自己多病,因此对人生的考虑已力不从心,只能"敬谢不敏",言外说一切听从命运安排,爱把我怎么样就怎么样吧。下句说自己本淡泊于名利,没有什么欲望可言,因而感觉不到自己有什么不满足的地方,言外指自己由于身体健康状况不佳,又不想贪图什么,因此留在朝中也罢,出任外郡也罢,反正都无所谓。看似旷达,实有牢骚。于是接着说到第二层。他认为此次出任永嘉太守,倒是自己借以长期隐蔽、不问世事的好机会,看来同皇帝、同都城以及在都中盘桓甚久的邻里们,都将长期分手,不仅是分别一年半载的事了。其实这两句也暗藏着不满意的情绪,言外说皇帝这次把自己外迁,大约没有再回转京都的希望了。其患得患失之情,真有呼之欲出之势。而结尾两句,上句说我们要彼此互勉,都能做到"日新"水平,以遂此生志愿。"日新",《周易》屡见,如《大畜》云:"日新其德。"《系辞上》云:"日新之谓盛德。"又《礼记·大学》引汤之盘铭云:"苟日新,日日新,又日新。"都是进德修身之意。下句则希望亲友们经常沟通消息,只有经常得到信息,才能慰我寂寞。"寂蔑",与"寂灭"同,也是岑寂、孤独的意思。这两句也属于无形中流露出自己恋栈帝都、热衷政治的思想感情的诗句。试想，一个人既已"谢生虑""罕所阙"，而且打算"永幽栖"了，还"各勉日新志"干什么？他认为只有京城中的亲友邻里有信来，才能慰其"寂灭"之情，可见他所说的"永幽栖"只是牢骚而并非真话。从而我们可以这样说，作者的真实思想感情是并不想离开帝都，可是在诗里却说了不少故作旷达、自命清高的话，而恰好就在这种故作旷达、自命清高的诗句中透露了他对被迫出任郡守、不得不离开京城的牢骚不满。这固然是谢灵运本人特定的思想感情，然而也只有谢灵运这样的诗才，才写得出他这种特定的复杂矛盾的思想感情。我认为，只有从这种地方入手，才会真正理解谢灵运及其脍炙人口的山水诗。

发乎情止乎礼义

陶渊明《闲情赋》赏析

周振甫

作者介绍

周振甫(1911—2000),浙江平湖人。原名麟瑞,笔名振甫,后以笔名行。中华书局编审,著名学者,古典诗词、文论专家,资深编辑家。

推荐词

陶渊明在序里自谦说他的《闲情赋》:"虽文妙不足。"蔡邕《检逸赋》里说:"余心悦于淑丽,爱独结而未并。"爱怎样独结没有写出来。陈琳《止欲赋》说:"伊余情之是悦,志荒溢而倾移。"志怎么荒溢没有写出来。阮瑀《止欲赋》里说:"怀纤结而不畅兮,魂一夕而九翔。"魂怎么九翔没有写出来。《闲情赋》就不同了:"意惶惑而靡宁,魂须臾而九迁。"它就写出魂怎样九迁来。这就使他这篇赋远远超过了前人。

陶渊明的《闲情赋》，萧统《陶渊明集序》评："白璧微瑕唯有《闲情》一赋，扬雄所谓'劝百而讽一'者，卒无讽谏何是摇其笔端。惜哉，无是可也！"认为这是陶渊明作品的缺点，因为赋中描绘的，只是劝诱人对美人的胡思乱想，并没有讽谏。最近读到逯钦立校注《陶渊明集》提出新的看法："赋作于彭泽致仕以后，以追求爱情的失败表达政治理想的幻灭。"现在试结合原作来看看。

《闲情赋序》："初，张衡作《定情赋》，蔡邕作《静情赋》，检逸辞而宗澹泊。始则荡以思虑，而终归闲正，将以抑流宕之邪心，谅有助于讽谏。缀文之士，奕代继作，并因触类，广其辞义。余园间多暇，复染翰为之。虽文妙不足，庶不谬作者之意乎？"

从这篇序看，《闲情赋》是仿照前人同类的作品写的。这类作品，开始是写对美人的胡思乱想，最后是抑制邪心，归向正路，这是以前的作者之意。他这一篇，也是这个意思。从他序里讲的看，没有什么爱情的失败，更没有什么政治理想的破灭。这是就序说，光看序不够，还要看他的赋。在看他的赋前，不妨先看前人同类的赋。

张衡《定情赋》（见《艺文类聚》卷十八）："夫何姝妖之淑丽，光华艳而秀容。"写一位美女。"秋为期兮时已征，思美人兮愁屏营。"因为自己已不在青春时，已到秋天，虽然思美人已不合适了，还是定情，不再去追求了。蔡邕《检逸赋》："夫何姝妖之媛女，颜炜烨而含荣。"（同上）也写了一位美女。他怎么收检逸想的，因为这篇赋残缺，看不出来了。又陈琳《止欲赋》："媛哉逸女，在余东滨，色曜春华，艳过硕人。"写一位美女。"道攸长而路阻，河广瀁而无梁。"给河水隔断，不能去追求她。从这些赋看，都是先见了美女，引起胡思乱想，后来停止追求了，停止的理由可能不同，或者认为自己的年龄不配，或者有阻碍。

陶渊明的《闲情赋》在这方面都超过前人写美女，仅写她的美貌。《闲情赋》里写她："表倾城之艳色，期有德于传闻。佩鸣玉以比洁，齐幽兰以争芬。淡柔情于俗内，负雅志于高云。""褰朱帏而正坐，泛清瑟以自欣。"她不仅貌美，还有好的品德，如玉如兰，有高尚的志趣，如高天的云；还精于音乐，能够鼓瑟。她对作者的态度又怎样呢？"瞬美目以流眄，含言笑而不分。"是很多情的，不光是美目流眄，是对他笑，笑里还有话。还有"激清音以感余，愿接膝以交言"。通过音乐来挑逗他，愿他来接膝交言。那他怎么表示呢？"欲自往以结誓，惧冒礼之为愆。待凤鸟以致辞，恐他人之我先。意惶惑而靡宁，魂一夕而九迁。"他也很想去，但怕触犯礼教。想托凤鸟做媒，又怕失掉时机，因此不敢前去，梦中产生各种胡思乱想。他的防闲情思，由于遵守礼教，不敢触犯。后来呢？"迎清风以祛累，寄弱志于归波。尤蔓草之为会，诵召南之余歌。坦万虑以存诚，憩遥情于八遐。""祛累"是排除了各种胡思乱想，"归波"是把自己懦弱的情思付之东流。"蔓草"是《诗经·郑风·蔓草》，《诗序》认为指男女私会，他谴责这种私会，"召南"指《诗经·召南》中《草虫》《行露》等诗写男女无礼私会，他不同意这种私会。他排除万虑，寄情八方。那么他完全是用礼教来防闲情思的。因此说他追求爱情的失败，似与赋的内容不合。赋里是说美女招引他，他不敢去接近，不是他追求爱情，是他遵守礼教不敢去接受这种爱情。从前人同类的作品到他的作品，都不是写追求爱情的失败。

陶渊明这样守礼，在他的作品里有没有旁证呢？有，他在写他的理想境界桃花源的诗里写了"秋熟靡王税"的空想，但还写"俎豆犹古法"的礼制，即使在他的理想境界里还不忘礼教。他在《饮酒》里赞美孔子："汲汲鲁中史，弥缝使其淳。凤鸟虽不至，礼乐暂得新。"也提到礼乐。当然他讲的礼，是跟信义节操结合着的。他在《感士不遇赋》里提到："夫履信思顺，生人之美行；抱朴守静，君子之笃素。""怀正志道之士，或潜玉于当年；洁己清操之人，或没世以徒勤。"他在《闲情赋》里讲的"冒礼为愆"，跟他主张正道清操是一致的。总之，不是"追求爱情的失败"，是不敢去接受对方的爱情。

在《闲情赋》里有没有"表达政治理想的幻灭呢"？在政治上，有没有一位政治家像那位美女，有品德可以比玉和兰，有高超的志趣，对他顾盼含情，要接膝交言呢？没有。他曾在桓玄和刘裕手下做过官，他们都不是他所想望的人。他在赋里所写的美人，是不是他的政治理想呢？也不是。他的政治理想还是"秋熟靡王税"和"俎豆犹古法"，抛开了理想境界的无王税，就当时的社会说，他一方面要减轻剥削，使农民生活安定，一方面要讲究礼义和节操。因此《闲情赋》里的美人并不能够代表他的政治理想，这位美人在礼义方面还显得不够。因此他的发乎情止乎礼义，也不是表达政治理想的幻灭。《闲情赋》里写的美人，也不是他想望的"贤人君子"。他在《拟古》里云"闻有田子泰，节义为士雄"，赞美田畴的节义。在《感士不遇赋》说"悼贾傅之秀朗"，"悲董相之渊致"，赞美贾谊和董仲舒。这是他想望的贤人。赋里的美人不是这样，不是他所想望的"贤人君子"。

萧统的批评，说它"劝百而讽一，卒无讽谏"。所谓"劝百而讽一"是扬雄对汉赋的批评。萧统在《文选序》里称赋"述邑居则有凭虚亡是之作，戒畋游则有长杨羽猎之制。若其纪一事，咏一物，风云草木之兴，鱼虫禽兽之流，推而广之，不可胜载矣"。他对赋的"劝百讽一"没有贬词，在《文选》里还选了京都、郊祀、耕籍、田猎、纪行、游览、宫殿、江海、物色、鸟兽志、哀伤、论文、音乐、情这些赋。在这些赋里，绝大部分是"劝百讽一"的，他都没有批评，加以选入。因此，他用"劝百讽一"来批评《闲情赋》，是违背他选文的标准的，是自相矛盾的。再说《闲情赋》是不是"卒无讽谏"呢？它是"荡以思虑，而终归闲正，将以抑流宕之邪心"。它是发乎情止乎礼义。它虽写了胡思乱想，但行动没有越礼，因此还是有助于讽谏的。用守礼来闲情，在情和礼发生矛盾时，主要是守礼，这是这篇赋的主旨，这个主旨是好的，应该肯定，不应该批判。因此，萧统的批评是不对的。

陶渊明在序里自谦："虽文妙不足。"就文妙看，比起前人的同类赋来，《闲情赋》不是文妙不足，而是文妙超越前人。蔡邕《检逸赋》里说："余心悦于淑丽，爱独结而未并。"爱怎样独结没有写出来。陈琳《止欲赋》说："伊余情之是悦，志荒溢而倾移。"志怎么荒溢没有写出来。阮瑀《止欲赋》里说："怀纡结而不畅兮，魂一夕而九翔。"魂怎么九翔没有写出来。《闲情赋》就不同了："意惶惑而靡宁，魂须臾而九迁。"它就写出魂怎样九迁来。这就使他这篇赋远远超过了前人。魂怎样九迁呢？

> 愿在衣而为领，承华首之余芳；悲罗襟之宵离，怨秋夜之未央。愿在裳而为带，束窈窕之纤身；嗟温凉之异气，或脱故而服新。愿在发而为泽，刷玄鬓于颓肩；悲佳人之屡沐，从白水以枯煎。愿在眉而为黛，随瞻视以闲扬；悲脂粉之尚鲜，或取毁于华妆。愿在莞而为席，安弱体于三秋；悲文茵之代御，方经年而见求。愿在丝而为履，附素足以周旋；悲行止之有节，空委弃于床前。愿在昼而为影，常依形而西东；悲高树之多荫，慨有时而不同。愿在夜而为烛，照玉容于两楹；悲扶桑之舒光，奄灭景而藏明。愿在竹而为扇，含凄飚于柔握；悲白露之晨零，顾襟袖以缅邈。愿在木而为桐，作膝上之鸣琴；悲乐极以哀来，终推我而辍音。

从以上的各种愿望来看，也说明这里不是讲什么政治理想。谈到政治理想，使人想起《书·说命上》："若金，用如作砺；若济巨川，用汝作舟楫；若岁大旱，用汝作霖雨。"要变成霖雨、舟楫、砺，才是政治理想。这里想变的，是适应美人所需要的东西，不是适应国家政治上所需要的一切。假如说,前面写出了情和礼的矛盾,那是闲情守礼。这里写出了情和智的矛盾,愿望和实际的矛盾是抑制情和愿望而服从实际。从感情说,想化为衣领,但衣裳要脱下,不能长期亲近她;想化为带子,但带子要换掉,也不能长期亲近她。从理智和实际看,都不可能永远亲近她,"所愿必违",所以只有摆脱这种愿望。这段描写,不仅极为生动,超过了同类的前人的作品,也表达了他对美人的尊重。他想变成的只是美人所服用的东西,连一点要占有的意思都没有,这种思想也是比较高妙的。像宋玉《神女赋》:"褰余帱而请御兮,愿尽心之。"就比较庸俗了。

↘ 原 文

闲情赋(并序)

初,张衡作《定情赋》,蔡邕作《静情赋》,检逸辞而宗澹泊,始则荡以思虑,而终归闲正,将以抑流宕之邪心,谅有助于讽谏。缀文之士,奕代继作,因并触类,广其辞义。余园间多暇,复染翰为之。虽文妙不足,庶不谬作者之意乎?

夫何瑰逸之令姿，独旷世以秀群。表倾城之艳色，期有德于传闻。佩鸣玉以比洁，齐幽兰以争芬。淡柔情于俗内，负雅志于高云。悲晨曦之易夕，感人生之长勤，同一尽于百年，何欢寡而愁殷！襃朱帏而正坐，泛清瑟以自欣。送纤指之余好，攘皓袖之缤纷。瞬美目以流眄，含言笑而不分。曲调将半，景落西轩。悲商叩林，白云依山。仰睇天路，俯促鸣弦。神仪妩媚，举止详妍。激清音以感余，愿接膝以交言。欲自往以结誓，惧冒礼之为愆。待凤鸟以致辞，恐他人之我先。意惶惑而靡宁，魂须臾而九迁。

愿在衣而为领，承华首之余芳；悲罗襟之宵离，怨秋夜之未央。愿在裳而为带，束窈窕之纤身；嗟温凉之异气，或脱故而服新。愿在发而为泽，刷玄鬓于颓肩；悲佳人之屡沐，从白水以枯煎。愿在眉而为黛，随瞻视以闲扬；悲脂粉之尚鲜，或取毁于华妆。愿在莞而为席，安弱体于三秋；悲文茵之代御，方经年而见求。愿在丝而为履，附素足以周旋；悲行止之有节，空委弃于床前。愿在昼而为影，常依形而西东；悲高树之多荫，慨有时而不同。愿在夜而为烛，照玉容于两楹；悲扶桑之舒光，奄灭景而藏明。愿在竹而为扇，含凄飙于柔握；悲白露之晨零，顾襟袖以缅邈。愿在木而为桐，作膝上之鸣琴；悲乐极以哀来，终推我而辍音。

考所愿而必违，徒契阔以苦心。拥劳情而罔诉，步容与于南林。栖木兰之遗露，翳青松之余阴。傥行行之有觌，交欣惧于中襟。竟寂寞而无见，独悁想以空寻。敛轻裾以复路，瞻夕阳而流叹。步徙倚以忘趣，色惨凄而矜颜。叶燮燮以去条，气凄凄而就寒。日负影以偕没，月媚景于云端。鸟凄声以孤归，兽索偶而不还。悼当年之晚暮，恨兹岁之欲殚。思宵梦以从之，神飘摇而不安。若凭舟之失棹，譬缘崖而无攀。

于时毕昴盈轩，北风凄凄，恫恫不寐，众念徘徊。起摄带以侍晨，繁霜粲于素阶。鸡敛翅而未鸣，笛流远以清哀。始妙密以闲和，终寥亮而藏摧。意夫人之在兹，托行云以送怀。行云逝而无语，时奄冉而就过。徒勤思而自悲，终阻山而滞河。迎清风以祛累，寄弱志于归波。尤蔓草之为会，诵召南之余歌。坦万虑以存诚，憩遥情于八遐。

此中有真意 欲辨已忘言

陶渊明《饮酒》（其五）赏析

王力坚

作者介绍

王力坚，1955年生，广西博白人。1979年入暨南大学中文系就读，1983年获学士学位，1986年获硕士学位，1994年获新加坡国立大学博士学位。曾任教于新加坡国立大学中文系，现为台湾"中央大学"中国文学系专任教授。著有《六朝唯美诗学》《由山水到宫体——南朝的唯美诗风》《魏晋诗歌的审美观照》《中古文学的文化思考》等。

推荐词

"此中有真意，欲辨已忘言。"诗人直觉地感悟到大自然的意趣——在淡泊闲逸自由适性的自然景观之下，蕴含着难以言喻亦不可言传的意趣。这意趣，或者是无为而无不为的自然法则，或者是随心所欲而不逾矩的人生哲理，或者是亦物亦我、物我浑然的生命体验。

结庐在人境，而无车马喧。问君何能尔，心远地自偏。采菊东篱下，悠然见南山。山气日夕佳，飞鸟相与还。此中有真意，欲辨已忘言。

这首《饮酒》（其五）是陶渊明的名作之一。在诗中，陶渊明用自然简练的语言，勾勒出一派闲逸淡泊的景象，"见"这一似有意而无心的神态，将采菊东篱的悠逸之人与山间黄昏的清泊之景沟通融汇起来，使整首诗虚实交感，浑然一体。不可否认，该诗的景物描写甚为出色（故历来被视为写景佳作），语言运用亦甚为成功（"见"字更被视为神来之笔），但我们也不能否认，该诗的主旨是说理——即诗中所说的"真意"。然而长久以来，人们似乎有意无意地忽视了对"真意"的解释。逯钦立释曰："真意，自然意趣。"颇为"意赅"，可惜过于"言简"。朱东润主编的

《中国历代文学作品选》则释为"人生的真谛",可谓语焉不详。相比之下,聂石樵的解释(下称聂释)较为详细:"'真意'指诗中之'山气日夕佳,飞鸟相与还'之意,即《归去来兮辞》中之'鸟倦飞而知还'之意,也即'迷途知返'的意思。""真意:人生的真正意义,即'迷途知返'。"其意思也就是:诗人看到大自然中鸟倦飞而还巢的景象,觉悟到出仕为官是误入迷途,而辞官归田,便是如鸟倦飞而还巢一样,是迷途知返;重返大自然的怀抱,重过自由适性的田园生活,才是人生的真正意义。

我认为,聂释虽较详细,却不够中肯,没说到点子上。要厘清聂释所云,全面解释"真意"之义,就必须解答如下三个相互有联系的问题:一、飞鸟意象的含义;二、"真意"所指;三、为何"忘言"?

一、飞鸟意象的含义

按照聂释,《饮酒》(其五)中的飞鸟意象的含义,等于陶渊明的《归去来兮辞》中"鸟倦飞而知还"的意思,亦即等于"迷途知返"。

聂释为何会得出"迷途知返"的结论?我没理解错的

话，其思维的逻辑应该是如此：《归去来兮辞》中先有"实迷途其未远，觉今是而昨非"句，即认为以前出仕为官是误入迷途，现在辞官归田才是对的；下文再有"云无心以出岫，鸟倦飞而知还"句，聂释或许是将上下文联系起来，便得出"迷途知返"的结论。另外，陶渊明《归园田居》（其一）有"误落尘网中，一去三十年，羁鸟恋旧林，池鱼思故渊"句，很明显以"羁鸟""池鱼"自喻。"羁鸟"也就是"误落尘网"的"迷途"之鸟，正可证明"飞鸟相与还"等于"迷途知返"。

此想法似是而非！

我同意此诗的飞鸟意象，即"飞鸟相与还"有"鸟倦飞而知还"的含义，但不同意"迷途知返"的结论。因为"迷途知返"带有悔恨、自责、反思、觉醒的意思，这个意思在《归去来兮辞》的"实迷途其未远，觉今是而昨非"与《归园田居》（其一）的"误落尘网中"是十分明显的；而"飞鸟相与还"与"鸟倦飞而知还"则是表现自由自在、适性而行的意趣。或者说，这是反映了陶渊明置身于万物谐和的大自然中所油然而生的欢欣、愉悦、自在、闲逸的心境，这与"迷途知返"的意思实是大相径庭。

且看下文解释。

《归去来兮辞》云:"策扶老以流憩,时矫首而遐观。云无心以出岫,鸟倦飞而知还。"表达的是陶渊明归田后游迹山水、寄情自然的情趣——持着手杖四处漫游以松懈身心,时而抬头远望:云彩似有意而无心地从山后悠悠飘出,小鸟飞累了便自然而然相伴返巢("倦鸟"并不等于"迷途")。陶渊明正是从大自然这一派自由适性的景象中观照自己的悠游自在的归田意趣。如果将"鸟倦飞而知还"解释成"迷途知返",那么,如何解释"云无心以出岫"的悠游?又如何解释"策扶老以流憩,时矫首而遐观"的闲适?回头再看《饮酒》(其五)的"山气日夕佳,飞鸟相与还"。"山气日夕佳"是"飞鸟相与还"的背景与环境气氛。这个背景与环境气氛是那样的淡泊清丽、温馨祥和,很难想象,在这样的背景与环境气氛中,作者会无端突兀地冒出一个"迷途知返"的念头,若是如此,实为大煞风景!其实,"飞鸟相与还"句是写鸟倦飞而相伴返巢,正是自由适性的生命意识的体现;而其悠闲安逸的画面,也正与"山气日夕佳"句的淡泊祥和的背景相融无间、浑然一体。

二、"真意"所指

"真",是老庄玄学的一个重要范畴:"真者,所以受于天也,自然不可易也。故圣人法天贵真,不拘于俗。"(《庄子·渔父》)"夫真者,不假物而自然也。"(郭象《庄子·大宗师注》)换言之,真即自然、自然之道、自然之性。

陶渊明有云:"抱朴含真"(《劝农》),"养真衡门下"(《辛丑岁七月赴假还江陵夜行涂口》),即崇尚自然,重视自然之性的修养;又有云:"性本爱丘山"(《归园田居》〔其一〕),"质性自然"(《归去来兮辞》),强调自己性本自然。

由此可知,"真意"应谓自然意趣(诚如逯钦立所云),也就是说,诗人在"此中"——"山气日夕佳,飞鸟相与还"的景致中,体悟到有真意——自然之意趣。这意趣,首先就是指大自然淡泊闲逸、自由适性的意趣。另外,还有一点,这也是更重要的——老庄玄学强调物我合一,人与自然融汇一体,陶渊明的诗文作品中常有此类说法:"聊乘化以归尽,乐乎天命复奚疑。"(《归去来兮辞》)"死去何所道,托体同山阿。"(《拟挽歌辞》其三)"纵浪大化中，不喜亦不惧。"（《神释》）因此，陶渊明从"此中"体悟到的"真意"，亦有物我合一之意。前文说过，陶渊明从大自然淡泊闲逸、自由适性的景象中，观照自己悠游自在的归田意趣。其实，也可以理解为：大自然是那么的淡泊闲逸、自由适性，作为自然万物之一分子的人，也应该是淡泊闲逸、自由适性的。或者说，陶渊明悠游自在的归田意趣，与大自然的淡泊闲逸、自由适性是合二为一的。

三、为何"忘言"？

在上文所说的物我合一、物我两忘的状态下，欲清楚地辨析何谓"真意"是不可能的；同时，也不必去辨析，因为，这涉及老庄玄学的一个重要命题——得意忘言。

《庄子·外物》篇云："筌者所以得鱼，得鱼而忘筌；蹄者所以在兔，得兔而忘蹄；言者所以在意，得意而忘言。"此说后来经老庄门人相传，得以发展，到了魏晋时，兴起了"言意之辨"，进而成为魏晋玄学的理论支柱之一。

该命题要求人们能透过事物的表象，去探求更深广的内涵，认为内涵的价值远远高于表象的价值。在认识论上，它转向重内涵而轻表象，甚至只求内涵而不顾表象；在表达方式上,也只着眼于把内涵表达出来,而在表达过程中所运用的语言反倒被忽视了,即所谓"得意"而"忘言"。

陶渊明颇受"得意忘言"的认识观与思维表达方式的影响。他在《五柳先生传》中自称:"好读书,不求甚解,每有会意,便欣然忘食。"表明他读书是得意("会意")忘言("不求甚解")的。在生活中,陶渊明亦有此类表现:"渊明不解音律,而蓄无弦琴一张,每酒适,辄抚弄以寄其意。"(萧统《陶渊明传》)其实,陶渊明并非不解音律,他在作品中就常描写:"卧起弄书琴"(《和郭主簿》),"乐琴书以消忧"(《归去来兮辞》)。他之所以抚弄无弦琴,只不过是认为"但识琴中趣,何劳弦上声"(《晋书·隐逸传》)。看来,陶渊明在生活中有时真有点玄虚到欲无筌而得鱼的地步了。

了解到这些,回头看陶诗就好解释了:"此中有真意,欲辨已忘言。"诗人直觉地感悟到大自然的意趣——在淡泊闲逸、自由适性的自然景观之下,蕴涵着难以言喻亦不可言传的意趣。这意趣,或者是无为而无不为的自然法则,或者是随心所欲而不逾矩的人生哲理,或者是亦物亦我、物我浑然的生命体验(一如"庄周梦蝶"),诗人欲辨，却辨不清，也不必辨，辨什么呢？本来就只可意会不可言传，本来就只能心有灵犀一点通。说到底，一切言语都是多余的，诗人追求的只是"意"——对"真意"的体悟。那一瞬间，那电石火光之间，一切已成为过去，一切亦已成为永恒；终极目标达到了，一切手段、一切过程都无所谓了，也都不重要了。

然而话说回来，作为语言艺术的诗歌创作，陶渊明没有亦不可能忽视语言的功能与作用。要准确传神地诱导出"意"，"言"（语言）的运用、"象"的组合是非常重要的。也就是说，必须处理好"言""象""意"的关系。而魏晋探讨玄学的"言意之辨"，恰恰就是讨论这一组关系的重要命题。正始玄学家王弼在《周易略例·明象》中说："夫象者，出意者也。言者，明象者也。尽意莫若象，尽象莫若言。意以象尽，象以言著。故言者所以明象，得象而忘言；象者所以存意，得意而忘象。"这一段话，可简化为"言""象""意"的认识链条，即通过"言""象"以达"意"。在这个认识链条中，"意"仍然是认识的最终目的，但"象"却是一个极为关键的中间环节。尽管王弼强调"忘象"，然而他无疑赋予"象"极为重要的作用："言"，只是"明象"，即构成形象；而

"象",才能"出意",即通过形象表达"意",无"象"便不能达"意"。

魏晋玄学家对"象"的强调,使"言意之辨"超越了玄学的范畴而具有更广泛的意义。换言之,对"象"的强调,进一步将玄学的哲理思辨导向了文学的形象思维。东晋盛极一时的玄言诗,已有不少注意到用形象(物象)去阐发玄理,但是"言""象""意"三者的关系仍未能达到完美结合;陶渊明的《饮酒》(其五),虽然主旨是说理,但"言""象""意"三者的关系却处理得颇为成功。

如本文开头所说,在《饮酒》(其五)中,诗人用自然简练的文学语言("言"),勾勒出一派闲逸淡泊的景象("象"),此间有南山、暮气、夕阳、归鸟,还有菊、篱与人;"见"这一似有意而无心的神态,极为准确而传神地将悠逸之人与淡泊之景沟通融汇起来,顿时境与意合,境化意显。至此,冥合自然之"真意"既得,传情达意之"言"与"象"亦无须注意了。可见,在这首诗中,"见"及"悠然"无疑是最佳的语言选择,"采菊东篱"与"南山""山气""日夕""飞鸟"等无疑是最佳的物象组合。然而一旦得"意"之后,"言""象"也就融汇于或说是淡化于

"意"之中，其表面的功用也就不复存在了，诗人也就只陶醉于心冥神汇的自然"真意"之中了。

可以说，在生活中，陶渊明或许会玄虚到欲无筌而得鱼的地步（"但识琴中趣，何劳弦上声"），但在诗歌创作中，却能很好地处理"言""象""意"的关系，使三者能达到完美的结合。

由死观生 切实冷峻

陶渊明《拟挽歌辞三首》赏析

王富仁

推荐词

陶渊明的《拟挽歌辞三首》是中国古代诗歌史上少有的人生诗,以整个人生为表现对象的诗。中国人重视人的命运,不太重视人自身的存在价值,诗歌中的人生多是人生的命运,而不是人自我存在价值的思考。陶渊明这首诗是个例外。

在过去,我们总把陶渊明当作一个超然物外的诗人。我倒觉得,他对人生的思考似乎比其他中国古典诗人都更切实些,更冷峻些,至少从这三首《拟挽歌辞》看来是这样。

一

有生必有死,早终非命促。昨暮同为人,今旦在鬼录。
魂气散何之,枯形寄空木。娇儿索父啼,良友抚我哭。
得失不复知,是非安能觉?千秋万岁后,谁知荣与辱?
但恨在世时,饮酒不得足。

二

在昔无酒饮,今但湛空觞。春醪生浮蚁,何时更能尝?
肴案盈我前,亲旧哭我傍。欲语口无音,欲视眼无光。
昔在高堂寝,今宿荒草乡。荒草无人眠,极视正茫茫。
一朝出门去,归来良未央。

三

荒草何茫茫,白杨亦萧萧,严霜九月中,送我出远郊。
四面无人居,高坟正嶕峣。马为仰天鸣,风为自萧条。

幽室一已闭,千年不复朝。千年不复朝,贤达无奈何。
向来相送人,各自还其家。亲戚或余悲,他人亦已歌。
死去何所道,托体同山阿。

——陶渊明《拟挽歌辞三首》

这里题作三首,实为一首。从过程上,前后相继,构成一个完整的情节;从意蕴上,三点相连,构成一个统一的主题。我认为,陶渊明的这首诗是中国古代诗歌史上少有的人生诗,以整个人生为表现对象的诗。中国人重视人的命运,不太重视人自身的存在价值,诗歌中的人生多是人生的命运,而不是人自我存在价值的思考。陶渊明这首诗是个例外。

这首诗题作"拟挽歌辞"。"拟"是用其躯壳,另立新意。所以,欣赏、体味这首诗,要先从挽歌诗想起。

人类文化,不分东西,不论种族,挽歌、挽诗、挽词这类文体形式大都有之,至少也有与此类似的东西。人以群体的形式生存和发展,一个人的诞生和死亡都在这个群体中发生。一个人生存时,作为群体中的一员,也作为这个群体结构中的一个有机形式的部件,使周围的人在与他的有形与无形的联系中生活着,他同时也成为其他每个人生活中的一部分。一个人死了，他就在你的生活中永久性地消失了，你的生活也变得有些残缺不全，你的心灵很难适应这变得残缺不全了的生活，你感到你无法在没有他存在的情况下幸福圆满地生活下去，因而你也感到失去了他的悲哀和伤痛。与他联系更加密切的亲友，就更是如此。由于这种原因，人的死亡甚至较之一个人的诞生更是人类群体生活中的大事件。不论哪个民族，一个人死了，都要举行一定的丧葬仪式，都要进行各种形式的悼念活动，这是一种心灵的需要，也是一种生活的需要。整个群体通过这种活动，宣泄了自己的感情，确认了他不再存在的事实，调整了自己的心理结构，重新安排自己的生活，适应新的生活方式，以继续自己的存在和发展。这成了世界各民族中都占有重要地位的文化现象。在这种文化活动中，伴随对死者的悼念活动而发展起来的悼词挽歌也就成了一种重要的文学体式。这类文学体式大都包含这样几个内容：赞扬死者的生前功绩，惋惜并以生者的力量满足死者生前未曾满足的意愿，表示失去死者时的悲痛感情，表示对死者的永久的怀念。

　　文化在人的各种生命体验的基础上产生，但文化既经产生又造成了人的新的生命体验。正是在群体的各种仪礼形式中，人们也开始建立起自己的生存价值体系，开始意识自我的存在价值。我认为，怎样估价这种文化现象在人类意识发展中的作用都不过分。人对生存意义的理解是在对死亡的感受中建立起来的，没有"死亡"的意识，人也是无法意识到"生存"的整体存在的。首先，人在对死者的感受中建立了自己的最基本的生死观念：人的死亡会引起生者的失落感和悲哀的感情，因而人才把死亡视为一种恐怖和悲哀，它不是从死者自身的感受出发的，而是由生者自身的感受出发的。其次，人的死亡本身从根本上改变了死者与生者之间的关系。在生前，死者是作为一个人而与周围的人在矛盾中相联系，在对立中求共存的，人们更习惯于他的存在而不习惯于他与自己的差异和矛盾，但他既已死去，这种差异和矛盾在他的死亡中随之消失，他不再会构成对任何人的威胁和触犯，而他的消失对习惯了他的存在的人却产生了重大影响，使他们感到死者在自己的生活中是不可或缺的，是有重大作用的。因而，人对人的认识在这时有极大的特殊性。人们对死者生存价值的感受基本上淹没了对他生前的所有不好的印象，从而更加感到死者的宝贵。人类对死者的悼念都同时伴随着对死者的赞美，对死者生存意义和价值的肯定，并且这种赞美和肯定是被刚刚失去他时的悲哀感情所支持着的。但在这里，却存在着两种自然的转化形式：一是本质上属于感情的表现，是通过对死者生前功绩和意义的客观评价的形式表现出来的；二是本质上理应是对死者的赞美，现在的接受者却不再是死者本人，而是生者本人。前者是感情表现向客观评价的转化，后者是接受主体由死者向生者的转化。前者的转化形式甚至不仅仅表现在悼词、挽歌一类的文体形式中，而且还表现在各民族的神话传说、英雄史诗和关于本民族祖先的各种传说中，它们的客观性都不是我们现在只有在自然科学基础上才建立起来的那种客观性，而仅仅是一种感情的转换形式。这种转换使它们都是对已逝者的丰功伟绩的记述，并且是神话了的丰功伟绩的记述，所有正面人物都是与本民族有过密切关系的人物，而作为他们的陪衬的反面人物则是与本民族无关或关系甚少的人物。后者的意义则更加深远，它产生了人类最初的一整套价值观念体系，并且是迄今为止都占有极重要地位的价值观念体系。

可以设想，假若没有生者对死者的悼念，人类生活中只有生者与生者相对比，人类是不会形成关于自我、关于人的整体观念的，它几乎无法把人从各个具体事件中剥离出来。

当一个人打死了一只猛兽，人们欢呼雀跃，只是因为解除了猛兽对人的威胁，人们的兴奋是因为这件事。在这里，事件是主体，人是从属于这个事件的，人们很难想到有什么必要由这件事还要对这个人做出整体的评价，因为这个评价毫无意义，打死这个猛兽的人也因自己脱离开了危险境地而倍感欢欣，他不必再接受什么别的奖赏。只有在对死者的悼念中，一个人才以整体的形式出现在人们的观念中，在这时，他生前的任何一个事迹都是从属于这个人的，人成了一切事的本体，一切有关他的事的回忆都作为这个人的存在价值而出现在人的观念中。但在这时，死者已经不再是对他的赞美的接受者，不论活着的人如何虔诚地赞美他，如何相信这赞美能愉悦他的灵魂，使他在另一个世界获得幸福和美满的生活，但实际的接受主体已不再是他，而是现在仍活着并在悼念着死者的人们。他们悼念死者的同时也开始意识到自我的整体性存在，同时也在对死者的赞美中建立起了自己的价值观念。当他想到死者曾帮助过自己因而对死者有了很美好的感受的时候，他也就把帮助别人当成了人类的美好品德，同时自我也愿成为一个乐于助人的人。但在这里产生的价值观念，却有一个无形的转化，即是它是通过死者对自我的作用而意识死者、意识死者的生存价值和意义的，它对死者自身的意义和作用被自然地舍弃了，因为这时的主体是生者而不是死者，并且它对死者的意义已因死者的消失而消失。经过这种实践活动的不断影响，这套价值观念体系逐渐在人类中形成，它的特点是群体主义、英雄主义的，以对群体的作用和意义为基础、以英雄主义为主干，把各个人类群体更紧密地凝聚在一起。

由于这种整体价值观念的建立，种种抽象的标准便随之建立起来，并且越来越脱离具体的事件而独立地发挥自己的作用。在过去，人们打死一只猛兽仅仅因为它威胁到了人的安全，现在则有人在它没有危及自己的安全时也会主动去找它搏斗，因为人们认为这是一种勇敢行为，他要表示自己是勇敢的，是个英雄。这种群体主义的、英雄主义的人生价值观念，在迄今为止的人类社会上发挥着巨大的作用，其中有积极的但也有消极的。人类开始抛开对自我生存和发展的实际需要而进行空洞的名目的争夺，越是重视自我存在价值的人越是重视别人对自己的评价，"说什么"成了比"做什么"更重要的东西。另一方面则又有人利用这种抽象的价值标准的宣扬而有意识地实现自我对社会、对他人的驾驭,维护个人的实际利益,把别人变为自己手中的工具。当这套价值观念脱离开了丧葬仪式的具体需要而变成了现实世界流行的价值观念,人们越来越觉得它们似乎是天道使然,是难以动摇的原则。实际上,时至今日,这套价值观念体系与丧葬仪式的联系还是隐然可见的。持有这套价值观念体系的人有一个总的特征,对死后的关心大大超过了对现实生存的关心,并且他们都毫不例外地重视别人怎样给他写悼词。有的政治家并不关心现实政治问题的解决,但很关心历史家将怎样评价他,有的知识分子并不关心自己著述的现实作用,但很关心他死后能否成为传世之作。他们关于自我存在价值的意识都有类于以死者的身份聆听人们对他一生的功绩的赞美,并且对之起到直接作用的是现实人对古人、死人的评价。

这种价值观念的确立,也影响到挽歌、悼词的写作,甚至影响到整个文学的发展。在人类初始,挽歌、悼词是人们面对死者所产生的一种自然的要求,他们需要用这种形式消解内心的悲哀和失落情绪,但现在则有可能只是一种程式化的东西,并不真正地对死者抱有真挚的感情。直至现在,悼词的写作大都成了一些刻板的文字,一些空洞的赞美词,情感的表现也大都流于虚浮。大概在陶渊明的时代也会有大量的这类挽歌、悼词，因为只要存在着这样的价值观念，它们是难免要流于这一途的。

对于陶渊明的评价，至今还是彼此不一。我认为，其中起了极大干扰作用的就是"隐士"这个概念。人们把陶渊明首先罩上一个"隐士"的头衔，然后就因对隐士的不同态度而分成了各家各派。各种分类概括都是为了便于认识的，既然它现在已成了妨碍我们认识陶渊明的东西，我想不如先抛开它。

首先，陶渊明并不是一个没有社会理想的人，不是一个反对群体化社会的存在意义和价值的人，他的《桃花源记》几乎是中国唯一一个更接近西方的乌托邦社会理想的作品。在这个理想的社会中，人是以群体的形式存在的，它是一个社会，而不像我们关于隐士的理解一样反对群居，主张独处。

其次，陶渊明并不反对英雄精神，他的《咏荆轲》，他在《读〈山海经〉》中对于精卫的描写，都说明他对人的英雄精神和英雄行为有一种天然的崇拜。用我们现在的语言来说，就是他崇拜人的原始生命力的表现，这也是与我们的"隐士"观念大不相同的。

第三，后来人对"隐士"的宣扬，是作为一种生存方式和处世态度来宣扬的，是在"出世"和"入世"这两个对立概念间加以优劣区分的，陶渊明并非在这种意义上意识自己。他追求的是人与人之间的一种朴素自然的关系，是一种不受现行价值观念束缚的、更符合于自己现实人生要求的生活环境。

我们说魏晋南北朝时期是个人觉醒的时代，但这种个人的觉醒并不伴随着自己独立存在价值的意识，而是在固有价值标准下追求自我价值的表现。在政治枭雄之间，没有本质不同的政治理想，没有本质不同的人生价值观念，但他们依然在做着你死我活的斗争，他们争夺的是个人存在价值的表现，抢到天下的便是王，抢不到天下的便是贼。在知识分子中间，这是一个清谈的时代，名士的时代，玄谈风盛行的时代，他们没有自己的独立的政治理想，没有自己独立的思想学说，没有自己有别于他人的追求目标，但重个人名誉，重视别人对自己的评价。

魏晋时代的个人觉醒不同于西方文艺复兴时代和启蒙主义时代的个人的觉醒，也不是我国"五四"时代新文化先驱者的个人觉醒，哥白尼、伽利略、布鲁诺的觉醒是在人对自然世界的认识能力的提高中实现的，但丁、薄伽丘的觉醒是在对人的现世幸福要求的肯定中实现的,伏尔泰、狄德罗、卢梭的个人觉醒是在人对社会理性认识能力的提高中实现的,"五四"时代鲁迅的个人觉醒是在对中国文化的认识与改造中实现的,他们重视的都不是个人的名誉和别人的评价。魏晋南北朝时期的个人的觉醒带来的是个人存在价值的表现和争夺,并不伴随着人对自然世界和社会的认识能力和改造能力的加强。陶渊明所感到的,恰恰是整个社会已被一种抽象的荣辱观念所左右,人们已在这种抽象观念的支配下失去了对现实世界和自我的切实感觉。陶渊明不是逃避社会的斗争,而是在社会斗争中找不到它的切实的意义;他不是因为在政治斗争中的失败而消极地退守田园,不是欲得权贵的赏识而不得,返转来攻击权贵,不是为了追求个人安危而放弃自己的政治追求,所以他的归田园居不是放弃了自己的社会理想,而是在追求着一种社会理想。当然,他的理想并不同于我们的理想,他的理想也是不可能真正得以实现的,但世界上并不存在一种绝对合理的理想,并且也没有任何一种社会的理想能够真正地得以实现。这里的关键仅仅在于:他不是传统观念的奴隶,不是否定任何理想追求的犬儒主义者,不是一个没有自己独立思想追求的庸人。

综上所述，一切对死者的悼念都是以生者观死者，但当它转化为一种人的存在价值观念之后，却把这种生者对死者的评价体系转化成了人自我的一种评价标准，它的错讹恰恰发生在不同接受主体间的转移上，这种价值观念体系的根本特征就是它不是在对对象的自我存在与发展的意义上来肯定对象的价值和意义，而是在他对外在于自我的他人或群体的意义上肯定他的存在，并且是在生者对死者的怀念中被净化和突出了的。在此基础上形成的所有挽歌也呈现着这种特征。我们看到，陶渊明的《拟挽歌辞三首》恰恰在于把丧葬仪式的接受主体从生者转移到了假想中的死者，它不是从生者的需要感受它，而是从死者的需要感受它，挽诗的创作主体便与丧葬仪式的接受主体等同起来，它不再是一般挽歌辞的"他挽"的形式，而成了"自挽"的形式。而在这种形式当中，实质上带来的是另一种根本不同的生死观念。它成了一种"有意味的形式"，该诗的诗意也就来自这种"有意味的形式"。

有生必有死，早终非命促。昨暮同为人，今旦在鬼录。
魂气散何之，枯形寄空木。娇儿索父啼，良友抚我哭。

得失不复知，是非安能觉？千秋万岁后，谁知荣与辱？
但恨在世时，饮酒不得足。

人类以生为乐，以死为苦，并且以悲悯死者的形式悼念死者。在这里，当陶渊明以假想的死者的身份看待死亡时，情况就有所不同了。生者之所以把死亡视为极恐怖、极悲哀的事情，仅仅因为他是生者，他是从别人的死亡中感得恐怖和悲哀的，而不是自身曾经亲历了死亡与死亡后的痛苦。真正从死者本身考虑，生不为乐，死亦不为苦，苦乐都是生者感得的苦乐，而不是死者感得的。既然生不为乐，死不为苦，所以早终也非祸，长寿也非福。该诗开端关于生死的议论，实际是对流行的生死观的消解，这里向假想死者角度的转移，同时也是向自我的转移，对于每个个体而言，就个体自身的生存而言，自然生死是无可逃避的自然规律，因而死亡也就不是或不应是如世人所想象的那般可怖可怕的事情，倒是对于未死之人，死者的死亡才会带来他们生活的根本变化，具有难以预料或难以适应的可怖可悲的性质，这种生死观念是全诗的一个基础观念，对于全诗的基调起着制衡作用。在过去，研究者经常以"旷达"或"幽凄"概括该诗的风格,我认为都是因研究者用自身的生死观感受该诗的结果。研究者自身把死亡视为极可怖、极可悲的事情,当感到陶渊明以如此平静的态度看待死亡时,遂感到陶渊明是"旷达"的,当看到陶渊明仍然写到死亡和死后的孤独时,遂又感到在该诗平静的态度背后,还是有极可怖、极可悲的内涵的,遂视该诗的风格为"幽凄"。但是,"旷达"是知其痛苦而能轻松地承担痛苦,"幽凄"是表面不凄而内心悲凄,但假若作者本人并不以此为苦,又谈何"旷达"与"幽凄"呢?

我认为,陶渊明该诗的主旨在于显示流行的丧葬习俗和生死观念的自身的错讹,而用以显示其错讹的正是作者以假想的死者的自我感受为标准。既然标准在此,所以说它"旷达"、说它"幽凄"都是不妥的,我倒认为,平淡自然、朴素通脱才是该诗的主要风格。它是冷静思考人生的产物,既不需夸饰,也不需隐晦,思理朗然,无滞无碍。"昨暮同为人,今旦在鬼录。魂气散何之,枯形寄空木。"这是死者对自己死亡过程的叙述。这里的叙述是平静的,没有感情的波澜,也没有情绪的淤积,像叙述自己经历过的一件事情,有些新奇,有点滑稽,但又是平平常常的。"昨天晚上我还和别人一样是个活人,谁知今天早晨就上了录鬼簿,成了一个死人了。魂魄散失,不知何往,只剩下了一个干枯的躯体,像一段空心古木,没有了活的灵魂。"它的轻松自然的口吻化解了人们对死亡的恐怖感和痛苦情绪。

"娇儿索父啼,良友抚我哭。得失不复知,是非安能觉?千秋万岁后,谁知荣与辱?"这几句实际是全首的重点,陶渊明使用假想的死者的视角,所要显示的便是流行的荣辱观念的虚幻性。人死之后,亲友悲哀至于痛哭,不但是人之常情,也是中国丧葬仪式的重要内容。但人们却常常把活人的痛苦当作对死者的奖赏,以有人悼念为死者的光荣,无人悼念为死者的耻辱,陶渊明在该诗中则从死者的角度,说明这时生者的悼念实际是与死者毫无关系的。这时的死者已无得失可言,也无是非可分,人间的荣辱已与他毫无关系。即使它还暂时存留世间,但时日一久,死者渐被生者忘却,其荣辱也就随之泯灭。显而易见,这里不仅对死者有其适用性,对生者也有启发性。外界的评价是外界根据自己的需要建立的,而不是根据一个人对自我的意义建立的,所以人存在的根本意义不在于追求外在的名誉,不在于得到世人的好的评价,而在于自己能切实感受到的追求目标的实现。

"但恨在世时，饮酒不得足。"这里的"饮酒"不是一个太实的概念，它只体现了一种人生的选择目标。它可以是别人并不重视的、不被别人所赞颂的目标，可以是一个普普通通的、极为平凡的目标，但却是你实感到对它的需要并且自己在本心中就愿意追求的目标。陶渊明实际是说，这时生者可能怀念到我的种种好处，但那对我都没有多大关系，我这时遗憾的只是生前好喝几杯酒，可活着的时候却没有喝够。我认为，陶渊明绝非仅指人的物质欲望的满足，同时也应包括精神的需要，其关键仅仅在于你是为了空洞的名誉而生存，还是为了自我真实意愿的满足而生存。曹雪芹之写《红楼梦》、鲁迅之写杂文、布鲁诺之坚持日心说，都不是为了得到社会多数人的崇拜和赞扬，而是从自己内心产生出的意愿和要求，这些都是他们自己的选择，而非追名逐利、为满足自己的虚荣心而做。陶渊明之用"饮酒"，只是他需要与那些表面伟大的、被世人追逐的外在目标区别开来。

> 在昔无酒饮，今但湛空觞。春醪生浮蚁，何时更能尝？
> 肴案盈我前，亲旧哭我傍。欲语口无音，欲视眼无光。
> 昔在高堂寝，今宿荒草乡。荒草无人眠，极视正茫茫。
> 一朝出门去，归来良未央。

上首写生死，这首写祭奠。两首以酒相连。上首末尾说"但恨在世时，饮酒不得足"，现在在生者祭奠他的供桌上，摆上了酒，摆上了肴馔，但这时他已不能饮、不能食。任何生前未得实现的愿望都已不能实现，成了永远不能消除的人生憾恨，因为死者的生命力已经完全枯竭，口不能言，目不能视，活人既不能助，自己也无能为力。尽管活着的人表示对我的怀念，对我的关心，为我设祭祝祷，为我心感悲痛，但我仍得从高堂搬出，长眠荒野，茫无人迹，孤独自处。在这里，陶渊明是否是在表现死亡之苦呢？我认为仍不是！这首诗的主旨仍在于以死者的眼光对世俗丧葬仪式进行客观冷静的审视，它不但不是通过诉述死者之苦唤起生者的同情，反而是在说明生者的同情并与死者毫无关系。生者对死者的祭奠并不是从死者的意愿和要求出发的，而是以生者的意愿和要求出发的。生者以饮酒为享受，便供死者以酒；生者爱美食美味，便以美食佳肴设祭，而这些都并非死者所能享用的。若说死者的意愿，他最不愿离开高堂而被葬于郊外荒野，但生者是无论如何也不会答应的。显而易见，陶渊明通过死者的感受所要表现的，也是人生中的一种真实。由于社会通行的价值标准，人们总把别人的感情和帮助作为自己生存幸福的根本基础,从而总是对别人的爱与关心有着过多的期待。而陶渊明实际是在告诉我们,别人对自己的帮助和关怀,无论如何都是从别人自己的需要出发的,这种帮助和关怀并不一定是你愿意接受和能够接受的。父母希望你当大官,是因为他们最崇拜官僚,希望你光宗耀祖,有权有势;你的女朋友愿你成为一个作家,是因为她崇拜作家,希望你活得风光,活得潇洒;你的朋友希望你当一个企业家,是因为他崇拜企业家,希望你成为亿万富翁,挥金如土……但你未必一定愿意成为这样一些人。他们都可能是真诚的,好心的,并且愿为你实现这些理想而提供无私的帮助,但当你真诚地爱上一行他们都鄙视的行业,他们就未必愿意帮你实现你的意愿了。就像贾府里的贾宝玉,上上下下都关心他,但关心的方式又各有不同,待到他爱上一个多愁善感的林黛玉,就谁也不帮他了。不要对别人的关心和帮助怀有过多的期待,这就是这首诗能让人感到的。这不是苦,也不是乐,而是原本如此。你把别人对你的感情看得过重,期待过多,要求过高,才是你常感痛苦的原因。

荒草何茫茫,白杨亦萧萧。严霜九月中,送我出远郊。

四面无人居,高坟正嶣峣。马为仰天鸣,风为自萧条。
幽室一已闭,千年不复朝。千年不复朝,贤达无奈何。
向来相送人,各自还其家。亲戚或余悲,他人亦已歌。
死去何所道,托体同山阿。

第一首写生死,第二首写祭奠,这一首诗写的便是送葬和下葬了。在荒草茫茫、白杨萧萧、冰霜覆盖的九月的天气里,死者被送葬的人群簇拥着送到远郊去。四面杳无人烟,只有高坟环绕,马鸣风嘶,天暗地昏。死者被埋进坟墓,一旦埋葬,将永远不见天日。即使生前的英雄豪杰、圣君贤相、名士高人,对此也无可奈何。高坟筑就,来送葬的人便四散回家。回到家中,死者的家属或亲友或许还有余哀未尽,别的人就又欢声笑语、高兴如初了。人既已死,还能说什么呢?就只有将自己的躯体寄于埋葬自己的那个小山丘,与它永远相伴了。这个送葬下葬的过程描写是客观的、真实的。既然陶渊明这里的描写是真实的,我们就应当承认,人的存在的价值和意义只在你的生时,而不在你的死后。但在人类最初形成的价值观念体系中,特别是在中国流行的儒家伦理道德体系中,并不重视人在生时的存在价值和意义,那些永垂不朽、流芳百世之类为悼念死者而使用的话语，也转化成了生者自己的价值观念。他们往往不从自我的生存和发展的意义上考虑人生，而只想留得生前身后名，为一种社会倡导的价值标准而牺牲个人的真诚意愿和追求。这使人们狂热追求自己并不知为何而追求的东西，一心想的只是永垂不朽、流芳百世，扬名于后世，它使一代一代的人的生命都耗费在转瞬即逝的名声的争夺中。

陶渊明这里的人生观是否是消极的呢？这使我想起了鲁迅的一段话。在他悼念"三一八"死难学生的时候说：

> 然而既然有了血痕了，当然不觉要扩大。至少，也当浸渍了亲族、师友、爱人的心，纵使时光流驶，洗成绯红，也会在微漠的悲哀中永存微笑的和蔼的旧影。陶潜说过："亲戚或余悲，他人亦已歌；死去何所道，托体同山阿。"倘能如此，这也就够了。
>
> ——《记念刘和珍君》

鲁迅分明是在积极的意义上运用陶渊明该诗中的诗句的，但也承认他的话的客观真实性。后代人不可能只为追念前人的功绩而生存，所以多数人很快就会忘掉死者，只有他的朝夕相处的亲朋好友，或许还能在较长一段时间内记着他。一切的永垂不朽、流芳百世的幻想都只不过是幻想，用以表达某种感情态度则可，作为一个人的人生理想则纯属荒谬。

在过去，我们总把陶渊明当作一个超然物外的诗人。我倒觉得，他对人生的思考似乎比其他中国古典诗人都更切实些，更冷峻些，至少从这三首《拟挽歌辞》看来是这样。

"返乡就是返回到本源近旁"

陶渊明《归去来兮辞》赏析

高建新

作者介绍

高建新，1959年生。内蒙古大学人文学院汉语言文学系教授，中国古代文学硕士研究生导师。长期从事魏晋南北朝隋唐五代文学、中国古代山水田园文学研究。著有《中国古典诗词精华类编·山水田园卷》《山水风景审美》《自然之子：陶渊明》等。

推荐词

在中国文学史上，陶渊明第一次以辞赋的形式，把隐居的意义作了深刻、全面、真实的阐释，并将其提升到了完全自觉、理性的高度，从中展现了自己全部的思想和人格，让我们体验到了心灵之真的分量。

陶渊明在辞去彭泽令之初，作有《归去来兮辞并序》一文。这是陶渊明最重要的作品，既总结了其前半生的生活，又揭示了其归耕隐居的独特意义，对于了解陶渊明的人格和思想，有着不可忽视的价值。颜延之说："赋诗归来，高蹈独善。亦即超旷，无适非心。"（《陶徵士诔并序》）梁启超先生认为这篇赋"虽极简单极平淡，却是渊明全人格最忠实的表现"。我们就此做一些分析，先看赋前小序：

> 余家贫，耕植不足以自给。幼稚盈室，瓶无储粟，生生所资，未见其术。亲故多劝余为长吏，脱然有怀，求之靡途。会有四方之事，诸侯以惠爱为德，家叔以余贫苦，遂见用于小邑。于时风波未静，心惮远役，彭泽去家百里，公田之利，足以为酒，故便求之。及少日，眷然有归

欤之情,何则?质性自然,非矫厉所得。饥冻虽切,违己交病,尝从人事,皆口腹自役。于是怅然慷慨,深愧平生之志。犹望一稔,当敛裳宵逝。寻程氏妹丧于武昌,情在骏奔,自免去职。仲秋至冬,在官八十余日。因事顺心,命篇曰《归去来兮》,乙巳岁十一月也。

这是陶渊明彻底告别官场、永不再仕的宣言。陶渊明坦陈为贫而仕,子多且幼,谋生无术,在生存的挤压下不得不违背本心,外出做官,但自己"自然"的天性和官场却是格格不入,难以调和。经济压迫当然痛苦,但比起官场倾轧、灵肉分离的痛苦并不算得什么。对于陶渊明来说,思想深处要解决的最重大的问题就是田园在他的精神生活以及实际生活中的价值究竟有多大、地位究竟有多重要,可不可以割舍。经过长久深入的思索(包括与能给他带来俸禄的官场的对比、能否承受归隐后经济窘迫的痛苦等)之后,陶渊明确信:田园就是他的全部,是他的血脉,是他的生命,割舍了田园也就等于割舍了自己的全部幸福。现在问题已经解决,他要毫不迟疑地归来,所以充溢回旋在《归去来兮辞》中的是强烈的思乡情绪及其归来后的无比欣慰之情。这次归来之后，陶渊明就再也没有离开过心爱的田园，无论物质生活有多艰难，外面的世界有多大诱惑：

> 归去来兮，田园将芜胡不归？既自以心为形役，奚惆怅而独悲。悟已往之不谏，知来者之可追。实迷途其未远，觉今是而昨非。

开篇一声唤归，唤来的是心归，人归。在唤归声里，包含了陶渊明多少的人生企盼！在陶渊明眼里，田园是人类生命、人类存在之本根。"田园将芜"，意味着本根的丧失，所以诗人要归去！任何真正的选择，都是经过摇摆之后最终确定的。诗人说，从前出仕是误入歧途，自己的内心充满了惆怅、悲伤，幸好归来了，为时不晚，一切都可以从头做起。诗人化用《论语·微子》中的故事："楚狂接舆歌而过孔子曰：'凤兮凤兮，何德之衰！往者不可谏，来者犹可追。已而，已而！今之从政者殆矣。'"他以此表明自己对从政的厌恶和对未来生活的信心。"今是而昨非"，是深刻反思之后的判断，一"是"一"非"，表明诗人要彻底告别官场生活，决意一生与田园相伴。再则，"心为形役"，是诗人最不堪忍受的事情，"心为形役"也就意味着灵肉相悖、灵肉分离，这是巨大的、无以复加的心灵痛苦。他现在要让"形"听从"心"的召唤，彻底回归自我，永远摆脱被官场扭曲、戕害的日子，摆脱深度的心灵痛苦。宋人评说："'既自以心为形役，奚惆怅而独悲'是此老悟道处。若人能用此两句，出处有余裕也。"（《彦周诗话》，见《苕溪渔隐丛话·后集》卷三）"出处有余裕"，全在于灵肉的统一，灵肉的相合无间。在陶渊明看来，乡村生活才是一种符合人性、真正人道的生活。乡村为隐居者避离纷乱、超然于世提供了物质与环境的起码保障，可以作为安身立命的家园。这里风光优美、人情和洽，有自己朝朝暮暮思念的亲人和旧居，所以他要归来，而且归来得急不可待：

> 舟遥遥以轻扬，风飘飘而吹衣。问征夫以前路，恨晨光之熹微。乃瞻衡宇，载欣载奔。僮仆欢迎，稚子候门。三径就荒，松菊犹存。携幼入室，有酒盈樽。

对于陶渊明来说，返归田园即是返乡、返回家园，海德格尔说："'家园'意指这样一个空间，它赋予人一个处所，人唯在其中才能有'在家'之感。""返乡又是什么呢？返乡就是返回到本源近旁。"八十天的彭泽令，诗人不异于羁鸟池鱼，备受拘禁和折磨。辞官后的诗人如释重负，日夜兼程，一刻不停地赶回家乡，家乡的一切都让他觉得亲切、舒心，他再也不要离开家乡了。由此我们有理由相信，如果世上真有"桃花源"的话，那也只能存在于天蓝水碧、空气清新的乡村，而绝不会在喧闹浮夸的城市。目睹家乡美丽的风景，包裹在久违的浓浓的亲情中，诗人欣慰无比、温暖无比，内心漾满了说不出的幸福：

> 引壶觞以自酌，眄庭柯以怡颜。倚南窗以寄傲，审容膝之易安。园日涉以成趣，门虽设而常关。策扶老以流憩，时矫首而遐观。云无心以出岫，鸟倦飞而知还。景翳翳以将入，抚孤松而盘桓。

返归故乡，对于陶渊明来说，不只是切实的行动，而且是一种审美实践，所以他一往情深地用双脚和内心同时丈量着故乡的土地。在田园中，诗人重新发现了自我，找到了自我，终日留恋于乡村美好的景致，充分享受着田园生活的自然宁静、趣味天成，诗人内心敞放，一片安详。"春雨满，秧新谷。闲日永，眠黄犊。"（辛弃疾《满江红·山居即事》）在许多时候，乡村本身就代表着宁静、和谐、安详，代表着温情、善良、真诚，代表着对世俗的拒绝和对权势的蔑视。曹雪芹饱受炎凉之后，就有"残杯冷炙有德色，不如著书黄叶村"（敦诚《寄怀曹雪芹》）的解悟与执着，旷世奇绝的《红楼梦》就是在北京西郊宁静的乡村中最初写成的。云本自由，鸟倦知还，"云""鸟"在这里别有意味：云的美是一种自然的美、自由的美。天上一片云，不与水近，不与山亲，任风来风去，自由飘荡，无所系羁。陶渊明以此来象征自己如白云一样的淡泊清静、自在高远的志趣和追求。大约与《归去来兮辞》写在同一时期的《归鸟》（其二）说："翼翼归鸟，载翔载飞。虽不怀游，见林情依。"鸟儿飞得再高，深情依恋的还是养育它的树林，因为这是它生命的起点和最终归宿，所谓"羁鸟恋旧林"（《归园田居五首》其一）。"翼翼归鸟"，其实就是返归田园的陶渊明自己，他终于找到了生命的止泊处，从此再不用担心日暮时分的孤独彷徨、漂泊无依了。识命知性，方能重返本根，诗人对自己的选择充满自信和欣慰。叶梦得说"云无心以出岫，鸟倦飞而知还"两句，"此陶渊明出处大节，非胸中实有此境，不能为此言也"（《避暑录话》卷上）。

> 归去来兮，请息交以绝游。世与我而相违，复驾言兮焉求。

诗人再次发出了"归去来兮"的心声，既然与世俗格格不入，那就要独守本真，息交绝游。清明自省的理性，让陶渊明心底浩荡，绝无他求。何况，田园的生活又是那样的丰富多彩：有亲戚可以叙叨家常，有琴书可寄托怀抱，有西田可以躬耕，有春天美景可以欣赏，何乐而不为呢？

> 悦亲戚之情话，乐琴书以消忧。农人告余以春及，将有事于西畴。或命巾车，或棹孤舟。既窈窕以寻壑，亦崎岖而经丘。木欣欣以向荣，泉涓涓而始流。善万物之得时，感吾生之行休。

卢梭说："自然的景色的生命，是存在于人的心中的，要理解它，就需要对它有所感受。""在春天，田野上几乎是一片荒凉，没有长一些东西，树木也没有阴影，草地不过是刚吐叶儿，然而我们的心却为这景色所感动。看到大自然重返大地，我们觉得自己的生命也为之复苏；我们周围都是一片愉快的情景；那欢乐的伴侣，同温柔的感情时时相随的甜蜜的眼泪，已经是涌到了我们的眼皮边上了。"（《爱弥儿》卷一）大自然鲜活无比，生生不息，让诗人感动亦让诗人感慨。物换星移，四季更替，万木的欣欣向荣，源泉的涓涓流淌，激起了诗人对大自然的由衷礼赞，一如王羲之所言："仰观宇宙之大，俯察品类之盛，所以游目骋怀，足以极视听之娱，信可乐也。"（《兰亭集序》）大自然同时也激发了诗人对生命自身的无限沉思，这使我们想到德国诗人荷尔德林（1770—1843）的抒情长诗《返乡——致亲人》中那震撼人心的诗句：

> 还有你们，最亲爱的风；还有你们，温柔的春天，
> 又用舒缓的手使悲哀者重获快乐，
> 当他更新季节，这位造物主，
> 焕发又激动着垂暮之人的寂静心灵，
> 如他所爱，现在又有一种生命重新开始，
> 明媚鲜艳，一如往常，当代神灵到来，而喜悦的勇气重又鼓翼展翅。
> 太阳和欢乐依然把你们照耀，
> 呵，最亲爱的人们！你们的目光似乎比往常更清亮。
> 是的！故乡风情如故！欣荣昌盛，

> 在这儿生活和相爱的一切,从未抛弃真诚。[1]

拒绝贪欲,春耕秋获,辛勤创造,使乡村生活处在一种官场绝对不可能有的真正的清明干净之中。与此同时,诗人叹惋自然的恒久和个体生命的短暂,这与后来《游斜川》中的"开岁倏五日,吾生行归休。念之动中怀,及辰为兹游"所表达的感情是一样的,其中体现的是一种超越一己悲情的哲学思考,别有一种博大深沉的情怀,由此更表明他对这种生活的认可和眷恋。诗人不为隐而隐,而是在深刻感知了个体生命的独立、尊贵之后,毅然决然地回到了自己渴望的生活当中。

> 已矣乎!寓形宇内复几时,曷不委心任去留?胡为乎遑遑欲何之?富贵非吾愿,帝乡不可期。

"去留",指死生,"委心任去留"亦即下文说的"乘化",嵇康说:"齐万物兮超自得,委性命兮任去留。"(《琴赋》)一旦了悟生命有限,便觉自由之可贵。诗人要

---

[1] [德]海德格尔:《荷尔德林诗的阐释》,孙周兴,译,商务印书馆,2000年,第5页,第8页。荷尔德林的《返乡——致亲人》全诗共6章、108行,海德格尔对此有独特深刻的分析。

从心顺愿、形为心役，真正按照自己的意志生活。在这里，诗人既否定了世俗的幸福（富贵），又否定了宗教的彼岸世界（帝乡）。在营营求官，佛教、道教盛行的东晋时代，陶渊明的这种思想是难能可贵的。这里，"遑遑欲何之"是一种带有哲学意味的终极追问：我们行色匆匆，究竟要去哪里？又能去哪里？我们急切地想回到家园，却不知道家园在哪里。因为没有家园、找不到家园，所以我们无所适从，惶惑、惶恐，不可终日。而陶渊明经过执着不倦的探寻，却在一片纷乱中找到了属于自己的家园，找到了安身立命的本根，这便是田园，他要立即返归。返归是生活需要，更是深刻的精神需要：

> 怀良辰以孤往，或植杖而耘耔。登东皋以舒啸，临清流而赋诗。聊乘化以归尽，乐夫天命复奚疑！

良辰游赏、农忙耕耘、登高长啸、临水赋诗是诗人追寻的田园生活，独立，自由，清高，干净。充满明媚阳光、新鲜空气的乡村，是疲于奔劳、厌倦官场、烦于俗礼的人们由衷向往、全神栖息的绿草地。过去是，现在依然是。最后两句是诗人人生哲学的高度概括，陈寅恪先生认为"乃一篇主旨,亦即神释诗所谓'甚念伤吾生,正宜委运去。纵浪大化中,不喜亦不惧,应尽便须尽,无复独多虑'之意,二篇主旨可以互证"。"乘化",即随顺自然之变化;"归尽",指死亡。《易·系辞》:"乐天知命故不忧。"诗人要让个体生命融入自然的运化中,生亦不喜,死亦不惧。对于了悟了生命奥义的诗人来说,去路已一片通明,剩下的只是如何好好地生活了。唐初王绩非常喜欢《归去来兮辞》:"歌去来之作,不觉情亲。"(《答刺史杜之松书》)他的归隐就受到了陶渊明这个思想的深刻影响:"卿将度日,忽已经秋。菊花两岸,松声一邱。不能役心而守道,故将委运而乘流。"(《游北山赋》)陶渊明是超越的,又是脚踏实地的,他要在自己的探寻中,在播种、耕耘、收获的切实劳作中获得人生的意义。全文"素怀洒落,逸气流行,字字寰中,字字尘外"(毛庆蕃《古文学余》卷二十六),文章的高古出尘,缘于陶渊明的切实行动。元人王恽说:"古今闻人,例善于辞,而克行之者鲜。践其所言,能始终而不易者,其唯渊明乎?此所以高于千古人也。"(《秋涧先生大全文集》卷七十二)别人是能说不能做,陶渊明是既说也做,而且是做到实处。

在中国文学史上，陶渊明第一次以辞赋的形式，把隐居的意义作了深刻、全面、真实的阐释，并将其提升到了完全自觉、有理性的高度，从中展现了自己全部的思想和人格，让我们体验到了心灵之真的分量。梁启超先生说："渊明这篇文，把他求官弃官的事实始末和动机赤裸裸照写出来，一毫掩饰也没有，这样的人，才是'真人'；这样的文艺，才是'真文艺'。"郭预衡先生说："在《归去来兮辞》中，他历数自己辞别官场后的归途之乐、安居之乐、天伦之乐、田园之乐、山林之乐、悟道之乐，出语真诚，绝无丝毫矫情。"袁行霈、罗宗强先生说："对于后人来说，一切的回归，一切的解放，都可以借着这篇文章来抒发，因此它也就有了永恒的生命力。""如果进一步从世界观和生命意识的角度，结合其所处的特定社会时代予以观察，陶渊明的'归去来兮'似乎又不仅仅是一种生活情趣、一种心理状态的抉择，而是一种人生境界，是他对生存价值和生命意义的终极追求。"其实这也正是《归去来兮辞》的独特价值之所在，因此受到后人由衷的赞美和喜爱。宋人王十朋说："潇潇风尘太绝尘，寓形宇内任天真。弦歌只用八十日，便作田园归去人。"（《观渊明画像》）王安石说："彭泽陶潜归去来，素风千岁出尘埃。"（《题致政孙学士归来亭》）李曾伯说："我爱陶潜，休官彭泽，为三径荒芜归去来。"（《沁园春·和邓季谦通判为寿韵》）郑思肖说："彭泽归来老岁华，东篱尽可了生涯。谁知秋意凋零后，最耐风霜有此花。"（《陶渊明对菊图》）元人盍志学说："一个小颗颗彭泽县儿，五斗米懒折腰肢。乐以琴诗，畅会寻思。万古流传，赋归去来辞。"（〔双调〕《蟾宫曲》）他们都强调了陶渊明辞官归隐的非同寻常及其所作《归去来兮辞》的独特蕴涵。陶渊明是以自己的"舍"，获得了属于自己的清朗广阔、可以安身立命的世界。

孤夜难眠　我心谁知

阮籍《咏怀》（其一）和陶潜《杂诗》（其二）赏析

苏燕平

作者介绍

苏燕平,西北农林科技大学人文学院教师。

推荐词

这两首诗都渗透着哲学意味,用哲学来观照人生的悲哀,所以总有一番高远不可及处。钟嵘评阮籍的诗歌:"言在耳目之内,情寄八荒之表……厥旨渊放,归趣难求。"沈德潜也评陶诗道:"陶诗胸次浩然,其有一段渊深朴茂不可到处。"

文人骚客在月夜总是感触良多,难以说清:或思念,或喜悦,或叹自身际遇。他们在月下活跃的思维、丰富的感受给后人留下了大量优美的诗篇。阮籍和陶渊明这两位大诗人也各有一首在月夜中挥就的诗歌,来表达各自的感慨。这就是阮籍的《咏怀》(其一)和陶渊明的《杂诗》(其二)。

我们先来看阮籍和他的《咏怀》(其一)。

阮籍(210—263)正处于曹魏政权到司马氏政权的更替时期。司马氏在魏末急于替代曹氏,大量屠杀异己,政治极为黑暗恐怖。"天下多故,名士少有全者。"(《晋书·阮籍传》)阮籍正是处于这样一个噤若寒蝉的时代,偏又身陷云谲波诡的政治旋涡中,他先后在曹氏、司马氏统治集团任职,时时处于自身难保的境地。

阮籍的八十二首《咏怀》,抒发了诗人在艰难处境下的各种人生感慨。因为魏末晋初的政治黑暗，所以他的诗极为隐晦曲折，"百代之下，难以情测"，只能"粗明大意，略其幽旨"。而《咏怀》（其一），清人方东树说："此是八十一首发端，不过总言所以咏怀不能已于言之故。"（《昭昧詹言》）所以相对于《咏怀》其他诗而言，"夜中"一首更显隐晦复杂和沉重。

首句凭空而起直陈其事："夜中不能寐，起坐弹鸣琴。"诗人看似随口道出的一句话表现了他焦灼、烦乱、不安的心境。已是深夜了，诗人躺在床上想闭目安睡，心里却忧思百结难解。他怎么也睡不着，就干脆坐起来弹琴。这琴声也应是激烈的，来发泄诗人郁闷的心绪。

史书载阮籍"本有济世志，属魏晋之际，天下多故，名士少有全者，借由是不与世事，遂酣饮为常"。让任性不羁、傲然独得的阮籍大醉以避政事，却不能说什么，也不能做什么，这需要多么巨大的克制力，要忍受怎样剧烈的心灵煎熬！

所以这首诗一开始就通过两个动作描写展示出诗人强大的主体形象。诗人心中急剧翻腾的巨浪既压迫着他坐卧不宁，也深深撼动了我们的心扉。

"薄帷鉴明月，清风吹我襟。"这两句由第一、二句的心理上的欲静还动，转入自然界中的一静一动。明月照在薄薄的帷帐上，月光透过帷幕射入室内，清冷的风也钻进来，掀动诗人的衣襟。明月清风本是好的，但在这里，却并没有让人产生这样的感受。最耐咀嚼的是第三句"薄帷鉴明月"。薄帷被明月照耀着，这是一个被动句。在古诗中，涉及明月照物的诗句多为主动句："明月何皎皎！照我罗床帷""明月松间照，清泉石上流""明月照积雪，朔风劲且哀"……所以说被动句并不多见。但正是这一句，向我们揭示了诗人内心真实的世界。在正始时期，已握大权的司马氏大肆屠杀异己力量，阮籍的好友嵇康由于性格刚傲爽直，曾明白激烈地反对司马氏的阴谋而遭杀害，沦为政权之争的牺牲品。所以在这样的乱世之中，全身远祸不能不是阮籍最大的心事："终身履薄冰，谁知我心焦。"时时担忧罹谤遇祸的阮籍，只能在白天以酣醉、以发言玄远来逃避这样一个充满阴谋和暴力的世界。

　　到了夜晚，诗人紧张的神经应该稍稍松懈下来了吧？不，自然界中的明月和清风轻易进入内室，对诗人形成逼迫。薄帷和衣襟在这里象征着诗人的自我保护，但这双重的屏障却阻挡不了象征外在威压的明月清风的长驱直入,引人遐思的明月和清风在此也陡然生出凛凛寒意。

可见,有着沉重"忧生之嗟"的诗人,面对自然界时也是惊恐不安的,这个自然界是更为强大的外在力量的化身。诗人主体和外界客体之间是对抗的,有着激烈的冲突,这种对抗和冲突在诗歌中形成一种内在的张力,对读者也产生了强劲的冲击力量。

"孤鸿号外野,翔鸟鸣北林。"孤独的大雁在野外哀号,惊飞的宿鸟在林子里悲鸣。这两句既写听觉,又写视觉,这一景象可以是实有,也可以是虚幻的。明月和清风不仅对诗人造成侵扰,也使得孤鸿和宿鸟受惊不已。王国维说:"以我观物,故物皆着我之色彩。"(《人间词话》)如果诗人不是内心极端忧虑、恐慌的话,他又怎么会体察出惊鸟在荒野上的悲苦呢?这不正是诗人自身的写照吗?

"徘徊将何见,忧思独伤心。"诗人试图借琴声来慰藉痛苦的灵魂,但外界的威逼如此无孔不入,连旷野的鸟儿都不得安生,他还能遇见什么来稍作宽慰呢?他只能怀着忧思,独自一人伤心罢了。

《咏怀》(其一)以"夜中不能寐"突兀而起,又以

"忧思独伤心"戛然而止，虽然整首诗只有八句，但诗人思绪流动却环环相扣，形成一个封闭的环形结构：诗人——琴——明月、清风——孤鸿、宿鸟——诗人，在这个过程中，诗人从激荡难平的内心出发，似乎带着一点点希冀，想在外界求索一番，但他的所见所闻，让他发现了生者的脆弱和不堪一击。他感受到了彻骨的悲凉，险恶的外界是那样强大，他根本无外物可作依靠，唯一可供他抵挡外界逼迫的，只有他自己的内心。所以最终，诗人带着绝望，在心里品尝着孤独、煎忧，还有伤心。

在这首诗里，诗人的忧愁愤激压倒了一切，诗歌的旋律也激荡不已，最后在诗人长长的悲叹声中才平缓一些。诗歌画面的色调也很阴沉，尽管有明月来相照，但给人的感觉却惶恐不安。

我们再来看陶渊明的《杂诗》（其二）。陶渊明同样夜深难眠，抒发的却是时光流逝、志业未就的悲哀。这首诗的主旨看起来比较单纯，不像阮诗那么难测。

《杂诗》（其二）从日月交替的自然景象起笔："白日沦西阿，素月出东岭。遥遥万里辉，荡荡空中景。"太阳落下西山，明月升上东岭，银色的月光一泻万里，照亮浩荡的夜空。最为平常的一景：日月交替，由渊明缓缓道来，却不由人心生几分悲愤，日月无情，又一天就这样过去了。月光充塞天地，是夜晚的主宰，那么同属宇宙万物中的人呢？随着诗人心中的这一自问，画面由刚才天地间大放光明转至光线昏暗的屋内了："风来入房户，夜中枕席冷。气变悟时易，不眠知夕永。"

诗人躺在席子上，夜风入户，他感到身下有些冷，这时才猛然想起：噢，季节变了。而眼下睡不着觉，才知道夜实在是太长了。不像阮诗意境的变幻不定，陶诗非常舒缓，读起来像剥笋，一片一片剥掉。诗句也平淡无奇：天凉了，夜长了，诗人年老了。在这平淡的诗句中却蕴涵着惊心动魄的东西：时序更改，时光流逝，自然规律无情，人无力把握这些。

从描写月亮和风的诗句中，可以看出陶渊明潜意识里人与自然的关系和阮籍所体会到的相去甚远。"薄帷鉴明月，清风吹我襟。"诗人阮籍感于生存环境的威逼，用被动句式写出明月的强横，而主动句中清风直面吹来，更是不容逃避。人和自然界有着激烈的冲突。但陶渊明不同，自从归入田园的那天起，他就获得了精神上的自由，和纯洁的大自然融为一体。所以,"明月"有寒意,而"素月"让人心生爱怜;"清风吹我襟"平添愁烦,"风来入房户",自有和人亲近之感。即使"夜中枕席冷",也是自然给予诗人正常的感觉,和阮诗中外界对人的挤压截然不同。

不过在这儿,人和自然并不那么亲密,它们有一定隔膜,虽无明显冲突,却有不露声色的对立。"欲言无予和,挥杯劝孤影。"这时诗人因睡不着已经起来了,但夜深人静,想说话却无人应和,只好举杯劝着自己孤零零的影子"喝吧,喝吧"。诗人想要说些什么?"日月掷人去,有志不获骋。"这时我们才明白篇首的普通一景带给诗人心灵上的震撼,日月无情起落,并不理会人的一天天老去,他的志向是否得到了施展。"长吟掩柴门,聊为陇亩民"的渊明表面上似乎与外界身心两忘,实际上心中大志一直未能放下,要不怎么会"检素不获展,厌厌竟良月"?

虽然诗人在自然中找到了精神归宿,但永恒的自然规律和短暂的人生,无情时序和有志莫展的人有着本质上的对立,最终生命要受到制约而无法突破这一点。人最终是孤独的。这种孤独由"欲言无予和"的人世间的孤独,深入到大自然中彻底的孤独:"日月掷人去。"诗人想到这些,只能

"念此怀悲凄,终晓不能静"。新的一天又来临了,诗人内心的悲哀却还未能平静下来。诗人的笔,就这样领着我们一步步由日月交替、风入房户的身外景象,到诗人身下席冷的刹那感觉,一直走入诗人的内心世界里。整首诗以白日西沦起,以东方告白终,在自然景象的周而复始中,显示了自然规律的永恒和无情,生命短促和人的渺小。

阮籍和陶渊明的诗歌有一脉相承的地方,所以他的《咏怀》(其一)和陶渊明的《杂诗》(其二)这两首同为月夜咏怀的五言诗,风格同中有异,殊途同归。

其相同点是这两首诗都渗透着哲学意味,用哲学来观照人生的悲哀,所以总有一番高远不可及处。钟嵘评阮籍的诗歌:"言在耳目之内,情寄八荒之表……厥旨渊放,归趣难求。"沈德潜也评陶诗道:"陶诗胸次浩然,其有一段渊深朴茂不可到处。"

另一相同的地方就是语言自然、精当。尽管两首诗手法有异,但诗句读起来都非常自然,若从口中随意道出,并无人为雕琢痕迹,像"夜中不能寐,起坐弹鸣琴""风来入房户,身下枕席冷",平白如话,却又语言精当,耐人咀嚼。

它们最后的相同处也是最大的相通处,就是境异心同。

这两首诗歌中的情感都非常内敛，蕴藏着一种焦灼和悲愤。尽管阮诗显得隐晦复杂，陶诗单纯坦率一些。

它们的不同处也很明显。

首先是节奏不同，阮诗节奏跳荡不定，意象变幻多端，如"晴云出岫，舒卷无定质"。你不知道它下一步会指向何处，"远近之间，遇境即际，兴穷即止"。而陶诗波澜甚微，就这么一路缓缓道来，平淡之极。怪不得古人云初读陶诗如嚼枯木，其味淡，读阮诗则如品浓酒，其味烈，但都余味不尽。

其次是结构不同。阮诗以"我"起，以"我"终，人和外界对抗、冲突，"我"为诗人于宇宙间小小驻足之地。陶诗以物起，以物终，自然永恒，我为瞬间。所以二者都生发出悲哀孤独之意。

最后是表现手法的不同，阮诗短短八句，多为叙述兼描写，只有最后两句兼议论和抒情，意蕴繁复而厚重；而陶诗除前面四句有叙述和描写外，多是叙述和议论。大概这也是陶诗的平淡散缓之处。

孤夜难眠，我心谁知。两位诗人距今千载，但他们的心灵呐喊至今仍推动着我们去思考，去追求。

琴赋一曲尽雅声

嵇康《琴赋》赏析

李建中

作者介绍

李建中,1955年生,湖北江陵人。武汉大学文学院教授、博士生导师。

推荐词

这位音乐的里手行家,这位"越名任心"的叛逆者,不满于儒家"声音之道与政通"的音乐教化论,认为前人"称其才干,则以危苦为上,赋其声音,则以悲哀为主,美其感化,则以垂涕为贵"的乐论是"不解音声",是"未达礼乐之情也",因此作《琴赋》抒写其音乐情怀。

知音其难哉！音乐之奥秘实难穷尽，而嵇康的《琴赋》，测琴德，识乐音，尽雅声之妙，其间蕴涵着丰富的音乐美学与心理学思想，弥漫着一位知音者的卓识与才情。

嵇康，字叔夜，生活于魏晋之交，《晋书》本传说他"高情远趣，率然玄远""天质自然""性烈才俊"，而他的情趣与才华均与音乐有关。他少好音声，精通琴道，还从一位神秘的乐师那儿学得"声调绝伦"的《广陵散》，其音乐造诣之高深可以想见。《与山巨源绝交书》自谓"浊酒一杯，弹琴一曲，志意毕矣"，足见音乐爱好成为他主要生活乐趣之一，遣怀寄志，舍此何能？

这位音乐的里手行家，这位"越名任心"的叛逆者，不满于儒家"声音之道与政通"的音乐教化论，认为前人"称其才干，则以危苦为上；赋其声音，则以悲哀为主；美其感化，则以垂涕为贵"的乐论是"不解音声"，是"未达礼乐之情也"（《琴赋》序，下引《琴赋》不另注明），因此作《琴赋》，用文学语言抒写其音乐情怀。

《琴赋》正文，可一分为三：首，溯琴之家世本源；次，绘琴之音乐形象；末，述琴声之心理效应。琴从何处来？大自然之怀抱。嵇康从琴的制作材料"椅梧"所生长的自然环境写起。椅梧的故乡，"丹崖崄巇，青壁万寻"，"颠波奔突，狂赴争流"。山川的壮丽神秀赋以椅梧这琴之母体以自然灵气，更何况椅梧还于此山间河畔，"含天地之醇和兮，吸日月之休光"！传说中琴的发明者，"遁世之士，荣期绮季之畴"正是看到椅梧之木自然神丽的特点，才将其"制为雅琴"。

乐音由琴奏出，琴之本实为乐之本；说"琴"来自大自然，实曰"乐"本乎大自然。嵇康论音乐，其根本美学思想，便是将"自然之和"视为音乐之本。他的音乐美学专著《声无哀乐论》说："夫天地合德，万物滋生。寒暑代往，五行以成。故章为五色，发为五音。"音乐的本源，就在于大自然之中，就在于《琴赋》花不少篇幅所描写的"天地""日月""山丘""大川"之中。正因为音乐以自然为本，才得以超越于具体的情感如哀乐之上，所谓："声音有自然之和，而无系于人情。""焉得染太和于欢戚，缀虚名于哀乐哉？"（《声无哀乐论》）

《琴赋》溯源之后，便开始出神入化地描绘琴声的音乐形象。先用"何其丽也""何其伟也"两句惊叹，给读者一个关于琴声之美妙的整体印象，然后细致入微地指明琴声"丽"在何处，"伟"在何方。嵇康是琴坛高手，讲的都是琴界行话："及其初调，则角羽俱起，宫徵相证，参发并趣，上下累应。踸踔磥硌，美声将兴，固以和昶而足耽矣。"——这是从音乐形式结构的角度，讲乐音的交响、对比、和鸣、呼应，以及旋律的变化、起伏、丰富、宏大。紧接着以古代名曲，如《白雪》《渌水》《微子》为例，来具体描绘音乐的"丽"与"伟"。

嵇康毕竟又是一位才华横溢的文学家，在《琴赋》中驱遣其文学才能、运用一系列的文学比喻来描绘琴声的音乐形象："状若崇山，又像流波。浩兮汤汤，郁兮峨峨。"音乐本于自然，故具有山川的气质风采。"譻若离鹍鸣清池，翼若浮鸿翔层崖。纷文斐尾，慊缀离纚。微风余音，靡靡猗猗……远而听之，若鸾凤和鸣戏云中；迫而察之，若众葩敷荣曜春风。既丰赡以多姿,又善始而令终。嗟姣妙以弘丽,何变态之无穷!"像即将飞离清池的水禽那难舍碧波的啁啾,又像翱翔于崇山峻岭的飞鸟那舒展自若的双翼,像飘逸的缤纷彩羽,又像微风中的袅袅余音,远闻仿佛碧云天鸾凤和鸣,近听恰似春风里百花齐放……音乐本来是有声而无形的,然而,从诗人兼音乐家这一连串浪漫而又妥帖、超逸而又具体的比喻中,我们看见音乐那"丰赡多姿""姣妙弘丽",而且"善始令终""变态无穷"的形象。

马克思说过:"对于非音乐的耳朵,最美的音乐也没有意义。"反之,只有"音乐的耳朵"才能欣赏"最美的音乐"。嵇康用"音乐的耳朵"听琴声,听出千姿百态变化无穷的音乐之美;而儒家正统乐论,用"非音乐的耳朵"听琴,听出来的仅仅是与政治教化有关的"危苦"与"悲哀"。在他们看来,如果说音乐还有什么形象的话,那就是"垂涕"。音乐教化论者,把本来是其妙无穷的乐音,弄成形容枯槁的教化符号。恰似《毛诗序》的作者,从教化论出发,牵强附会地从《诗经》的爱情篇什中寻找什么"后妃之德",将其味无穷的"诗"弄得索然寡味。

"非音乐的耳朵",自然不懂得音乐的美感心理效应,所谓"非夫至精者,不能与之析理也"。而《琴赋》以音乐内行的眼光,在溯其本源与绘其形象的基础上,进一步阐发了关于音乐鉴赏的见解:"若论其体势,详其风声,器和故响逸,张急故声清,间辽故音庳,弦长故徽鸣。性洁静以端理,含至德之和平。诚可以感荡心志,而发泄幽情矣!"所谓"器(琴体)和""张(弦)急""间辽(弦间辽远)"和"弦长",指琴体的物质结构;而"响逸""声清""音庳"和"徽鸣"则是由特定的物质构成所产生的特定的乐音效果。而所谓音乐形象,正是产生于诸种音声效果的有规律的组合之中。琴体以及音声,都是大自然的产物,具有与大自然相同的灵气神情:"性洁静以端理,含至德之和平。"唯其如此,音乐才得以"感荡心志","发泄幽情"!可见嵇康是从琴与音的物质本源这一根本问题出发,来探讨音乐的心理和情感效应的。

在嵇康看来,音乐本身并不具有情感性质,所谓"声音自当以善恶为主,则无关于哀乐。哀乐自当以情感,则无系于声音"(《声无哀乐论》),声音的善恶,也就是音乐形象的优劣、美丑,是由音乐的物质形式及其结构所决定的,与情感并无必然联系。那么本无哀乐之情的音乐,为何又能"感荡心志""发泄幽情"呢?《琴赋》写道:"是故怀戚者闻之,莫不憯懔惨凄,愀怆伤心,含哀懊咿,不能自禁。其康乐者闻之,则欤愉欢释,抃舞踊溢,流连澜漫,嗢噱终日。若和平者听之,则怡养悦愉,淑穆玄真,恬虚乐古,弃事遗身。"音乐之所以能产生如此丰富多彩、复杂多变的心理效应,说到底,是由于欣赏者自身的情感状态("怀戚""康乐"或"和平")所决定的,"哀心藏于苦心内,遇和声而后发"(《声无哀乐论》),音乐之和声引发了原来就藏于鉴赏者内心深处的情感,可见在音乐欣赏过程中,起主导作用的是鉴赏主体之心。儒家正统乐论,一方面夸大音乐的社会作用,认为音乐足以"亡国""困民""兴邦""和政",另一方面又缩小甚至无视音乐欣赏者的主导作用,这二者又是互为因果的。《乐记》讲圣人"致乐以治心",音乐"足以感动人之善心而已矣",听音乐的人,只需被动地接受"拯治"就足够了,无须发挥什么能动性。这样一来,音乐的形象就只剩下"垂涕",音乐的效应就只有"治心"了。嵇康强调鉴赏主体的主导作用,是救儒家乐论之弊而赋予音乐理论以深刻的美学与心理学内涵,并从音乐欣赏的角度充分体现出魏晋"人的觉醒"的时代精神。

《琴赋》有一尾声,大意是说:琴德难测音难识,唯有至人尽雅声。读《琴赋》可知,无论是作为音乐的创造者和鉴赏者,还是作为音乐的美学家和心理学家,嵇康都无愧于"至人"的称号。他精通音乐,酷爱音乐,以至将音乐视为生命。嵇康三十九岁那年,受司马氏集团迫害而惨遭杀戮。他临刑东市,神气不变,索琴弹之,奏《广陵散》。他早已将生死置之度外,而是将一颗艺术家的赤诚之心与"性洁静以端理,含至德之和平"的琴声融为一体。《广陵散》虽失传了,但那个凝聚着诗人之情与音乐之和的"幽灵",在渺渺太空永久地飘荡……

↘ 原 文

琴 赋(并序)

余少好音声,长而玩之。以为物有盛衰,而此无变;滋味有厌,而此不倦。可以导养神气,宣和情志。处穷独而不闷者,莫近于音声也。是故复之而不足,则吟咏以肆志;吟咏之不足,则寄言以广意。然八音之器,歌舞之象,历世才士,并为之赋颂。其体制风流,莫不相袭。称其才干,则以危苦为上；赋其声音，则以悲哀为主；美其感化，则以垂涕为贵。丽则丽矣，然未尽其理也。推其所由，似原不解音声；览其旨趣，亦未达礼乐之情也。众器之中，琴德最优。故缀叙所怀，以为之赋。其辞曰：

惟椅梧之所生兮，托峻岳之崇冈。披重壤以诞载兮，参辰极而高骧。含天地之醇和兮，吸日月之休光。郁纷纭以独茂兮，飞英蕤于昊苍。夕纳景于虞渊兮，旦晞干于九阳。经千载以待价兮，寂神跱而永康。且其山川形势，则盘纡隐深，磪嵬岑嵓。亙岭巉岩，岹峣岖崟。丹崖崄巇，青壁万寻。若乃重巘增起，偃蹇云覆。邈隆崇以极壮，崛巍巍而特秀。蒸灵液以播云，据神渊而吐溜。尔乃颠波奔突，狂赴争流。触岩抵隈，郁怒彪休。汹涌腾薄，奋沫扬涛。瀄汩澎湃，蜿蟺相纠。放肆大川，济乎中州。安回徐迈，寂尔长浮。澹乎洋洋，萦抱山丘。详观其区土之所产毓，奥宇之所宝殖，珍怪琅玕，瑶瑾翕赩，丛集累积，奂衍于其侧。若乃春兰被其东，沙棠殖其西。涓子宅其阳，玉醴涌其前。玄云荫其上，翔鸾集其巅。清露润其肤，惠风流其间。竦肃肃以静谧，密微微其清闲。夫所以经营其左右者，固以自然神丽，而足思愿爱乐矣。

于是遁世之士，荣期绮季之畴，乃相与登飞梁，越幽壑，援琼枝，陟峻崿，以游乎其下。周旋永望，逸若凌飞，邪睨昆仑，俯瞰海湄。指苍梧之迢递，临回江之威夷。悟时俗之多累，仰箕山之余辉。美斯岳之弘敞，心慷慨以忘归。情舒放而远览，接轩辕之遗音。慕老童于騩隅，钦泰容之高吟。顾兹梧而兴虑，思假物以托心。乃斫孙枝，准量所任。至人摅思，制为雅琴。乃使离子督墨，匠石奋斤，夔襄荐法，般倕骋神。镂会裛厕，朗密调均。华绘雕琢，布藻垂文。错以犀象，籍以翠绿。弦以园客之丝，徽以钟山之玉。爰有龙凤之象，古人之形。伯牙挥手，钟期听声。华容灼爚，发采扬明，何其丽也！伶伦比律，田连操张。进御君子，新声燡亮，何其伟也！

及其初调，则角羽俱起，宫徵相证，参发并趣，上下累应。躩踔磥硌，美声将兴，固以和昶而足耽矣。尔乃理正声，奏妙曲，扬白雪，发清角。纷淋浪以流离，奂淫衍而优渥。粲奕奕而高逝，驰岌岌以相属。沛腾遌而竞趣，翕韡晔而繁缛。状若崇山，又像流波。浩兮汤汤，郁兮峨峨。怫𢠃烦冤，纡余婆娑。陵纵播逸，霍濩纷葩。检容授节，应变合度。兢名擅业，安轨徐步。洋洋习习，声烈遐布。含显媚以送终，飘余响乎泰素。

若乃高轩飞观，广厦闲房，冬夜肃清，朗月垂光，新衣翠粲，缨徽流芳。于是器冷弦调，心闲手敏。触㩉如志，唯意所拟。初涉渌水，中奏清徵。雅昶唐尧，终咏微子。宽明弘润，优游躇跱。拊弦安歌，新声代起。歌曰：凌扶摇兮憩瀛洲，要列子兮为好仇。餐沆瀣兮带朝霞，眇翩翩兮薄天游。齐万物兮超自得，委性命兮任去留。激清响以赴会，何弦歌之绸缪。于是曲引向阑，众音将歇，改韵易调，奇弄乃发。扬和颜，攘皓腕。飞纤指以驰骛，纷䍧𩰚以流漫。或徘徊顾慕，拥郁抑按，盘桓毓养，从容秘玩。阒尔奋逸，风骇云乱。牢落凌厉，布濩半散。丰融披离，斐韡奂烂。英声发越，采采粲粲。或间声错糅，状若诡赴。双美并进，骈驰翼驱。初若将乖，后卒同趣。或曲而不屈，直而不倨。或相凌而不乱，或相离而不殊。时劫掎以慷慨，或怨㰌而踌躇。忽飘摇以轻迈，乍留联而扶疏。或参谭繁促，复叠攒仄。纵横络绎，奔遁相逼。拊嗟累赞，间不容息。瑰艳奇伟，殚不可识。

若乃闲舒都雅，洪纤有宜。清和条昶，案衍陆离。穆温柔以怡怿，婉顺叙而委蛇。或乘险投会，邀隙趋危。譬若离鹍鸣清池，翼若游鸿翔层崖。纷文斐尾，慊缪离缅。微风余音，靡靡猗猗。或楼擖擽捋，缥缥潋冽。轻行浮弹，明嫪睬慧。疾而不速，留而不滞。翩绵缥缈，微音迅逝。远而听之，若鸾凤和鸣戏云中；迫而察之，若众葩敷荣曜春风。既丰赡以多姿，又善始而令终。嗟姣妙以弘丽，何变态之无穷！

若夫三春之初，丽服以时。乃携友生，以遨以嬉。涉兰圃，登重基，背长林，翳华芝，临清流，赋新诗。嘉鱼龙之逸豫，乐百卉之荣滋。理重华之遗操，慨远慕而长思。

若乃华堂曲宴，密友近宾，兰肴兼御，旨酒清醇。进南荆，发西秦，绍陵阳，度巴人。变用杂而并起，竦众听而骇神。料殊功而比操，岂笙籥之能伦？

若次其曲引所宜，则广陵止息，东武太山。飞龙鹿鸣，鹍鸡游弦。更唱迭奏，声若自然。流楚窈窕，惩躁雪烦。下逮谣俗，蔡氏五曲，王昭楚妃，千里别鹤。犹有一切，承间簉乏，亦有可观者焉。然非夫旷远者，不能与之嬉游；非夫渊静者，不能与之闲止；非夫放达者，不能与之无；非夫至精者，不能与之析理也。

若论其体势，详其风声，器和故响逸，张急故声清，间辽故音庳，弦长故徽鸣。性洁静以端理，含至德之和平。诚可以感荡心志，而发泄幽情矣！是故怀戚者闻之，莫不憯懔惨凄，愀怆伤心，含哀懊咿，不能自禁。其康乐者闻之，则欨愉欢释，抃舞踊溢，流连澜漫，嗢噱终日。若和平者听之，则怡养悦，淑穆玄真，恬虚乐古，弃事遗身。是以伯夷以之廉，颜回以之仁，比干以之忠，尾生以之信，惠施以之辩给，万石以之讷慎。其余触类而长，所致非一，同归殊途。或文或质，总中和以统物，咸日用而不失。其感人动物，盖亦弘矣。

于时也，金石寝声，匏竹屏气，王豹辍讴，狄牙丧味。天吴踊跃于重渊，王乔披云而下坠。舞鹍鸡于庭阶，游女飘焉而来萃。感天地以致和，况蚑行之众类。嘉斯器之懿茂，咏兹文以自慰。永服御而不厌，信古今之所贵。

乱曰：愔愔琴德，不可测兮；体清心远，邈难极兮；良质美手，遇今世兮；纷纶翕响，冠众艺兮；识音者希，孰能珍兮；能尽雅琴，唯至人兮！

心物相感 情物互生

江淹《别赋》赏析

曹明纲

作者介绍

曹明纲，1949年生，浙江上虞人。1980年毕业于上海师范学院中文系。1981年加入上海古籍出版社，曾任编辑室主任、副编审等。出版有《赋学概论》《唐五代词三百首新译》《中国园林文化》《陶渊明谢灵运鲍照诗文选评》《魏晋南北朝散文》等著作。

推荐词

刘熙载认为"赋中宜有画"。江淹的《别赋》不独发扬了赋这种文体善于状物和铺写的传统，表现出精湛的多面的摹写技艺，而且十分成功地融入了《诗》的抒情特点，使所赋的景物无不带有浓厚的感情色彩，读来令人"黯然销魂"。

古往今来，抒写人间离情别意的佳作何止千万！杜甫"三别"诗泣诉了战乱带给人民的悲痛怨愤，李白送别诗倾吐了对友人对知己的一片深情，而柳永、王实甫等人又在词、曲中细致入微地描摹了恋人们分别时的种种缠绵悱恻，这一切都深深地打动着人们的心。然而，在这些作品产生之前，就出现了一篇描绘多种离别状况、集中抒发哀怨之情的作品。这就是江淹的《别赋》。

《别赋》一开始，就慨然长叹："黯然销魂者，唯别而已矣！"言语间充满了辛酸悲怆。"黯然销魂"四字，高度概括了整篇作品所要表达的种种感受，一上来就紧紧摄住了读者的心。在点明题意和先声夺人方面，后来李白的《蜀道难》"噫吁嚱，危乎高哉，蜀道之难，难于上青天"的感叹，或可和它相比。在一种苍凉哀婉的气氛中，作者用一个"况"字做了进层连接，从地理和时间上，极言离别距离的遥远和景物的恼人，从而为后文的抒情创造了一个典型的环境。

对离别的感受总是双方的。因此，作者首先就对行子和居人的离愁别恨，做了总的镂心刻骨的描写。他抓住行子在将行未行时的反常感觉、矛盾心理和痛苦状况，极有层次地展现了人物的百感凄恻。风声萧萧，云色漫漫，在出门人的耳目中，似乎都与往常不同。这种对外界事物产生的异样感觉，正是人物内心笼罩着巨大阴影的反映。风声云色在这里既是自然之物，是触发和增添人物伤感的外界因素，但同时又是有情之物，融入并体现了人物内心的哀伤。然后，作者又从事物在瞬间呈现出的微妙状态的刻画中，形象地揭示出人物复杂的心理。"舟凝滞""车逶迟""棹容与"，表面写物，写物的某种暂时状况，但它恰到好处地展示了人物内心那种欲止不可、欲行不能的矛盾状态。在近乎凝滞的静止场面中，"马寒鸣而不息"，似乎连马也不愿离开故乡和居人，又似乎在提醒行人上路的时间到了，催促主人启程。它把一阵阵凄凉和悲戚传给行子和居人，同时也传给读者。最后，作者由从旁暗示人物内心转而为直接描写人物行动：行子掩了金樽，搁了琴瑟，这时马已起步，他不觉一阵阵辛酸，点点泪珠滚落下来，沾湿了车前的横木，其状痛苦欲绝。与此不同，作者刻画居人的独处，着重表现出人物内心"恍若有亡"的惆怅。在为主人公安排了一个日影西沉、月华初上的黄昏景况，以景托情，暗示人物从早到晚的苦苦思念之后，主要写了人物"见红兰""望青楸""巡层楹""抚锦幕"等一系列行动和由此而来的感受，这就将人物心中的愁思和感物悲时的怨情和盘托出。不但如此，这种缕缕哀思和绵绵怨情，还在清苦的梦境中，驱使她去追随行子的游踪，去关心旅途的劳顿。读着这些描写，我们怎么能不为主人公的真挚深沉的感情和不幸的遭遇所感动，甚至献上一掬同情之泪呢！

接着，作者像一位高明的画师，运用他那奇妙的彩笔，为我们绘制了一幅幅色彩斑斓、形态逼真的离别图景。

达官贵人的离别场面豪华热闹。人们乘坐着华丽的车马，从四处赶来参加筵别。筵席上宾朋如云，轻歌曼舞伴着飞觥投觞，"珠与玉兮艳暮秋，罗与绮兮娇上春"，人物的服饰姿容竟使自然景色为之添彩，其艳丽华美可以想见。"惊驷马之仰秣，耸渊鱼之赤鳞"，从动物凝神屏息的神态中，我们仿佛听到了悠扬动人的乐声。

义侠壮士的诀别场面悲壮,气氛激烈:"割慈忍爱,离邦去里。沥泣共诀,抆血相视。"几笔勾勒,就把恩主的万不得已和壮士的义无反顾的音容声貌,刻画得淋漓尽致,动人心魄。

老人送子从军的景象十分凄惨:孩子还没成年,就被征赴边,要离开春光明媚的故乡,告别年已花甲的双亲,去遥远荒凉的边塞,投入到残酷的战争中去。白发苍苍的老人将他送了一程又一程,"攀桃李兮不忍别,送爱子兮霑罗裙",一个特写,摄下了这个生死未卜的骨肉分离的悲惨镜头,那巍颤颤的手,亮闪闪的泪,又何尝不是流淌在老人心中的血、燃烧在少年眼里的火!

宦者羁臣离乡去国时的境况悲凉、凄清。北雁南飞,白露变霜,那个远赴他方的人,站在尚能望到故乡乔木的桥上,与送别的家人亲友做最后的辞别,"左右兮魂动,亲宾兮泪滋",前人称它"摹想尊酒泣别情状,百般呜咽,历历如绘"。作者在这里没有直接从去国者下笔,而是极力渲染送行人的悲痛,这种烘云托月的手法取得了比直接描写更好的艺术效果,它让我们借助旁人的想象,去更深刻地构思主人公的愁苦之状。"怨复怨兮远山曲,去复去兮长河湄",它使我们看到了人物心中不断扩展和延伸的无限哀怨。

独守闺房的少妇思夫与热恋中男女双方的彼此缱绻不无相似之处。"同琼珮之晨照,共金炉之夕香",点缀出一幅共同生活时的恬美情景;而琴瑟蒙尘,帷幕暗然,空对着春苔秋月,苦熬着夏昼冬夜,又是冷酷的现实画面,形成强烈的对比。同样,"春草碧色,春水绿波",它不仅是自然景色的描绘,同时也是男女青年一见倾心、赠诗互答的记录。而分别后的秋露秋月,又使他们在天各一方的情况下,怅然伤怀,遥寄心曲。

道士骑着仙鹤,驾着青凤,在缥缈的云端与家人拱手言别,景象神幻而奇特。它与道士在修道时"守丹灶而不顾,炼金鼎而方坚"的形象,恰成鲜明的对照。

刘熙载认为"赋中宜有画"。江淹的《别赋》不独发扬了赋这种文体善于状物和铺写的传统,表现出精湛的多面的摹写技艺,而且十分成功地融入了《诗》的抒情特点,使所赋的景物无不带有浓厚的感情色彩,读来令人"黯然销魂"。袁枚在《随园诗话》中指出:"情景有在心在物之分,而景生情,情生景。"这段话正好道出了《别赋》在艺术上的最大特点。在这篇作品中，作者把精湛的状物技巧与高超的抒情手法完美地糅合在一起，运用多变的景物描写，通过从反面映衬或由正面烘托，极有层次地抒发了人物的感情。作品用大量笔墨对富人离别场面的豪华和热闹作了渲染，目的全在于映衬人物最后的"造分手而衔涕，感寂寞而伤神"。很明显，送别的场面越气派，气氛越热烈，长宴散后的冷落和孤独也就越突出，人物内心的空虚和感伤也就越强烈。"从军别"中对故乡的春景做了刻意描绘："闺中风暖，陌上草薰；日出天而曜景，露下地而腾文。镜朱尘之照烂，袭青气之氤氲。"这正从反面映衬出人物对家乡眷恋的执拗和离乡背井痛苦的深沉。人们往往有这样的经验：一件东西，在我们将要失去它时，才会突然发觉它的真正价值，才会认认真真地去观察它，珍惜它。作者这段描写，无疑正符合这种心理，因此它在表达人物感情方面有着特殊的作用。至于道士修道时的坚决与仙去时的最终不能忘情，也进一步抒发了离别给人以愁苦的人之常情，即使像道士这类人，也不能完全割弃。

在用与人物心情相反的景物来反衬人物的感情的同时，作者还用符合人物心情的景物从正面来烘托人物的感情。作者把宦者的去国放在秋天的自然环境中，那是由于萧瑟的秋景最能体现出这类人悲凉凄楚的心情，万物的凋残恰恰是人物在精神上遭受摧残和折磨的象征。作者对"春草碧色，春水绿波"的描写，自然也最能将男女青年谈情说爱的欢乐蕴涵其间和诱导出来；而"秋露如珠，秋月如迷"的景色，又最宜于曲折有致地表达人物空对"良辰美景"的深憾长恨。在这种用洗练的语言和近乎白描的表现手法造成的优美的诗境里，我们可以尽情地驰骋想象，在美的享受中创造出更美的世界。所以有人称这段描写"有渊涵不尽之致"就是这个原因。再如幽闺琴瑟、高台流黄、春苔秋月、夏簟冬釭等景物，对少妇思夫那种"才下眉头，却上心头"的慵态，以及一年四季绵绵的相思之苦，作了有力的烘托，读来感人心扉。这些都表现出作者独到的艺术匠心和出众的艺术才能，它对后世许多优秀的抒情作品产生了积极的影响。

如果说这篇作品的开头像是陡起的洪峰，中间的逐层描绘是临低注壑的激流，那么结尾一段议论，便将这些激流引入了茫茫无际的大海。作者一方面以"有别必怨，有怨必盈。使人意夺神骇，心折骨惊"，总结前文，再次点出题旨，与开头"黯然销魂者，唯别而已矣"相互发明、相互呼应，一方面又极称司马相如、扬雄等才学之士，提出"谁能摹暂离之状，写永诀之情者乎"的疑问用以作结，不仅行文"一气呵成，有天骥下峻阪之势"，而且含无限深意于言外，给人以回味、想象的广阔天地。

应该看到，如果脱离了当时的历史环境，《别赋》所表现的思想情绪在今天看来是消极的、伤感的。但在历史上，它却有一定的进步意义。作品取材于社会现实，并对当时大量的生离死别，作了高度集中的典型概括，通过对富人伤神、侠士慷慨、从军凄惨、去国悲苦、少妇呜咽、恋人哀怨等极富个性的描写，集中而强烈地表现了离别令人"黯然销魂"的共性。因而它在很大强度上表现了那个时代的动乱的特点，反映了当时人民普遍怨恨离乱的思想情绪，以及他们热爱祖国、热爱家乡、热爱人生、向往安定的美好愿望。作者本人的复杂经历在这里很有关系。江淹字文通，济阳考城（今属河南）人，历仕宋、齐、梁三代。《梁书》《南史》称他"少以文章显"，"少孤贫，不事章句之学，留情于文章"。作为北方人，他长期流落南方。在对他文学创作颇有影响的早期，他曾进过监狱，并且不久又被贬官流徙。这就不能不使他在作品中将自己的亲身感受抒发出来。正因为这样,作为他代表作之一的《别赋》,才能自立于名作之林,受到历代人的激赏。

↘ 原 文

别　赋

黯然销魂者,唯别而已矣。况秦吴兮绝国,复燕、宋兮千里;或春苔兮始生,乍秋风兮暂起。是以行子肠断,百感凄恻。风萧萧而异响,云漫漫而奇色。舟凝滞于水滨,车逶迟于山侧,棹容与而讵前,马寒鸣而不息。掩金觞而谁御?横玉柱而沾轼。居人愁卧,怳若有亡。日下壁而沉彩,月上轩而飞光。见红兰之受露,望青楸之离霜。巡层楹而空掩,抚锦幕以虚凉。知离梦之踯躅,意别魂之飞扬。

故别虽一绪,事乃万族。至若龙马银鞍,朱轩绣轴,帐饮东都,送客金谷,琴羽张兮箫鼓陈,燕赵歌兮伤美人。珠与玉兮艳暮秋,罗与绮兮娇上春。惊驷马之仰秣,耸渊鱼之赤鳞。造分手而衔涕,感寂寞而伤神。

乃有剑客惭恩,少年报士,韩国赵厕,吴宫燕市;割慈忍爱，离邦去里。沥泣共诀，抆血相视。驱征马而不顾，见行尘之时起。方衔感于一剑，非买价于泉里。金石震而色变，骨肉悲而心死。

或乃边郡未和，负羽从军；辽水无极，雁山参云。闺中风暖，陌上草薰；日出天而曜景，露下地而腾文。镜朱尘之照烂，袭青气之氤氲。攀桃李兮不忍别，送爱子兮霑罗裙。

至如一赴绝国，讵相见期？视乔木兮故里，决北梁兮永辞。左右兮魂动，亲宾兮泪滋。可班荆兮赠恨，惟尊酒兮叙悲。值秋雁兮飞日，当白露兮下时。怨复怨兮远山曲，去复去兮长河湄。

又若君居淄右，妾家河阳。同琼珮之晨照，共金炉之夕香。君结绶兮千里，惜瑶草之徒芳。惭幽闺之琴瑟，晦高台之流黄。春宫閟此青苔色，秋帐含兹明月光。夏簟清兮昼不暮，冬釭凝兮夜何长！织锦曲兮泣已尽，回文诗兮影独伤。

倘有华阴上士，服食还仙，术既妙而犹学，道已寂而未传。守丹灶而不顾，炼金鼎而方坚。驾鹤上汉，骖鸾腾天，暂游万里，少别千年。惟世间兮重别，谢主人兮依然。

下有芍药之诗，佳人之歌。桑中卫女，上宫陈娥。春草碧色，春水绿波，送君南浦，伤如之何！至乃秋露如珠，秋月如珪。明月白露,光阴往来。与子之别,思心徘徊。

是以别方不定,别理千名。有别必怨,有怨必盈。使人意夺神骇,心折骨惊。虽渊、云之墨妙,严、乐之笔精;金闺之诸彦,兰台之群英;赋有凌云之称,辩有雕龙之声,谁能摹暂离之状,写永诀之情者乎!

慷慨激昂 淋漓尽致

江淹《恨赋》赏析

何沛雄

✤ 作者介绍 ✤

何沛雄,牛津大学文科哲学博士,台北"中华学术院"高级院士,英国皇家艺术学院院士,英国皇家亚洲学院院士,英国语文学院院士。现任香港大学名誉教授、珠海书院中国文史研究所所长、香港作家联会理事、国际儒家联合会理事等职。出版著作有:《永州八记导读》《赋话六种》《读赋拾零》《汉魏六朝赋家论略》《四书嘉言》等。

✤ 推荐词 ✤

《恨赋》和《别赋》早已脍炙人口,但一般课本或文选只录《别赋》而忽略《恨赋》。其实,两篇赋文是有密切关系的。《恨》《别》二赋的格调,各有擅长,"前者以柔婉胜,后者以激昂胜"。《别赋》音曼而气舒,风致飘逸;《恨赋》音沉而气劲,耸拔深峭。舒曼飘逸则味长,沉劲深峭则意警。文心妙用,略尽于此。

江淹的《恨赋》和《别赋》（依《文选》次序）①，早已脍炙人口，但一般课本、文选只录《别赋》而忽略《恨赋》。②其实，两篇赋文是有密切关系的。第一，有"别"自然有"恨"。第二，《别赋》结语说"谁能写永诀之情"，而《恨赋》起首即说："蔓草萦骨，拱木敛魂。"悲"永诀"，伤"死恨"，确是人之常情。第三，《别赋》分陈

---

① 《恨赋》《别赋》不载于《梁书》或《南史》的《江淹传》，最早见于《文选》，其次序为先《恨》而后《别》，但不知何据。《四部丛刊》影印乌程蒋氏密韵楼藏明翻宋刊本《梁江文通集》，《恨赋》排第一，《别赋》排第十。张溥本《汉魏六朝百三家集》里的《江曲陵集》，则先《别》而后《恨》。窃以为有"别"然后有"恨"，且《别赋》末说"永诀"，而《恨》先言"枯骨""亡魂"，似连续成篇者，《江醴陵集》的篇目次序，很有理由。
② 例如王力主编的《古代汉语》（北京中华书局，1962年）、北京大学中国文学史教研室选注《魏晋南北朝文学参考资料》（北京中华书局，1962年）、中国人民大学语文系文学史教研室选注《历代文选》（中国青年出版社，1962年）、瞿蜕园《汉魏六朝赋选》（上海中华书局，1964年版），朱东润主编《中国历代文学作品选》（上海古籍出版社，1977年）、北京师范学院中文系古典文学教研室编《古代散文选注》（北京出版社，1980年）、朱星编《古代汉语》（天津人民出版社，1980年）、裴晋南等编《汉魏六朝赋选》（上海古籍出版社，1983年）等书，都没有选录《恨赋》。

八类离别之苦，《恨赋》缕述八种饮恨之悲，两篇结构相同，故清许梿说："《别赋》立格与《恨赋》同。"而孙月峰也说："《别赋》与《恨赋》，气象略同，中间分段，《别赋》亦与《恨赋》同。"所以，将《恨赋》《别赋》一起研读是十分适当的。

《恨赋》一开始就绘出一幅令人触目惊心、凄惨欲绝的景象："试望平原，蔓草萦骨，拱木敛魂。"人死已悲，而竟然曝骨平原，为蔓草所缠围，游魂无归，聚栖墓地树上。此情此景，能不令人肝痛肠断、壮志消沉？所以作者说："人生到此，天道宁论？"古往今来，上自帝皇，下至贫庶，贤与不肖，含恨而死的，大不乏人。"伏恨而死"一句，带出了下列八类"恨"事：

第一类是"帝王之恨"，例如秦始皇统一六国，威武四方，雄霸天下，废封建，立郡县，书同文，车同轨，既而建都咸阳，固若金城汤池，更希望拓土宏疆，功盖万世。结果，东巡未毕而遽崩，含"恨"而死。"一旦魂断"，什么宏图霸业都化为乌有了！

第二类是"列侯之恨"，例如赵王张敖，国亡被虏，放于房陵，从早到晚，心神惨怛，丧失了一切尊荣，忍受艰苦生活，既没有姬女相陪，也没有銮舆代步，借酒消愁，不免悲愤填胸，怨恨难耐了。

第三类是"名将之恨"，例如李陵出征匈奴，以寡胜众，但为贼臣所害，矢尽粮绝而屈降。他投降匈奴，只因为势所迫，希望伺机立功，报恩于汉王。结果，名辱身冤，骨肉受刑，形单影只，滞留异域，仰天长叹，泣血椎心！

第四类是"美人之恨"，例如王嫱自恃貌美，不愿贿赂画工，以致不得见幸，饮泣后宫。其后出塞和番，顾影自怜，汉元帝惊为天人，虽悔恨交加，也无可奈何。由是昭君玉骨，长埋塞外。

第五类是"才士之恨"，例如汉代的冯衍，富有奇才，博通群籍，但为光武帝所黜，罢归桑梓。从此永绝仕途，闭门谢客，脱略事务，抑郁而终。

第六类是"高人之恨"，例如晋代的嵇康，志高才逸，不谐世俗，为大将军钟会所谗害，借吕安家车，拘捕下狱，受刑而死。一代俊才，空有凌云壮志，不免遗恨千古！

第七类是"贫困之恨"，例如汉代的苏武，出使匈奴，牧于北海，十九年始还；娄敬未遇汉高祖，戍于陇西，艰苦万状。孤臣孽子，触景生情，但闻悲风暂至，颓然泣血沾襟！

第八类是"荣华之恨"。世上许多富贵人家，车骑众多，宾客盈庭，出则威风四面，从者塞途；入则姬妾相随，歌舞旦夕，但到了生命终结的时候，也只有埋骨黄泉罢了！

春秋代序，岁月不居，世事循环无端，枯荣同归一尽。人生到此，什么也没有了。《恨赋》结语说："自古皆有死，莫不饮恨而吞声。"无异冷水浇背，令人猛然惊醒。孙梅评此赋说："古来言恨，不止数人，特求极著者言之耳。秦帝、赵王，一兴朝之天子，一失意之诸侯；李陵、明妃，一名将生降，一美人远嫁；敬通、中散，一抱用世之才，一具遗荣之志。六事两两相比，不犯重复，故见作法，岂止以铺叙见长者。列古事又泛叙一段，赅括其余，一当困厄涂，一在亨通之地；要归一死，何恨如之？"确是的言。

江淹用八类"恨"事，概括各阶层人物，在不称其情时的结果，写来慷慨激昂、淋漓尽致。例如"秦帝按剑，诸侯西驰"，短短两句，尽量刻画秦始皇的威武；"雄图既溢，武力未毕，方架鼋鼍以为梁，巡海右以送日"，表现他的野心；"一旦魂断，宫车晚出"，跌出一朝驾崩，伏恨而死之意。以"方"字扣连"一旦"，顿见笔势急转直下，遒劲千钧。又如以"拔剑击柱"表露名将李陵的悲愤；"裂帛系书"写他报国之心。三言两语，绘情活现，有如历历在目。又如"摇风忽起，白日西匿。陇雁少飞，代云寡色"，以景托情，描写昭君去国时的凄怆。"望君王兮何期？终芜绝兮异域。"刻画王嫱的心境和遭遇。句中的"兮"字，读来尤觉情态无限、遗恨无期！又如以"骑叠迹，车屯轨，黄尘币地，歌吹四起"四句，摹状富贵人家，形象鲜明，赅括简要。

六朝时代，骈文大盛，《恨赋》的句式，多用四、六言，可说是骈赋的典型，但文中夹杂着三、五、七言的句子，借以舒畅文气。而七言的句子，中间镶以"兮"字，使音节纡缓，例如"春草暮兮秋风惊，秋风罢兮春草生。绮罗毕兮池馆尽，琴瑟灭兮丘垄平"，读来委婉回环，一唱三叹。

赋文以四字句为主，而四字句最值得我们注意的，约有三类。第一类是由名词与形容词组成，例如"紫台稍远""关山无极""秋日萧索""浮云无光"等。第二类是由两个名词、两个动词组成，次序可以颠倒，但意义互相贯连，例如"吊影惭魂""裂帛系书""含酸茹叹""烟断火绝"等。第三类是以副词领起，主谓在后，例如"一旦魂断""薄暮心动""昧旦神兴"等。句式允称多样化。

夸饰、对偶、用典，都是一般骈赋的特色，本篇也没有例外。例如"华山为城，紫渊为池""摇风忽起，白日西匿""秋日萧索，浮云无光"等句，都是形象鲜明而斧斫无痕的夸饰。赋中的骈偶句，俯拾即是，但稍加分析，却有不少变化[1]，例如：（一）主谓结构对主谓结构，像"雄图既溢，武力未毕""情往上郡，心留雁门"；（二）动宾结构对动宾结构，像"迁客海上，流戍陇阴""别艳姬与美女，丧金舆及玉乘"；（三）复句对复句，像"拔剑击柱，吊影惭魂""绮罗毕兮池馆尽，琴瑟灭兮丘垄平"。至于文中所用的典故，读者可参考《文选》李善注，和许梿的《六朝文絜笺注》，此处恕不赘述。但可注意的，所用典故，绝无堆砌、冗叠现象，率皆披事以类从而已。

从结构来说，《恨赋》首先揭出"伏恨而死"一语，作为全篇的主旨，总起数句——"试望平原，蔓草萦骨，拱木敛魂。人生到此，天道宁论？"语简意警，扣人心弦。以下分叙雄才天子、尊贵君王、韬略武将、绝色佳人、硕学名士、违世高人六种人物的"恨"。他们或雄心未酬而遽崩，

---

[1] 以下的举例，参考王力《骈体文的构成》，见《古代汉语》（北京中华书局，1962年）第一部分下册，第1161—1168页。

或亡虏难堪而囚死，或报国无从而含冤，或思君不见而抱怨，或俊才莫展而郁殁，或遭谗莫辩而就刑，都是"饮恨"而终！作者再推衍一笔，指出无论任何境况，不管是荣华富贵，还是贫贱困厄，最后必然随物而化，"饮恨吞声"，回应篇首"伏恨而死"之意。"全篇神理贯注，一线穿成，文势如尽峦叠巘，万壑千岩，虽蜿蜒千里，而实钟于一脉"，"局法自然，一气团结"。

《恨》《别》二赋的格调，各有擅长，"前者以柔婉胜，后者以激昂胜"。《别赋》音曼而气舒，风致飘逸；《恨赋》音沉而气劲，耸拔深峭。舒曼飘逸则味长，沉劲深峭则意警。文心妙用，略尽于此。何义门说："赋家至齐梁，变态已尽，至文通已几乎唐人之律赋矣，特其秀色非后人之所及也。"诚然，《恨》《别》二赋，具有六朝骈体华丽的辞藻，也兼有唐代律赋优美的声调，无怪乎脍炙古今人口了！

原文

恨 赋

试望平原，蔓草萦骨，拱木敛魂。人生到此，天道宁论？于是仆本恨人，心惊不已。直念古者，伏恨而死。

至如秦帝按剑，诸侯西驰。削平天下，同文共规，华山为城，紫渊为池。雄图既溢，武力未毕。方架鼋鼍以为梁，巡海右以送日。一旦魂断，宫车晚出。

若乃赵王既虏，迁于房陵。薄暮心动，昧旦神兴。别艳姬与美女，丧金舆及玉乘。置酒欲饮，悲来填膺。千秋万岁，为怨难胜。

至如李君降北，名辱身冤。拔剑击柱，吊影惭魂。情往上郡，心留雁门。裂帛系书，誓还汉恩。朝露溘至，握手何言？

若夫明妃去时，仰天太息。紫台稍远，关山无极。摇风忽起，白日西匿。陇雁少飞，代云寡色。望君王兮何期？终芜绝兮异域。

至乃敬通见抵，罢归田里。闭关却扫，塞门不仕。左对孺人，右顾稚子。脱略公卿，跌宕文史。赍志没地，长怀无已。

及夫中散下狱，神气激扬。浊醪夕引，素琴晨张。秋日萧索，浮云无光。郁青霞之奇意，入修夜之不旸。

或有孤臣危涕，孽子坠心。迁客海上，流戍陇阴，此人但闻悲风汩起，血下沾衿。亦复含酸茹叹，销落湮沉。

若乃骑叠迹，车屯轨，黄尘匝地，歌吹四起。无不烟断火绝，闭骨泉里。

已矣哉！春草暮兮秋风惊，秋风罢兮春草生。绮罗毕兮池馆尽，琴瑟灭兮丘垄平。自古皆有死，莫不饮恨而吞声。

欲言又止　却道笛声

向秀《思旧赋》赏析

雒晓春

作者介绍

雒晓春,黑龙江林业职业技术学院副教授。

推荐词

《思旧赋》的确是一篇奇特的赋,序言103字,正文265字,文至短,却是文学史上公认的名篇。

余与嵇康、吕安居止接近,其人并有不羁之才,然嵇志远而疏,吕心旷而放,其后各以事见法。嵇博综技艺,于丝竹特妙。临当就命,顾视日影,索琴而弹之。余逝将西迈,经其旧庐。于时日薄虞渊,寒冰凄然。邻人有吹笛者,发音寥亮。追思曩昔游宴之好,感音而叹,故作赋云。

将命适于远京兮,遂旋反而北徂。济黄河以泛舟兮,经山阳之旧居。瞻旷野之萧条兮,息余驾乎城隅。践二子之遗迹兮,历穷巷之空庐。叹《黍离》之愍周兮,悲《麦秀》于殷墟。惟古昔以怀今兮,心徘徊以踌躇。栋宇存而弗毁兮,形神逝其焉如。昔李斯之受罪兮,叹黄犬而长吟。悼嵇生之永辞兮,顾日影而弹琴。托运遇于领会兮,寄余命于寸阴。听鸣笛之慷慨兮,妙声绝而复寻。停驾言其将迈兮,遂援翰而写心。

——向秀《思旧赋》

朋友意味着理解、信任、志同道合，是个充满温暖的字眼儿。所以，许多文人羡慕"竹林七贤"，心意相通的朋友竟有这么多，大家在清幽的竹林中，饮酒赋诗、清谈论辩、披发长啸，行止随意，自在无拘，庄子的理想因他们而切近人间。竹林里的精神领袖是"萧萧肃肃，爽朗清举"的嵇康。

竹林外是乱世。"魏、晋之际，天下多故，名士少有全者"（《晋书·阮籍传》），是中国历史上少有的黑暗恐怖的乱世。斯时，司马氏与曹氏的权力争夺日趋白热。史载，公元248年，司马懿发动高平陵事件诛曹爽，"支党皆夷三族，男女无少长，姑姊妹女子之适人者皆杀之"，名士何晏等人并受诛，"天下名士去其半"。其后夏侯玄被杀，诸葛诞被杀。公元260年，司马昭指使"太子舍人成济抽戈犯跸，刺之，刃出于背"，弑魏主曹髦。这样"手荐鸾刀，漫之血腥"的夺权，司马氏的后人晋明帝知晓后都不得不说："若如公言，晋祚安得长远？"滥杀之后，权力归于司马氏，终成定局。

但是，士林还和司马氏保持着相当的距离，重要士人的去就不仅关乎权力的消长，更关乎权力正义与否的性质。竹林的平静被打破了，山涛走了，做了司马氏的官。不久，

"钟会为大将军（司马昭）所昵，闻康名而造之。乘肥衣轻，宾从如云，康方箕踞而锻，会至，不为之礼。康问会曰：'何所闻而来？何所见而去？'会曰：'有所闻而来，有所见而去。'会深衔之"（《魏氏春秋》）。既然"大将军尝欲辟康"（《魏氏春秋》），自然，嵇康就会被推荐，这个抬举，"刚肠疾恶"、忤世违俗的嵇康毫不犹豫地作书拒绝了。司马氏以名教治天下，嵇康却"越名教而任自然"，司马氏方欲效仿成汤、周武，顺天应人，取代曹魏，嵇康却"非汤武而薄周孔"，嵇康的高蹈纯洁反衬了司马氏的虚伪龌龊，所以，司马昭直言不讳地告诉前来求情的阮籍，嵇康非死不可。所以，"康将刑东市，太学生三千人，请以为师，弗许"（《晋书·嵇康传》）。欲加之罪，理由总是找得到的，"初，康与东平吕昭子巽及巽弟安亲善。会巽淫安妻徐氏，而诬安不孝，囚之。安引康为证，康义不负心，保明其事。安亦至烈，有济世志力。钟会劝大将军因此除之，遂杀安及康"（《魏氏春秋》）。

　　封建时代，知识分子保持自己独立的人格和精神操守，代价至为高昂，嵇康为此付出了生命，自晋以下，百代文人，莫不倾心于他的气骨和风度。

嵇康离开了，吕安也死了，他们的朋友向秀却应本郡举入洛做司马氏的官了。李贽说向秀"此为最无骨头者，莫曰先辈初无臧贬'七贤'者也"（《焚书》）。颜延之却说"向秀甘淡薄，深心托毫素。探道好渊玄，观书鄙章句。交吕既鸿轩，攀嵇亦凤举。流连河里游，恻怆山阳赋"（《五君咏》其五）。对向秀的褒贬不一，自晋及今，两千年争之不绝。了解向秀，必需细读《思旧赋》。

《思旧赋》的确是一篇奇特的赋，序言103字，正文265字，文至短，却是文学史上公认的名篇。

小序先交代了作者与嵇康、吕安的关系。"居止接近"，四个字，意味深长。比居止更近的，是心灵，性情相投，才为朋友。向秀是思慕庄子的，他对嵇康、吕安说要注庄子，嵇康说："读《庄子》，得意而忘言，何需再注？"吕安说："读《庄子》，心领而神会，何需再注？"及至读了若干注文，二人大为惊叹，吕安谓"庄周不死矣"。朋友们悠游于竹林间，灌园打铁，旁若无人，自得其乐。如今，这些恬然无欲的生活都是无可挽回的往事了。往事已矣，形之于言的只有"居止接近"四字，却隐含了向秀对往昔自然任性生活不可言说的眷恋。"其人并有不羁之才"，两个朋友，都是那么出色，一个志向高远，一个心胸旷达，这样的人，本来应该做国家栋梁的，然而竟然走到了事情的反面，其间因果，耐人寻味。"然"字之下，原可别有陈说，向秀写出来却是嵇、吕的弱点，"疏""放"性格决定了命运，表面看来，是二人自取其祸，"其后各以事见法"。这个"事"人所共知，"见法"一语尤具深意，司马氏是主张"礼"的，阮籍、阮咸都有"违礼不孝"的举止，只是无伤政局，违也无谓。吕安被诬"不孝"，嵇康以"不孝者同党"连坐，不违也违。无罪之人"见法"，因为"法"本非法。简略的叙述，深深隐藏着向秀对残暴当权者的愤恨。

朋友的死明白无误地传递了一个信息，不臣服司马氏，必定步此后尘。自由与死亡居然合二为一，"将命适于远京兮"，向秀终于一步一步走向洛阳，保全性命，竟然得隐藏这么多的痛苦和悲哀。朋友已去，此心谁知？"遂旋反而北徂。济黄河以泛舟兮，经山阳之旧居"，向秀特意绕了一大段路来到了山阳，看看朋友，看看过去的生活，也从此告别自己的理想，灵魂和肉体永远分离，此后，生亦何欢？好友的旧居，景物依旧，"栋宇存而弗毁兮"，而人事全非。主人去了，"形神逝其焉如"，朋友流散，"历穷巷之空庐",曾经的生气变成无涯的沉寂,"日薄虞渊,寒冰凄然"。旷野萧条,鸣笛慷慨,凭吊者原本孤苦的心绪更增无限凄冷,往昔宴游之好实已不堪回首,好友就刑的情景却挥之不去,"临当就命,顾视日影,索琴而弹之"。"悼嵇生之永辞兮,顾日影而弹琴。托运遇于领会兮,寄余命于寸阴"。死亡的阴影紧紧地压迫着心灵,回忆,断断续续;叙说,欲言又止。"遂援翰而写心",思旧赋,以赋当哭。

赋短情长。对往事的凄伤眷恋,对好友的悲凉怀念,对残酷杀戮的愤怒憎恨,对臣服司马氏的挣扎悲哀,对永别人生志向的痛苦绝望,都是久抑在心渴望一吐的,但《思旧赋》终于还是欲言又止,模模糊糊。安史之乱,杜甫"少陵野老吞声哭";沉沦下僚,鲍照"吞声踯躅不敢言"。一篇《思旧赋》,寥寥几句写景叙事,其实寄寓遥深、包蕴万千。叙述即议论,景语皆情语,赋心文义,本在言外。止于文字,向秀才可容身,透过文字,方可读懂《思旧赋》。

比如这短而又短的赋两次写到嵇康被杀的情景,如此豁达从容地迎接死亡,是真名士自风流,嵇康的高尚气节反衬出当权者的卑下污浊,铺天盖地呼啸而来的《广陵散》,是好友对残暴杀戮者的高贵蔑视,也是正义对无耻当权者的无声审判。

赋在小序和正文中两叙笛声，天色向晚，孤身一人处此凄凉冷寂之境，闻笛声而思琴音，怎不倍增悲凉沉痛之情。琴传雅韵，好友"目送归鸿、手挥五弦"的闲雅风姿如在目前，好友淡泊无争的品格让人追思，好友秉持操守而殒身更令人愤慨惋惜，"却道笛声"，多少情怀尽在不言中。

赋短情长，以典系心。"叹黍离之愍周兮，悲麦秀于殷墟。"上句典出《毛诗·王风·黍离》："彼黍离离，彼稷之苗。行迈靡靡，中心摇摇。知我者，谓我心忧；不知我者，谓我何求。悠悠苍天，此何人哉？"《诗序》曰："黍离，闵宗周也。周大夫行役，至于宗周，过故宗庙宫室，尽为禾黍，闵周室之颠覆，彷徨不忍去而作是诗。"下句典出《尚书大传》。传曰："微子（纣王的庶兄，孔子谓殷之三仁之一）将朝周，过殷之故墟，见麦秀之蕲蕲，此父母之国，志动心悲，作歌咏之。""黍离""麦秀"之痛都是深沉而痛彻心扉的，嵇康的离去，之于向秀，也是锥心镂骨的痛苦，借典抒情，悼友之情尽融于典中。黍离闵周，麦秀闵殷，俱是追怀故国之章。魏晋此际，虽名属曹魏，而政尽出司马，曹魏覆亡，也是即将眼见之事，此际发黍离、麦秀之音,亦存挽曹魏风雨飘摇之意。

"昔李斯之受罪兮,叹黄犬而长吟。悼嵇生之永辞兮,顾日影而弹琴。"前两句典出《史记·李斯列传》。"斯出狱,与其中子俱执,顾谓其中子曰:'吾欲与若复牵黄犬,俱出上蔡东门逐狡兔,岂可得乎?'遂父子相哭,而夷三族。""康顾视日影,索琴弹之,曰:'昔袁孝尼尝从吾学《广陵散》,吾每靳固之。《广陵散》于今绝矣!'时年四十。海内之士,莫不痛之。"(《晋书·嵇康传》)梁刘勰《文心雕龙·指瑕》篇批评此四句,云:"君子拟人,必于其伦……向秀之赋嵇生,方罪于李斯……不类甚矣。"其实,这个典故令人费解之处正是向秀深心命意之处。李斯的谋反案,实际是赵高集团的诬陷,司马迁在《史记》中曾有明确说明。嵇康以微不足道的理由被杀,更是千古奇冤,向秀以李斯案作比,实是对好友冤死的不辩之辩。再说李斯其人,一生汲汲于权势富贵,和赵高其实是五十步与百步的关系,仅看李斯诬杀自己的同学韩非即是明证。李斯临死,父子相向而哭,仍恋恋人生之享乐,让人哀怜。嵇康却是"博综技艺"、厌恶仕禄功名、追求无所系累淡泊自由人生的高洁名士,临刑,从容不迫,风骨凛然,百世景仰。以李斯反比嵇康，含蓄表明对好友的钦佩之情。向秀写这四句，又有自比之意。李斯汲汲于富贵而入秦，自己欲苟全性命而入洛，有不同之同。李斯最终身死族灭，自己虽暂可保全性命，而前途莫测，刚刚在洛阳发生的事就是宦海艰险的开端，"康既被诛，秀应本郡计入洛。文帝问曰：'闻有箕山之志，何以在此？'秀曰：'以为巢、许狷介之士，未达尧心，岂足多慕。'……秀乃自此役"（《晋书·向秀传》）。司马氏狡诈残暴，动辄株连，"天网弥四野，六翮掩不舒"，自己的将来又当如何了局？强权之下的生命，微若浮尘，人事沧桑，去路茫茫，借典曲言的还有浓重的生命悲凉之感。

"遂援翰而写心。"虚实相间的文字，曲尽心声，文短恨长，辞婉情深。《晋书·向秀传》记载："秀在朝不任职，容迹而已。"因为，所有要说的话，在《思旧赋》里都说完了。

凝练精致 波澜起伏

谢灵运《从斤竹涧越岭溪行》赏析

吴小如

推荐词

前人评谢灵运诗,多讥其写山水景物之后每拖上一条"玄言"的尾巴。这一首也不例外。但如果设身处地为诗人创作构思着想,用这样的手法来写诗原是符合人的思维逻辑的。

猿鸣诚知曙,谷幽光未显。岩下云方合,花上露犹泫。
逶迤傍隈隩,迢递陟陉岘。过涧既厉急,登栈亦陵缅。
川渚屡径复,乘流玩回转。蘋萍泛沉深,菰蒲冒清浅。
企石挹飞泉,攀林摘叶卷。想见山阿人,薜萝若在眼。
握兰勤徒结,折麻心莫展。情用赏为美,事昧竟谁辨?
观此遗物虑,一悟所得遗。

——谢灵运《从斤竹涧越岭溪行》

这是谢灵运一首典型的山水诗。山水诗大抵有两种写法。作者以某一风景胜地为据点,静观周围山水景物,这是一种写法;另一种,则是作者本人在旅途之中,边行路边观赏,所见之景物是不断变化的。此诗即属于后者。

谢灵运本人写过一篇《游名山志》,文中提到"斤竹涧"。后人或据今绍兴东南有斤竹岭,去浦阳江约十里,以为斤竹涧即在其附近,近人余冠英先生在其所注《汉魏六朝诗选》中则以为此涧在今浙江乐清县东,而乐清是在永嘉附近的。谢灵运在永嘉太守任上的时间是422至423年,而长住会稽(今绍兴市)则是元嘉五年(428)以后的事。由于地点的说法不一,这首诗的写作时间因之也较难判定。好在这诗以写景为主,对写作时间不妨存疑。

此诗共二十二句,可分为五节。第一节"猿鸣"四句,写清晨动身出游时情景。第二节"逶迤"四句,写沿山路前行而越岭过涧。第三节"川渚"四句,点出溪行。第四节自"企石"以下凡六句,由景及情,联想到深山中幽居避世之人,心虽向往而无由达己之情愫。最后"情用"四句为第五节,以抽象议论作结。全诗结构严密,用词准确,是山水诗之正格。这种凝练精致的写法极见功力,其源悉来自汉赋。窃以为大谢之山水诗乃以赋为诗的典型之作,此诗自是其代表作之一。

开头"猿鸣"二句,从听觉写起。既听到猿猴鸣叫,便知天已达曙,旅行者应该启程了。但因所居在幽谷,四面为高山所蔽,不易为日照所及,故曙光并不明显。三、四句写动身上路,乃看到岩下云层密集,而花上犹有露珠流转,确是晨景。第二节,"逶迤",指沿着曲折的小路前行。"迢递"，指山路遥远，前面似无尽头。"隈隩"者，山边之转弯处。"隩"（音郁）者，水涯之曲折处。"逶迤"句是说这是一条依山傍水的斜曲小径，诗人沿此路弯弯曲曲地行进。陟，上升。陉，山脉中断处，如人之颈项，两边粗中间细。岘，指小山峰。"迢递"句指小路走完，开始登山，翻过一岭，须再登一岭（二岭之间山脉中断，故曰"陉"），绵延不断，即所谓"迢递"。"过涧"句，写越岭后涉涧前行；"登栈"句，写涉涧后再走山间栈道。牵衣涉水为"厉"。（《诗·匏有苦叶》："深则厉，浅则揭。"）"厉急"，涉过急流，"急"下省略了"流"字，乃以形容词作为名词。"栈"，栈道的省称，指随山凿石，架木为道。"陵缅"，上升到高坂处，"缅"下省略了"路"字，也是以形容词作为名词。以上四句详细摹绘了自己登山过涧的行程，以下"川渚"四句转入行于溪上的描述。"渚"为水中小块陆地，"径"，直；"复"，曲。由于川中有渚，故溪路时直时曲。"乘流"，顺流而下。"玩"，品味、猜测的意思。由于溪路千回百转，曲折多变，行人不能预测前面究竟应怎样走，因而一面走一面悬揣，捉摸不定，此之谓"玩"。"蘋萍"二句，写溪行所见。"蘋"是大萍，比一般浮萍直径要大得多。"菰"是茭白,"蒲"是一种可以制席子的水草。溪水诚然有深有浅,但这两句的"沉深"和"清浅",似是诗人主观的感觉。盖大大小小的浮萍都浮贴在水的表层,看不出下面的溪水究竟有多深,仿佛萍下乃莫测的深潭。而菰蒲则挺生于水上,从茎叶中间望下去,能清晰地看到它们的根部插在水底泥中,所以显得水很清浅。"泛",浮动;"冒",覆盖。

值得研究的是第四节的六句。"企石"句,是说在石上提起脚跟,用脚趾作为全身的力点,去挹取飞溅的泉水;"攀林"句,是说高攀丛林中的树枝,去摘取那还没有舒展开的初生卷叶。"想见"二句,用《九歌·山鬼》"若有人兮山之阿,被薜荔兮带女萝"二句语意。下面的"握兰",暗用《山鬼》"被石兰兮带杜衡,折芳馨兮遗所思"二句语意;"折麻",又用《九歌·大司命》"折疏麻兮瑶华,将以遗兮离居"二句语意(请参看谢灵运《南楼中望所迟客》诗)。这里的"山阿人",乃以"山鬼"借喻避居山林与世隔绝的高人隐士,他们的高尚品质为诗人所敬慕,而他们所生活的自由天地则更为作者所向往。可是这样的人只存在于诗人的理想或幻想之中,因此作者所向往和歆慕的那种超脱尘世的生活也就无从成为现实。所以作者说自己虽有"握兰""折麻"以赠知音的殷勤美意，却只能空空郁结在心中而无由展现出来。基于这四句诗的含义（这是各家注本均无异议的），我以为上面的"企石"二句，并不是作者本人去"挹飞泉"和"摘叶卷"，而是写那位"被薜萝"的"山阿人"在深山中寻取生活资料时的具体行动——以泉水为饮，以嫩叶为食：这同样是诗人想象中的产物。如果说"企石"二句只是纪实，是诗人本身的行动，那么"挹飞泉"以止渴犹可说也，"摘叶卷"又有什么意义呢？谢灵运虽以游山玩水名噪一时，却未必攀摘初生的嫩叶来果腹充饥。所以我释此诗，把这两句看成倒装句式，它们同样是"想见"的宾语。所谓"若在眼"，并不仅是"山阿人"以薜萝为衣而已，还包括了"企石""攀林"等等活动。这样，诗境才更活，诗人丰富的想象才体现得更为生动。前人读诗，往往只照着句子的顺序逐一依实论解，以为"萍浮深潭，菰冒清流，是缘溪所见；企石酌泉，攀林摘叶，又是沿路所为"（叶笑雪《谢灵运诗选》），却没有深入研究诗人这样行动、这样描写究竟有何意趣。于是把一首有实有虚、有波澜起伏的作品讲成平铺直叙的文字了。此解质之读者，不知以为然否。

最末四句,就沿途所见景物及所产生的种种思想感情略抒己见,结束完篇。"用",因,由于。其意思是说:人的感情是由于观赏景物而得到美的享受的,至于深山密林之中是否有"山鬼"那样的幽人,则蒙昧难知。不过就眼前所见而言,已足以遗忘身外之虑,只要对大自然有一点领悟,便可把内心的忧闷排遣出去了。四句议论虽近玄言,也还是一波三折,以回旋之笔出之,并非一竿子插到底地直说。

前人评谢灵运诗,多讥其写山水景物之后每拖上一条"玄言"的尾巴。这一首也不例外。但如果设身处地为诗人创作构思着想,用这样的手法来写诗原是符合人的思维逻辑的。人们总是在接受大量感性事物之后才上升到理性思维加以整理分析,把所见所闻清出一个头绪来,然后根据自己的理解加以判断,或就个人身世发出感慨。后人写山水诗亦大都如此,如韩愈的《山石》便是最明显的一例。这并非由谢灵运作俑,而是出自人们思维逻辑的必然。不过谢诗在结尾处所发的议论,往往雷同无新义,是其病耳。

谁谓古今殊 异世可同调

谢灵运《七里濑》赏析

吴小如

推荐词

即使不同时代的人也可以志趣相投,步调一致。言外隐指本人知音寥落,当世人对自己并不了解。即使自己做了严子陵,内心还是想着要学钓大鱼的"任公"的。

羁心积秋晨，晨积展游眺。孤客伤逝湍，徒旅苦奔峭。
石浅水潺湲，日落山照曜。荒林纷沃若，哀禽相叫啸。
遭物悼迁斥，存期得要妙。既秉上皇心，岂屑末代诮。
目睹严子濑，想属任公钓。谁谓古今殊，异世可同调。

——谢灵运《七里濑》

公元422年，谢灵运自京都建康赴永嘉太守任，途经富春江畔的七里濑（水流沙上为"濑"），乃作此诗。七里濑亦名七里滩，在今浙江桐庐县严陵山逸西。两岸高山耸立，水急驶如箭。旧时有谚云："有风七里，无风七十里。"指舟行急湍中进度极难掌握，唯视风之大小来决定迟速。

此诗一韵到底，凡十六句，每四句为一节。诗意借观赏沿江景物以寄托作者落落寡合的"羁心"，诗中虽作旷达语，却充满了不合时宜的牢骚。这是谢灵运多数诗篇所共有的特色。

开头四句语言颇艰涩费解。第一句,"羁心",指羁旅者之心,亦即游子迁客之心,指一个被迫远游为宦的人满肚皮不情愿的心情。"积",训"滞"(见《庄子·天道》篇《经典释文》注),有郁结之意。这句意思说在秋天的早晨,自己郁积着一种不愉快的羁旅者的心情。接下来第二句说,既然一清早心情就不愉快,那么爽性尽情地眺览沿途的景物吧。"展",训"适",有放眼适意之意。第三、四两句似互文见义,实略有差别。"逝湍"指湍急而流逝的江水,则"孤客"当为舟行之客,而"徒旅"虽与"孤客"为对文,乃指徒步行走的人,则当为陆行之客,故下接"苦奔峭"三字。夫舟行于逝湍之中。自然提心吊胆,但其中也暗用"逝川"的典故。《论语·子罕》:"子在川上曰:'逝者如斯夫,不舍昼夜!'"因知此句的"伤"字义含双关,既伤江上行舟之艰险,又伤岁月流逝之匆遽,与下文"遭物悼迁斥"句正相呼应。四句,"奔"与"崩"同义,"峭"指陡峭的江岸。江岸为水势冲激,时有崩颓之处,徒步旅行的人走在这样的路上自然感到很苦。不过从上下文观之,这句毕竟是陪衬,重点还在"伤逝湍"的"孤客",也就是作者本人。所以"孤客""徒旅"是以个别与一般相对举，似泛指而并非全是泛指。

第二节的四句全是景语。这中间也有跳跃。开头明写秋晨，下文却未写"秋晚"，而用"日落山照耀"来代表。这种浓缩的手法是我国古典诗歌的特点之一，而谢灵运的诗在这方面显得尤为突出。"潺湲"，旧训水流貌。但是缓是急，仍须研究。叶笑雪注谓"江水缓流的状态"，疑未确。汉武帝《瓠子歌》（见《史记·河渠书》引）云"河汤汤兮激潺湲"，可见当训水流急貌。何况"石浅"则水势自急，必非缓流可知。"照耀"，叠韵，是形容词而非动词，指山色明亮。"荒"训大，训野，与荒凉萧瑟无关；"纷"，繁多；"沃若"，见《诗·氓》，形容树叶柔润茂盛。此四句"石浅"句写水，写动态，"日落"句写山，写静态；水为近景，色泽清而浅；山为远景，色泽明而丽。"荒林"句写目之所见，"哀禽"句写耳之所闻。全诗景语，仅此四句，起到承上启下的作用，照理讲它们并非主要内容。只是倘把这四句删掉，此诗即无诗味可言。可见情由景生，原是写诗要诀。第三节从写景转入抒情，却兼有议论。"遭物"，指见到的客观事物，即上文之浅石湍流、落日群山以及荒林哀禽等。"迁斥"有两层意思，一是主观上视自己被出为郡守无异于受迁谪和贬斥，二是客观上感到节序迁改推移，时不待人（"迁"指时间推移，"斥"有开拓意，指空间的转换，这二者都是值得伤悼的）。但只要存有希望（期，期望，希冀，这里是名词），就可以领悟精微玄妙的道理，不致因外来的干扰影响自己的情绪了。"要妙"，语见《老子》，指哲理的玄妙深奥。然而这种悟道的境界，只有太古时代的圣君贤哲才能心领神会，处于衰世末代的人是无法理解的。所以作者说，我既已持有（秉，执也，持也）上古时代的圣贤的一颗心，哪里还在乎当今世人的讥诮呢！"上皇"，犹言太古时代的帝王；"屑"，顾；"诮"，讥刺。从这里，我们看得出作者同刘宋王朝的统治阶级是互相对立的，这是豪门世族与军阀新贵之间必然存在的矛盾。最后矛盾激化，谢灵运终于以谋反罪被杀害。从历史主义的观点来分析，这是丝毫不足为怪的。

最后一节，作者借古人以明志。"严子"，即严光，字子陵，本与汉光武帝刘秀同学，但他坚决不肯出仕，隐居富春江上，后人名其垂钓处为严子濑，即此诗所谓的"严子濑"。其地在七里濑下游数里，故诗人举目可见。"想"，这里是名词，指思想。"属"，联系到。"任公"，是《庄子·外物篇》里的寓言人物。据说他"蹲乎会稽，投竿东海"，用五十头牛当钓饵，费了一年时间才钓上一条大鱼，其肉足供从浙江到湖南这样广大地区的人民食用。这是两种不同类型的古人。严光是避世的隐者，而任公则象征着具有大才的非凡之辈。作者意思说自己是有经天纬地之才的，由于不合时宜，宁可做隐士。结尾两句，作者明确表示：即使不同时代的人也可以志趣相投，步调一致。言外隐指本人知音寥落，当世人对自己并不了解。即使自己做了严子陵，内心还是想着要学钓大鱼的"任公"的。从而可以推断，上文作者所伤悼的具体内容到底是什么了。

南朝乐府民歌的梦幻杰作

《西洲曲》赏析

傅正谷

作者介绍

傅正谷,1933年生。四川丰都人。毕业于四川大学中文系。天津社会科学院文学研究所研究员。有《元散曲选析》《南唐二主词析释》《唐代音乐舞蹈杂技诗选释》《外国名家谈梦汇释》《中国梦文化》《梦的预测——中国古代梦预测学》《中国梦文化辞典》等著作出版。

推荐词

《西洲曲》在艺术上的卓越成就,使它成为南朝乐府民歌中的代表者。而它所特有的梦幻色彩、它所创造的梦幻意境和首创的借风吹梦的写法,以及对后世诗人写梦的明显影响,则又说明它是南朝乐府民歌中的梦幻杰作,在中国梦诗发展史上具有不朽的历史地位。

《西洲曲》，属乐府杂曲歌辞。徐陵《玉台新咏》列为江淹诗，而后世论者大都肯定其为南朝民间乐府，为无名氏所作。不过徐陵去江淹的时代不远，或许其说是有所依据的，最大的可能是江淹对这首无名氏所作的民歌曾予以文字加工。此外，陈胤倩、王士贞的《古诗选》和逯钦立的《先秦汉魏晋南北朝诗》将之入于晋诗，但都列为《杂曲歌辞》，而认为非江淹所作。就连清吴兆宜、程琰笺注《玉台新咏》，也认为非江淹之诗。总之，虽然徐陵曾将其列为江淹诗，但其属于南朝乐府民歌的性质却是显然的不可改变的事实。要之，这是一首经过文人加工的乐府民歌，故余冠英先生《汉魏六朝诗选》说："这篇诗《乐府诗集》列于杂曲，作古辞，原来该是长江流域的民歌，字句当已经过文人的修饰。"这是一种兼顾论，是比较符合实际的。

让我们读一读这首被誉为代表南朝乐府民歌的名作吧:

忆梅下西洲,折梅寄江北。单衫杏子红,双鬓鸦雏色。
西洲在何处,两桨桥头渡。日暮伯劳飞,风吹乌臼树。
树下即门前,门中露翠钿。开门郎不至,出门采红莲。
采莲南塘秋,莲花过人头。低头弄莲子,莲子青如水。
置莲怀袖中,莲心彻底红。忆郎郎不至,仰首望飞鸿。
鸿飞满西洲,望郎上青楼。楼高望不见,尽日栏杆头。
栏杆十二曲,垂手明如玉。卷帘天自高,海水摇空绿。
海水梦悠悠,君愁我亦愁。南风知我意,吹梦到西洲。

综合古今名家的论述,可将本篇的艺术特色归纳为以下诸点。

第一,声律精妙。全诗三十二句,读来朗朗上口,音韵铿锵,极富音乐之美感,人们在起、承、转、合的多次换韵中,体味出无限韵致。刘熙载《艺概·诗概》说:"乐府声律居最要,而意境即次之,尤须意境与声律相称,乃为当行。"观此诗声律之精妙,可知刘说之不差矣。在魏晋南北朝诗作中,其声律之精妙,堪与被称为"倾情、倾度、倾色、倾声,古今无两"(王夫之《船山古诗评选》卷一)、

"节奏之妙,不可思议"(沈德潜《古诗源》卷五)的曹丕的《燕歌行》媲美。

第二,结构奇特。正如沈德潜在《古诗源》中所说,"续续相生,连跗接萼"乃其结构特点。就前后上下的关系而言,全诗三十二句,一百六十字,共分八节。由于诗人有意使用接字、钩字、重字,从而使各节能够层层相接,续续相生,语语相承,节节相连,形成一个相间相续、似断实连、循环往复、首尾相顾的奇特结构。以物而论,则有梅、树、莲、鸿、水、风等,将全诗各节串联成一个整体。以地而言,则以西洲为中心,使全诗的情景、人物、时空得到高度的统一。以时而言,则由春而夏而秋,在这条非常清楚的时间轨迹上,把全诗的结构也层层向前推进。而所有这些,又并不是各自孤立的,而是紧密相关的(如梅与春、伯劳与夏、莲与秋),浑然一体的。

第三,描写出色。作为一首南朝的乐府民歌,它继承了自汉魏以来乐府诗的优良传统,在艺术描写上十分出色。它语言清丽,富于音乐性和色彩感。它运用象征、双关等手法,极为成功,取得了突出的艺术效果。前者如梅花、西洲,都具有爱情的象征意义;后者如以"莲子"谐音"怜子",乃乐府诗歌中常用的手法。它用字精确,尤以动词的运用为最,如折、露、开、出、采、弄、摇等,均极见功力。它写景生动,如"日暮伯劳飞,风吹乌臼树","卷帘天自高,海水摇空绿",使人如亲临其境,历历在目,且景中透露出一种孤寂的情味。它写人细致,无论是外形描写,还是细节刻画,均颇多传神之笔。前者如"单衫杏子红,双鬓鸦雏色""树下即门前,门中露翠钿""栏杆十二曲,垂手明如玉",后者如"低头弄莲子""置莲怀袖中""仰首望飞鸿",就这样,将一个貌美情痴的女子形象,活生生地展现出来,使人仿佛看到她那杏子红的单衫在飘动,她在把从高过人头的莲花丛中采得的莲子、莲心小心翼翼地揣进怀袖之中。正是由于这些出色的描写,才使得它成为南朝乐府民歌在艺术描写上最为成功的代表作。

第四,情致深婉。中国古代诗论家一致认为情是诗的根本,如纪昀所言"诗本性情者也"。一首好诗,必然能情浓意深,以情动人,而《西洲曲》正是这样一首情致深婉的好诗。它以"忆"字领起全诗,"忆"者,情也,思也。全诗无论时空如何转换,均由"忆"一以贯之。折梅相寄是"忆",开门迎郎是"忆",出门采莲是"忆",低头弄莲是"忆",置莲怀袖是"忆",仰望飞鸿是"忆",青楼望郎是"忆",南风吹梦是"忆",从早到晚,从春到秋,从水到陆,从门中到门外,从洲到楼,"忆"无处不在,情无时不满,思无地不深!其中,尤其是把"忆梅"与"忆郎"结合起来,使得"忆梅"即是"忆郎","忆郎"即是"忆梅","梅""郎"合一,更是写女子情思的妙笔,情致深婉,耐人寻味。

综上所述,《西洲曲》"标志着南朝民歌在艺术发展上的最高成就"(游国恩等主编《中国文学史》第1册,第257页),"从它的艺术上的造诣来看,应是吴歌、西曲最成熟最精致阶段的产品"(中国社科院文学所《中国文学史》第1册,第254页),这一结论是符合文学发展史实的,是确切的。

作为一首乐府民歌的精品,《西洲曲》受到历代论者的重视和赞扬,是很自然的。远的不说,且引当代文学史家之论以见一斑。如萧涤非先生在《汉魏六朝乐府文学史》中曾说它"蝉联而下,一转一妙,正复起束井井,自成章法。其体制盖自蔡邕《饮马长城窟行》、繁钦《定情诗》脱来,却变而为俊逸骀宕。唐人如张若虚之《春江花月夜》、李白之《长干曲》等篇,则又以此脱出者"。又引陈胤倩言:"《西洲曲》摇曳轻扬,六朝乐府之最艳者。初唐刘希夷、张若虚七言古诗皆从此出,言情之绝唱也。夫艳,非词华之谓,声情婉转,语语动人,若赵女目挑心招,定非珠珰翠翘,使人动心引魄也。寻其命意之由,盖缘情溢于中,不能自已,随目所接,随境所遇,无地无物,非其感伤之怀。故语语相承,段段相绾,应心而出,触绪而歌,并极缠绵,俱成哀怨。""段段绾合,具有变态,由树及门,由门望路,自然过渡,尤妙在'开门露翠钿'句可画。……自近而之远,自浅而之深,无可奈何而托之于梦,甚至梦借风吹,缥缈幻忽无聊之思,如游丝随风,浮萍逐水……太白尤亹亹于斯,每希规似,《长干》之曲,竟作粉本。至如'海水摇空绿',寄愁明月,随风夜郎,并相蹈袭。"萧先生在引陈氏之论后说:"按陈氏此论甚确。唯谓与《离骚·天问》同旨,则似非真象,此篇风格,出于前朝之吴歌、西曲,实至明显,文人五言之作多矣,其音响有一篇似此者乎?则其源流所在,自不难见。"此外,如余冠英、程千帆、沈祖棻、王运熙、袁行霈等先生,均曾给予很高评价,此不再一一赘述。

古今专家的论述,极为全面地指出了《西洲曲》的思想、艺术特色及其风格源流、影响,确立了它在文学史上的不朽地位。但我个人认为,《西洲曲》最主要的艺术特色不在于它的写景抒情,而在于它的写梦,即在于它所具有的梦幻性质。也许有人会说,《西洲曲》只是在结尾才写到梦,怎么能归入梦诗一类并成为它的主要特色呢?这一问题提得好。下面,就让我对自己的观点略作解释。

首先,《西洲曲》虽然只于末四句才写到梦,从篇幅上看,只占全诗的八分之一,但必须看到,这是全诗的结束,也可以说是全诗的归宿,就像万流归大海一样,前面所有的描写,都是流向、汇入这一归宿的,即都是为结束的梦境描写服务的,都可以融合于这梦境之中。或者也可以这样说,前面的所有描写,都是导致最后有梦的必然之因,而最后之梦,就像一支巨大的彩笔,给前面所有的描写,都涂上一层浓浓的梦幻色彩。如果这样说还不够明确具体的话,那就让我们从全诗情感的逻辑发展来看吧。前面说过,全诗是以"忆"字领起的,又以"忆"字贯穿始终的,"忆"实乃贯穿全诗的一条红线。"忆"虽一字,但内容丰富,它包括三个部分,即对过去与郎君在一起的回忆,立足于现在的对郎君的思忆,以及在"郎不至"的情况下,与郎君在梦中相会的梦忆。这三个部分是互相关联、互相衔接、步步推进、层层深入的,即由"忆"之情思到"梦"之情思,是一个必然发展的过程,是情感逻辑发展的必然结果。换言之,忆、思、梦,这三者相连接画出的运动轨迹,便是全诗情感逻辑发展的整个过程。在这个过程中,忆、思是梦之因,梦是忆、思之果,也是忆、思的最终走向和归宿,是忆、思达于极致的表现,因此,忆、思在诗中并不具有完整的、终极的意义,而梦才是完整意义的总结,是全诗思想精华和主要艺术特色之所在,是决定全诗具有梦幻性质的主要依据。对此,除陈胤倩的论述外,当代的不少论者也曾提及。如王运熙、王国安先生说:"诗最后用少女的口吻,表示寄希望于梦境,盼望多情的南风,把他们的梦魂吹向西洲相见,从而使全诗的感情达到最高潮。"(《古代爱情诗词鉴赏辞典》,辽宁大学出版社1990年7月版,第278页)袁行霈先生在指出全诗是"一个循环不已的结构"后,更是明确指出,"这个环的中心是一个少女的无尽的相思,如梦的相思"(《诗词曲赋名作鉴赏大辞典》,北岳文艺出版社1989年12月版,第270页)。

其次,从结构上看,《西洲曲》完全具备梦诗的结构形式。中国古代梦诗是中国古典诗歌的重要品种,它除具备作为诗歌共有的诸因素外,在结构形式上也还自有其特点。既然梦诗是以梦为题材,以写梦境、表达梦的情思、创造梦的意境,并通过梦的特殊视觉去反映现实生活为其主要内容,那么,写梦也就必然成为其结构形式的中心点,或者说,是其结构形式特点的决定因素。据此,一般地说,不写梦是不会具有梦诗的结构形式,不具备梦诗结构形式的当然也就不是梦诗。但是,正如世界上的事物是复杂的一样,梦诗的结构形式也不是单一的,而是复杂的。从结构形式的一般情况看,有完整与非完整两种。完整的梦诗结构形式是三段式的,即由梦前、梦中、梦后三部分组成。这种结构形式的好处是能将整个做梦的过程完整地表现出来,结构完整,脉络清楚,便于将抒情、写景、议论结合起来,融为一体。其缺点是有时重点不突出,甚至形成一个固定的框框,限制了诗歌的艺术创造性、灵活性,从而最终会减弱其艺术特色。非完整的梦诗结构形式是两段式或一段式的,即有时写梦前(梦因)、梦中(结果),有时写梦中、梦后,有时只写梦中或梦后。这种结构形式的好处是重点突出,形式灵活而不板滞,在艺术描写上可更加含蓄有味。其不足是有时脉络不够清晰,甚至会对写梦带来限制,不能充分展开有关梦境的描写,从而在一定程度上模糊了它的梦幻的性质。但无论是属于上述两类中的哪一类，关键都在于在艺术上有创造性并处理得恰到好处。很明显，《西洲曲》属于非完整结构形式中的写梦前、梦中一类，因此，从结构形式看，它的梦幻性质是客观存在的，不容否认的。

再次，从写法上看，梦诗既然是诗歌之重要一类，因而它与其他诗歌一样，在写法上也不可能是单一的，而是多样的，随具体情况而定。概略言之，有的直写梦境，有的则只限于侧写；有的写梦中多，有的则写梦前多，写梦后多；有的写梦显，有的写梦隐；有的在诗句中出现或多次出现梦字或梦的代字（如钧天、云雨、巫山、蝴蝶、蕉鹿、黄粱等等），有的则通篇无一梦字；有的除标题明言写梦外，如只就诗句本身而论，还以为是描写现实的非梦幻的作品；有的写已有的梦，有的写盼望有梦，有的则写盼梦而无梦；有的于开头即写梦，有的则到中间或末尾才写梦；有的写的是真梦，有的则假托于梦，并未曾真的梦见。所有这些写法，都是允许的，都可以写得很好，都可以从某一点切入，从某几个或某一个侧面，将其梦幻特色充分地表现出来。具体到《西洲曲》，其写法属于末尾写梦，虽字数不多，分量却很重。再者，"吹梦到西洲"究竟是希望有梦还是实有之梦，虽然论者说法不一，但我却倾向于视之为实有之梦，梦的内容是梦见在昔日幽会的西洲与心爱之人相聚了。

为什么这样说呢？一是结束四句两次写梦，其中"海水梦悠悠"是自高楼上遥望秋夜中的江水所产生的联想，是对在夜色笼罩下的摇曳不定、浩渺无际、变幻莫测、荡荡悠悠的江水的一种比喻，是赋予景色以梦幻的色彩，是观者移情于景物的结果。它并非真梦，也非江水在做梦，故是一种想象之梦，虚拟之梦，是对梦的虚写。而虚写之后，一般应该实写，如还是虚写，就会虚之又虚，不能做到有虚有实，虚实结合从而也就不可能在艺术描写上相互映衬，对比鲜明，取得突出的艺术效果。再说，从艺术表现手法上说，也失之单一化了，而中国古代的诗歌艺术是非常讲求虚实相间的艺术表现手法的。不但诗歌如此，其他样式的作品也是如此。如清狄葆贤在《论文学上小说之位置》的"请言虚实"条中就曾说："小说者，实举想也、梦也、讲也、剧也、画也合炉而冶之者也。"这里，他特别强调了想与梦在表现虚实中的作用。清洪全兴在《中东大战演义自序》中更是明确说"余之创小说也，虚实而兼用焉"。类似的论述在古代的诗论、文论中，真是举不胜举。明乎此，则知我把末尾的两次写梦，定为一虚一实，是完全符合中国古代关于虚实相生的艺术辩证法的，是合情合理的。

二是从诗句本身来看，也可以完全判定它是写的实梦。我们知道，诗文中的任何描写都受到一定的时空条件的限制，都是在一定的时空范围内展开的，《西洲曲》也不例外。从时间的顺序来看，《西洲曲》有两条相互关联和补充的线索，一条是季节的变化，即由早春而春夏之交，进而到六月、早秋至深秋；另一条是一天时间的推移，即由白昼到夜晚进而至于睡梦。如果说前者由"折梅""单衫""采红莲""南塘秋""弄莲子""望飞鸿"等刻画出来，那么后者即由"尽日栏杆头""卷帘天自高""吹梦到西洲"等表现出来。从情理上讲，当少女看尽了深秋夜空和在夜色笼罩下的江水的如梦如幻的景致后，她带着满腔的忧愁和希望上床睡觉了，那南风好像知道她的心思，于是在南风的吹拂和护送下，她梦见了西洲，与郎君相聚了，这是怎样令她高兴、难忘的一场西洲梦啊！换言之，从"海水梦悠悠"到"吹梦到西洲"的过程，这是由物梦到人梦、由虚梦到实梦的一个实质性的巨变，一个在情感上的飞跃和意境上的新创造！这一过渡在时间顺序上不是极其自然的吗？再从用字上看，"到"者，至也，及也，就时间而言，一般多为已至之意。如"到手"，谓已经到手，"到老"谓已经至老，"到任"谓已经到了任职岗位，"到家"谓已经到家等等，由是，则"吹梦到西洲"是在南风吹拂下梦见已经到了西洲，亦即"吹梦到西洲"乃已实有之梦也。

最后，从其影响来看，作为一首经过文人加工的民歌，《西洲曲》的影响虽远及于后代许多诗人和诗歌创作的许多方面，但影响主要集中在唐代以后的一些诗人和诗歌创作如何写梦方面，这当然不是偶然的。例如张若虚的《春江花月夜》，是一首情景妙合无垠、音节铿锵、韵味无穷的千古名作，它那透过春江花月夜的美景所创造的如梦如幻的意境，再加那关于"昨夜闲潭梦落花，可怜春半不还家"的梦境的描写，使全诗笼罩在一片梦幻的气氛之中。如萧涤非先生所说，此果从《西洲曲》脱出的话，那就证明《西洲曲》的写梦，乃其整个艺术描写中最为成功之处，是使全诗具有梦幻特色的关键一笔，也是对后代诗人影响最大最深的一点。至于陈胤倩所说的"寄愁明月，随风夜郎"，则指的是李白在《闻王昌龄左迁龙标》诗中的"我寄愁心与明月，随风直到夜郎西"之句，此虽非直接写梦，但却是从"南风知我意，吹梦到西洲"脱出的。由此也可以证明《西洲曲》写梦句的绝妙及其影响之大。其实,例子并不只此,如李白《江夏赠韦南陵冰》的"西忆故人不可见,东风吹梦到长安",武元衡《春兴》的"春风一夜吹香梦,梦逐春风到洛城",萧祜《游石堂》的"梦游曾信南风吹,南风吹我到林岭",鲍溶《秋思二首》之二的"萧飒御君风,魂梦愿相逐",五代孙光宪《清平乐》词的"凭仗东风吹梦,与郎终日东西",苏东坡《水龙吟·次韵章质夫杨花词》的"梦随风万里,寻郎处,又还被莺呼起",张耒《真阳县昼睡舍素丝堂》的"一觉西堂亭午睡,悠悠春梦逐春风",元耶律楚材《思友人》的"云山不碍归飞梦,夜夜随风到玉京"等,都进一步证明其影响之大。说明梦借风吹、凭风吹梦,已成为古代诗人常用的一种手法。

综上所述,《西洲曲》在艺术上的卓越成就,使它成为南朝乐府民歌中的代表者。而它所特有的梦幻色彩、它所创造的梦幻意境和首创的借风吹梦的写法,以及对后世诗人写梦的明显影响,则又说明它是南朝乐府民歌中的梦幻杰作,在中国梦诗发展史上具有不朽的历史地位。这就是我们从中国梦文学史的角度对之重新审视后得出的新的结论。

嬉笑怒骂　刺世疾时

鲁褒《钱神论》赏析

朱迎平

作者介绍

朱迎平，1948年生，浙江平湖人。1982年毕业于复旦大学中文系。上海财经大学人文学院教授、硕士生导师，兼任学校档案馆馆长。主要研究方向为唐宋散文、古代文体和古代文献。主要著作有《宋文论稿》《永嘉巨子：叶适传》《古典文学与文献论集》《管子全译》等。

推荐词

有人把《钱神论》看作是"游戏文章"，其实它的主题是极其严肃的，而且具有极大的典型意义。它对腐朽的封建社会的猛烈抨击，在整个古典文学中，也是十分突出的。虽然我们的文学史著作大都未曾提及，但从选择题材的角度、批判现实的深度来看，它都是中国文学史上一篇不可多得的奇文。

人们都十分熟悉莎士比亚的名剧《雅典的泰门》中泰门感叹金钱魔力的这段独白："金子，黄黄的、发光的、宝贵的金子！……这东西，只这一点点儿，就可以使黑的变成白的，丑的变成美的，错的变成对的，卑贱变成尊贵，老人变成少年，懦夫变成勇士……这黄色的奴隶可以使异教联盟，同宗分裂，它可以使受诅咒的人得福，使害着灰白色的癞病的人为众人所敬爱；它可以使窃贼得到高爵显位，和元老们分庭抗礼；它可以使鸡皮黄脸的寡妇重做新娘，即使她的尊容会使身染恶疮的人见了呕吐，有了这东西也会恢复三春的娇艳……"（朱生豪译《莎士比亚全集》卷八）莎士比亚借泰门之口，对资本主义兴起时代的货币拜物教现象，进行了形象而深刻的揭露，淋漓尽致，入木三分。马克思曾多次引用这段话来说明资本主义货币的本质。

无独有偶，在中国古典文学的宝库中，也有一篇抨击货币拜物教的杰出作品。从内容看,它丝毫不比泰门的独白逊色;从时间看,它比莎翁的名作要早出世一千三百年左右。它就是我国西晋时代的文学家鲁褒所作的刺世疾时的奇文——《钱神论》。

一

西晋是中国漫长的封建社会中的一个短命王朝,从晋武帝登基,中经惠帝、怀帝到愍帝为汉国刘曜所俘,只经历了短短的五十余年。司马氏集团是一个极其腐朽的统治集团。范文澜说:"封建统治阶级的所有凶恶、险毒、猜忌、攘夺、虚伪、奢侈、酗酒、荒淫、贪污、吝啬、颓废、放荡等等龌龊行为,司马氏集团表现得特别集中而充分。"(《中国通史简编》)

为了追求现世的享受,当时的社会上贪财成性、奢侈成风,而且互相竞争,愈演愈烈。大名士王戎"广收八方园田,水碓遍于天下,积实聚财,不知纪贶",但仍"昼夜算计,恒若不足"(《晋书·王戎传》)。而当时的头号巨富石崇则拥有"水碓三十余区,仓头八百余人","财产丰积,室宇宏丽,后房百数,皆曳纨绣,珥金翠。丝竹尽当时之选,庖膳穷山陆之珍"(《晋书·石崇传》)。这些贵族还公开地争豪斗富,竞奢赛侈,以为荣耀。人们熟悉的石崇与王恺斗富的例子,就是一个典型。还有一例:大贵族何曾"性奢豪,务在华奢","厨膳滋味,过于王者……食日万钱,犹曰无下箸处"(《晋书·何曾传》)。其子何劭"骄奢简贵,亦有父风……食必尽四方珍异,一日之供以钱二万为限"(同上),比其父有过之而无不及。而另一贵族任恺闻此事,"乃踰之,一食万钱,犹云无可下箸处"(《晋书·任恺传》)。穷奢极欲,真是到了无以复加的地步。

对财富的聚敛必然导致对金钱的追求,因为金钱是财富的集中代表。西晋统治阶级对于金钱更是顶礼膜拜,如蝇逐臭。晋武帝司马炎就是一个突出的代表,他卖官鬻爵,对金钱贪得无厌。上行下效,最高统治者如此,下面更是爱钱如命,甚至嗜钱成癖。据《晋书·和峤传》载:"峤家产丰富,拟于王者,然性至吝,以是获讥于世,杜预以为峤有钱癖。"与"钱癖"同时的还有一个"马癖"王济,"性豪侈,丽服玉食。时洛京地甚贵,济买地为马埒,编钱满之,时人谓之'金沟'"(《晋书·王浑传》),则干脆展览金钱以示豪富。一个聚敛金钱,一个挥霍金钱,都说明了金钱在当时的地位和力量。这种力量甚至达到可以赎人死罪的地步。按《晋律》的规定,自死罪以下皆可用钱赎罪,而赎死罪也不过黄金二斤。在这个人欲横流的社会中,金钱俨然成为世界的主宰,货币拜物教应运而生。但是,与此同时,作为这种思潮的对立面,向着嗜钱颓风进行无情嘲弄和猛烈抨击的《钱神论》也随之诞生了。

二

《钱神论》的作者鲁褒,字元道,南阳人,生卒无考。据《晋书·隐逸传》载,他"好学多闻,以贫素自立",而且终身"不仕,莫知其所终"。可见,这是当时一位不与世俗同流合污的高洁的隐士。

《钱神论》对金钱在当时社会中的地位和力量,进行了极为形象而深刻的揭示。在那个社会中,金钱主宰着一切——贫富、祸福、成败、安危直至生死:"失之则贫弱,得之则富强"(以下不标出处均引自《钱神论》);"钱多者处前,钱少者居后";"穷者能使通达,富者能使温暖,贫者能使勇悍";"钱之所在,危可使安,死可使活。钱之所去,贵可使贱,生可使杀";"钱能转祸为福,因败为成,危者得安,死者得生。性命长短,相禄贵贱,皆在乎钱",真是神通广大,法力无边!金钱的出世,即已不凡:"俯视仰观,铸而为钱。故使内方像地,外圆像天";它的力量,更能超过自然界的主宰——上天,因为"天有所短,钱有所长。四时行焉,百物生焉,钱不如天;达穷开塞,振贫济乏,天不如钱"!看,金钱简直成了宇宙间至高无上的神祇。在那个社会中,金钱又和权势紧密地结合在一起,它"无位而尊,无势而热,排朱门,入紫闼",而"君无财,则士不来;君无赏,则士不往。谚曰:'宫无中人,不如归田。'虽有中人,而无家兄(指钱),何异无足而欲行,无翼而欲翔?"权势以金钱为前提,金钱为权势而张目,两者互为依存,不可或缺。在那个社会中,金钱也成为人格的核心,仁、义、智、勇、礼、乐,这些传统的"成人"标准早被抛弃,"今之成人者何必然?唯孔方而已"。总之,金钱是那个社会统治一切、主宰一切的"神宝",没有它,一事无成,寸步难行:"忿争辩讼,非钱不胜;孤弱幽滞,非钱不拔;怨仇嫌恨,非钱不解;令问笑谈,非钱不发。"显然,通过对于金钱的这种神物的地位、神奇的魔力的形象揭示,作者把批判的矛头指向了造成这种腐朽现象的日益堕落的社会。

在这同时,《钱神论》又把当时统治阶级追逐金钱的丑行劣迹,来了个形象的大展览。请看:"洛中朱衣,当途之士,爱我家兄,皆无已已。执我之手,抱我始终,不计优劣,不论年纪。宴客辐辏,门常如市。"这一群群信奉"有钱可使鬼"的"朱衣之士",奔走钻营,如蝇嗜腐,活现出这些"钱癖"们的丑恶嘴脸。更有甚者,知书识礼的名流学子,也成了见钱眼开的势利之徒:"京邑衣冠,疲劳讲肄,厌闻清谈,对之睡寐。见我家兄,莫不惊视。钱之所佑,吉无不利。何必读书,然后富贵!"儒家的礼义廉耻,立学的清谈高论,都已抵挡不住金钱的巨大魅力,唯一能刺激统治阶级神经的,只有一个"钱"字了!这既是对"贪鄙之风"的深刻揭露,也是对整个统治阶级的无情嘲讽!

"死生无命,富贵在钱",《钱神论》就是这样揭穿了儒家宣扬"天命"的欺人之谈,把主宰当时社会的"神物"——金钱,赤裸裸地暴露于光天化日之下,这是何等大胆的揭发,何等犀利的解剖!文章结尾"钱神"得意地宣称:"贪人见我,如病得医,饥飧太牢,未之逾也。"这对于那些把金钱尊为祖宗、奉若神明的统治阶级,又是何等辛辣的讽刺，何等有力的鞭笞！有人把《钱神论》看作是"游戏文章"，其实它的主题是极其严肃的，而且具有极大的典型意义，它对腐朽的封建社会的猛烈抨击，在整个古典文学中，也是十分突出的。虽然我们的文学史著作都未曾提及它，但从它选择题材的角度、批判现实的深度来看，它都是中国文学史上一篇不可多得的奇文。

三

在艺术表现上，《钱神论》也别出机杼，颇具特色。

《钱神论》虽标论名，实近赋体。它虚拟了司空公子、綦毋先生两个人物，假托他们的对话，敷衍成篇；它假借司空公子之口，着意铺叙钱的外形、历史、作用及其在当时"无远不往，无深不至"的神力，体物写志，铺采摛文。全文结尾，作者又别出心裁地请钱神出场，让钱神自述身世、地位，既加强了揭露和讽刺的力量，更显得别开生面。

《钱神论》虽非小说，文中人物形象却十分鲜明。对于綦毋先生，作品着墨不多，但一个熟读《诗》《礼》经典，迷信"清谈""机神"的迂腐的儒家之徒，活现于人们面前。作为綦毋先生对立面的司空公子，则是一个讽世嫉俗的高士形象。他表面盛服冶游，玩世不恭，实际却独立于尘世之外，视富贵如浮云。他善于高谈阔论，纵横捭阖，谈锋犀利，所向披靡：时而"吹捧"钱神"吉无不利"的无边法力，时而"恭维"当途之士"门常如市"的显赫声势，时时用反语，处处含讽讥，时而嘲弄儒者"既不知古，又不知今"的迂腐之状，时而又揭开他们见钱眼开、"莫不惊视"的丑恶本相，嬉笑怒骂，皆成文章。这位公子实际就是作者自己的化身。

《钱神论》全文用骈体写成，属对齐整。文中多征事用典，都通俗易晓，并不隐晦难解，特别是引用了社会上不少谚语，如"钱无耳，可暗使""有钱可使鬼"等，更显得形象风趣。文章讲究辞藻，但不堆砌，行文流畅，不少地方明白如话，可称是骈体文学中思想性、艺术性结合得较好的一篇杰作。

《钱神论》写成以后，反响很大，《晋书·隐逸传》称"疾时者共传其文"，可见它在当时是传颂一时的文章。它对后代也有很大影响，直至二百多年后的梁代还有拟作。（《南史·临川静惠王宏传》："晋时有《钱神论》，豫章王综以宏贪吝，遂为《钱愚论》，其文甚切。"）至于"钱神""孔方兄"的称号,更是流传千年而不湮灭,在现代汉语中仍是有生命力的词。文中对货币拜物教的揭露和批判,对于今天向"一切向钱看"的精神污染做斗争,更是有着现实的认识意义和教育作用。

鲁褒无文集流传,仅有《钱神论》一文传世,而且原文早佚,《晋书》中只著录了其中三段。清代严可均辑《全上古三代秦汉三国六朝文》,根据《晋书》和从《艺文类聚》《初学记》《太平御览》等类书中辑出的部分佚文,加以汇编整理,这就是我们今日所见之《钱神论》,载于《全晋文》卷一百一十三。其中虽仍有残缺痕迹,但保存了原文的主要部分,基本可以成文,这是值得庆幸的。此外,值得提及的是,《太平御览》卷八百三十六还著录有成公绥的《钱神论》一段,内容大致与鲁文相同。成公绥是西晋有名的文学家(《晋书·文苑传》),活动时代略早于鲁褒数十年,因此,鲁褒《钱神论》的创作,很可能是受到成公绥文章的启发并吸取了它的精华进而写成。这也可算是《钱神论》诞生的一段佳话。

原文

钱神论

有司空公子,富贵不传,盛服而游京邑。驻驾乎市里,顾见綦毋先生,班白而徒行。公子曰:"嘻!子年已长矣,徒行空手,将何之乎?"先生曰:"欲之贵人。"公子曰:"学《诗》乎?"曰:"学矣。""学《礼》乎?"曰:"学矣。""学《易》乎?"曰:"学矣。"公子曰:"《诗》不云乎:币帛筐篚,以将其厚意,然后忠臣嘉宾得尽其心;《礼》不云乎:男贽玉帛禽鸟,女贽榛栗枣脩;《易》不云乎:随时之义大矣哉!吾视子所以,观子所由,岂随世哉!虽曰已学,吾必谓之未也。"先生曰:"吾将以清谈为筐篚,以机神为币帛。所谓礼云礼云,玉帛云乎哉者已。"公子拊髀大笑曰:"固哉,子之云也,既不知古,又不知今!当今之急,何用清谈?时易世变,古今异俗;富者荣贵,贫者贱辱;而子尚质,而子守实,无异于遗剑刻船,胶柱调瑟。贫不离于身,名誉不出乎家室,固其宜也!昔神农氏没,黄帝、尧、舜教民农桑,以币帛为本。上智先觉变通之,乃掘铜山,俯视仰观,铸而为钱。故使内方象地,外圆象天。大矣哉！

"钱之为体，有乾有坤。内则其方，外则其圆。其积如山，其流如川。动静有时，行藏有节。市井便易，不患耗折。难朽象寿，不匮象道。故能长久，为世神宝。亲爱如兄，字曰孔方。失之则贫弱，得之则富强。无翼而飞，无足而走。解严毅之颜，开难发之口。钱多者处前，钱少者居后。处前者为君长，在后者为臣仆。君长者丰衍而有余，臣仆者穷竭而不足。《诗》云：'哿矣富人，哀此茕独。'岂是之谓乎！

"钱之为言泉也，百姓日用，其源不匮，无远不往，无深不至。京邑衣冠，疲劳讲肆，厌闻清谈，对之睡寐。见我家兄，莫不惊视。钱之所佑，吉无不利。何必读书，然后富贵！昔吕公欣悦于空版，汉祖克之于嬴二。文君解布裳而披锦绣，相如乘高盖而解犊鼻。官尊名显，皆钱所致。空版至虚，而况有实？嬴二虽少，以致亲密。由是论之，可谓神物。无位而尊，无势而热，排朱门，入紫闼。钱之所在，危可使安，死可使活。钱之所去，贵可使贱，生可使杀。是故忿诤辩讼，非钱不胜；孤弱幽滞，非钱不拔；怨仇嫌恨，非钱不解；令问笑谈，非钱不发。

"洛中朱衣，当途之士，爱我家兄，皆无已已。执我之手，抱我终始，不计优劣，不论年纪。宾客辐辏，门常如市。谚云：'钱无耳，可暗使'，岂虚也哉？又曰：'有钱可使鬼。'而况于人乎？子夏云：'死生有命，富贵在天'。吾以死生无命，富贵在钱。何以明之？钱能转祸为福，因败为成，危者得安，死者得生。性命长短，相禄贵贱，皆在乎钱，天何与焉？天有所短，钱有所长。四时行焉，百物生焉，钱不如天；达穷开塞，振贫济乏，天不如钱。若臧武仲之智，卞庄子之勇，冉求之艺，文之以礼乐，可以为成人矣。今之成人者何必然？唯孔方而已！

"夫钱，穷者能使通达，富者能使温暖，贫者能使勇悍。故曰：君无财，则士不来；君无赏，则士不往。谚曰：'官中无人，不如归田。'虽有中人，而无家兄，何异无足而欲行，无翼而欲翔？使才如颜子，容如子张，空手掉臂，何所希望？不如早归，广修农商，舟车上下，役使孔方，凡百君子，同尘和光，上交下结，名誉益彰。"

黄铜中方，叩头对曰：仆自西方庚辛，分王诸国，处处皆有，长沙越巂，仆之所守。黄金为父，白银为母，铅为长男，锡为适妇。伊我初生，周末时也，景王尹世，大铸兹也，贪人见我，如病得医，饥飧太牢，未之踰也。

"诗缘情而绮靡"

陆机《招隐诗》赏析

王英志

作者介绍

王英志,1944年1月出生,毕业于北京大学中文系。苏州大学博士研究生导师,编审。著作有《灵境诗心——中国古代山水诗史》(清代编)、《清人诗论研究》《中国古典诗歌艺术新探》《古典美学传统与诗论》《性灵派研究》《袁枚评传》《袁枚全集》《李清照集》等约二十种。主要研究方向为中国古代文学元明清诗词与理论。

推荐词

陆机是我国第一部系统而完整的文学创作理论专著——《文赋》的作者,他首次区分了不同文体的不同表现形式:"诗缘情而绮靡,赋体物而浏亮,碑披文以相质,诔缠绵而凄怆,铭博约而温润,箴顿挫而清壮,颂优游以彬蔚,论精微而朗畅,奏平彻以闲雅,说炜晔而谲诳。"上述十种文体风格说,其中最有意义且对后世影响最深远的乃是"诗缘情而绮靡"说。

鲁迅说:"曹丕的一个时代可说是文学的自觉时代,是为艺术而艺术的一派。"所谓"曹丕的一个时代"实指整个魏晋时代。"'为艺术而艺术',是相对于西汉文艺'助人伦成教化'的功利艺术而言",由于时代的动乱、哲学思想的解放,"一种真正抒情的、感性的'纯'文艺产生了"。人们认识到诗文具有自身的价值意义,开始重视诗文自身的独特与创作规律的探讨。因此,魏晋时代文艺创作空前繁荣,亦促进了文艺批评、美学理论著作的纷呈迭出。先有曹丕的《典论·论文》开魏晋文艺理论批评之先声,揭示了著名的"文以气为主"说,强调人的禀赋个性之作用,并首次提出了文体论:"夫文本同而末异:盖奏议宜雅,书论宜理,铭诔尚实,诗赋欲丽。"划分出不同文体各自的特征。继曹丕之后则有陆机撰写了我国第一部系统而完整的文学创作理论专著《文赋》,它又直接启示了后来刘勰《文心雕龙》的写作，所谓"刘勰氏出，本陆机说而昌论文心"。陆机在中国文学理论批评史上占据着相当重要的地位。

陆机（261—303）字士衡，吴郡华亭（今上海松江）人。祖陆逊，曾为东吴丞相，父陆抗为大司马。"机身长七尺，其声如雷。少有异才，文章冠世。"曾任吴牙门将。吴亡入晋，官至平原内史，人称陆平原，与其弟陆云皆以文才名重一时，世称"二陆"。陆机尤以才多闻名，葛洪称其文"弘丽妍赡，英锐飘逸，亦一代之绝乎"。杜甫《醉歌行》曾云"陆机二十作《文赋》"，后人对此颇存疑窦，经今人考证认为系四十岁以后所作，较合情理，但迄无定论。《文赋》"鲜明地表示了文的自觉"，具有颇高的美学价值。它内容丰富，论及了创作前的主客观条件准备，详细论述了创作构思时想象的创作心理过程，涉及创作时的灵感现象；阐述了布局遣词的技巧，指明了意（内容）与辞（形式）的关系；批评了文坛创作中的弊端；等等。本文要着重指出的是陆机发展了曹丕的文体风格论，给予了更全面的阐发：

诗缘情而绮靡，赋体物而浏亮，碑披文以相质，诔缠绵而凄怆，铭博约而温润，箴顿挫而清壮，颂优游以彬蔚，论精微而朗畅，奏平彻以闲雅，说炜烨而谲诳。

上述十种文体风格说，其中最有意义且对后世影响最深远的乃是"诗缘情而绮靡"说。缘，因。"缘情"是强调诗的内容特征即诗因情生、诗亦写情。"绮靡"，美丽细致，指"精妙之言"（李善注），与《文赋》所谓"藻思绮合，清丽芊绵，炳若缛绣"之意相通。刘勰《文心雕龙·辨骚》曰："《九歌》《九辨》绮靡以伤情。"当由此句脱化而义同。有的注者释"绮靡"云："犹言侈丽，浮艳。"全然以贬义训之，既不合原义，亦有悖于撰文的情理。"诗缘情而绮靡"说比"诗赋欲丽"说更具体、全面、深刻地道出了诗的本质与特征。"丽"当近于"绮靡"，但曹丕仅从形式上立论，且诗、赋不分。"诗缘情而绮靡"则单言诗，又兼顾到内容与形式两个方面，这在中国文论史上实为首创。"诗缘情"与《尧典》"诗言志"迥异其趣。朱自清说，"诗言志，指的表见德性，'言志'的本义跟'载道'差不多"，"可是缘情的五言诗发达了，于是陆机《文赋》第一次铸成'诗缘情而绮靡'这个新语"。"诗缘情"是基于人的感情的解放而提出的观点，是对《毛诗序》"发乎情而止乎礼义"说的修正，力图摆脱儒家思想传统的束缚，无疑具有一定积极作用。当然，谢榛称陆机"绮靡重六朝之弊"，表明他对于六朝重词采诗风的流行确有其影响，其"情"亦有局限性。但沈德潜责"诗缘情而绮靡"说"先失诗人之旨"，纪昀亦斥曰，"自陆平原'绮情'一语引入歧途，其究乃至于绘画横陈，不诚已甚欤？""知发乎情而不必止乎礼义"，乃具有浓厚的卫道色彩，不足为训。

《文赋》对"诗缘情而绮靡"尚有多处阐发。对"诗缘情"，首先论述了诗情之产生："伫中区以玄览，颐情志于典、坟；遵四时以叹逝，瞻万物而思纷；悲落叶于劲秋，喜柔条于芳春；心懔懔以怀霜，志眇眇而临云……游文章之林府，嘉藻丽之彬彬；慨投篇而援笔，聊宣之乎斯文。"这表明：一、诗人须深察万物变化，开阔视野，这样才能触物生情，其悲喜等皆随客观万物之变化而转移。二、诗人应该钻研先人之著述，以涵养感情、志趣，然后才能进行创作。其次，又论及构思过程中感情与想象相关："其始也，皆收视反听，耽思傍讯，精骛八极，心游万仞。其致也，情曈昽而弥鲜，物昭晰而互进。"这表明感情随想象的展开而逐渐鲜明地表现出来。对于感情性质则强调雅正,反对淫荡:"寤《防露》与桑间,又虽悲而不雅。"可见纪昀指责其"绘画横陈"乃不实之词。此外,《文赋》还批评感情不真挚或以辞胜情:"言寡情而鲜爱,辞漂浮而不归。犹弦幺而徽急,故虽和而不悲。"《文赋》对语言风格之"绮靡"亦作了阐发。首先认为语须精思而创新:"沉辞怫悦,若游鱼衔钩而出重渊之深;浮藻联翩,若翰鸟缨缴而坠曾云之峻。收百世之阙文,采千载之遗韵,谢朝华于已披,启夕秀于未振。"在构思过程中挑选妍丽秀美的语言,所谓"遣言也贵妍",同时注意声韵之美:"暨音声之迭代,若五色之相宣。"《文赋》还提出了"立片言而居要,乃一篇之警策"的名言,指在作品关键之处,以片言只语揭示题旨,警动人心。

《文赋》前言曰:"余每观才士之所作,窃有以得其用心。夫其放言遣词,良多变矣。妍媸好恶,可得而言。每自属文,尤见其情。"可见陆机《文赋》之所作既总结了他人创作的经验教训,亦结合了本人"自属文"的体验。《文赋》的美学思想与陆机的创作实践是不可分割的。"诗缘情而绮靡"说在陆机诗作中就有鲜明的体现。现以其名篇《招隐诗》为例,略作分析以印证之。《招隐诗》是五古，诗曰：

> 明发心不夷，振衣聊踯躅。踯躅欲安之，幽人在浚谷。
> 朝采南涧藻，夕息西山足，轻条象云构，密叶成翠幄。
> 激楚伫兰林，回芳薄秀木。山溜何泠泠，飞泉漱鸣玉。
> 哀音附灵波，颓响赴曾曲。至乐非有假，安事浇淳朴。
> 富贵苟难图，税驾从所欲。

《楚辞》有《招隐士》，是淮南小山招山林隐逸之士出山之作。魏晋以来，希企隐逸之风大炽，招隐诗的命意则变为招人归隐，与淮南小山《招隐士》之义恰好相反。魏晋时代改朝换代频仍，政治斗争残酷，门阀士族的名士们一批一批地被杀戮，使他们的人生慨叹夹杂着恐惧与哀伤。无论是顺应环境、保全性命，或者是寻求山水，安息精神，其中总藏有这种人生的忧恐，情感处于复杂矛盾之中。外表尽管装饰得轻视世事，洒脱不凡，内心却更强烈地执着人生，非常痛苦。陆机亦不例外。据《晋书·陆机传》载，赵王伦将篡位，以陆机为中书郎。伦被诛，齐王冏因陆机"职在中书，九锡文及禅诏，疑机与焉，遂收机等九人付廷尉。赖成都王颖、吴王晏并救理之，得减死徙边，遇赦而止"。在此之前，陆机仕途尚一帆风顺，此乃一大挫折。后委身成都王颖，虽表为平原内史，但遭小人之谗，终有"华亭鹤唳，岂可复闻"之哀叹而被害。从《招隐诗》之"缘情"来看，诗当作于仕途失足之后。全诗实以忧惧为基调，但写作上主要篇幅用以抒写对隐士生活的歆羡、向往，来反衬其忧生之嗟，故表面上给人以洒脱淡逸之感，语言精心推敲，色彩绚丽，生动传神，音韵和谐，极尽"绮靡"之致。

诗首先以四句勾勒出一个感情忧惧、内心矛盾的抒情主人公形象。他当然即诗人自己，但并未明言，其反映的乃是当时社会中士族名士忧惧哀伤的典型情绪。"明发心不夷"，开篇就点出忧惧的心绪，定下了全诗的基调。"明发"犹言明旦，指天色发亮，亦含有通宵达旦不寐之意，《诗·小雅·小宛》所谓"明发不寐"也。"心不夷"，夷通怡，悦也，"不夷"即忧惧。首句揭示了诗人的内心状态，他必有难言的痛苦。次句"振衣聊踯躅"，振衣，抖衣，实指穿衣；聊，姑且；踯躅，徘徊不进貌。此句写诗人因"明发"而起床穿衣，更因"心不夷"而姑且在室内"踯躅"的行动，"踯躅"二字生动形象地外现了其内心的矛盾、痛苦与无所适从。这二句与陆机《赴洛道中作》"抚枕不能寐,振衣独长想"感情相通,但"踯躅"比"长想"动作性强,其内心的矛盾冲突亦更激烈。诗人走来走去并未离开原地,他面临着何去何从的难题。他颇有建功立业而图"富贵"之雄心,但政治残杀的现实、风云变幻的仕途又令人望而生畏,那么何处是安身立命之所呢?"踯躅欲安之"一句正道出这种犹豫不决的矛盾的心理活动。"之"系动词,往也。"幽人在浚谷",突然,这个意象如长夜中的电光一下子照亮了未来的道路,忧惧似亦为之一扫。幽人,幽居之人,指隐士,所谓"结瓮牖而辞三命,殆汉阳之幽人乎",正是指遁世隐居者。浚谷,深谷也。一"浚"字点出隐士所居处远离尘世。"幽人"乃诗人的慰藉与榜样。至此诗人内心矛盾似已缓解。结构上此句是诗意的过渡:从对现实诗人的抒写转向对"幽人"生活的生动具体的想象,字里行间不无歆羡、向往之情(在这种感情覆盖下的当然仍是痛苦忧惧),而语言之"绮靡"亦臻于极致。

"朝采南涧藻,夕息西山足。"这两句平仄协调,对仗工整,表现出幽人隐居生活悠闲自得的情趣,比起尘世之血腥争斗,真是清静无为,是为呼应前句中的"幽人"。"南涧"用《诗经·召南》"于以采蘋,南涧之滨"中成辞,指山间水流;藻,水草名。"西山"原指首阳山,据《史记·伯夷列传》载:商孤竹君二子伯夷、叔齐因耻食周粟而隐于首阳山,采薇而食,并作歌曰:"登彼西山兮,采其薇矣!"此泛指幽人所生活处之山。上面之用典旨在使其情"雅"而不俗,亦是诗人平时"游文章之林府"的体现。"朝采"写动态,"夕息"写静态,无论动静都显得淡逸闲适,宛如云中野鹤,翩然来去,无所约束。"南涧藻"写水(草),"西山足"写山,山水皆富有生机情致,特别是"西山"缀以"足"的拟人化,益显示出幽人与自然如同伴侣之物我同一。

接下用八句诗细致地展示出"在浚谷"的情景。"浚谷"乃幽人生活的自然环境,它是作为污浊尘世的对立面而出现的。诗人着重描绘了林泉的自然美,用以反衬尘世官场的丑。前四句写林,后四句写泉。

写林先侧要写其外观美。"轻条象云构"写树枝:"条"曰"轻",突出其柔;"构"曰"云",又突出枝条之高。此枝条可谓柔美与壮美兼而有之。"密叶成翠幄"写树叶:"叶"曰"密",突出其繁茂;"幄"曰"翠",突出其色美;"幄"又比喻其整体美宛如帷帐。然后又侧重写林之内质美:"激楚伫兰林,回芳薄秀木。""林"而饰之以"兰",似闻其香;"木"饰之以"秀",如见其神。"激楚""回芳",舞名,借以当风。"伫",停留;"激楚伫",写风之静,又衬托"兰林"之静穆美;"薄",侵入;"回芳薄",写风之动,则衬托"秀木"之摇动美。

后四句写泉主要从听觉角度写其音乐美。"山溜何泠泠":"山溜",山溪;"泠泠",象声词,形容水声动听;"何"字则强调"泠泠"之声。"飞泉漱鸣玉":"漱",荡也;"鸣玉"喻山石。"泉"而曰"飞",山石曰"鸣玉",皆极力修饰。"山溜何泠泠",乃因飞泉如棒,山石如琴,一旦撞击则琴音悦耳。"哀音附灵波,颓响赴曾曲。"此进而写山泉远逝时的音乐美,又为诗开拓出深邃的意境。"音"曰"哀",形容水声之哀婉动听;"波"曰"灵",写出水波的奇妙有情;"颓响"指水波下流时的余音,"曾曲"形容山谷的高深;一个"赴"字使山泉富有灵性。当山泉奔向远方时,其流水余音宛若一支哀婉动听的乐曲在深谷中回荡,把人心引向新的美妙境界中。这一层次诗人以生动鲜明的视觉形象与听觉形象,细腻地描绘出想象中的林泉自然美,其精心挑选的字眼,如"轻""云""密""翠""伫""兰""薄""秀""泠冷""飞""灵"等,真乃"沈辞怫悦"而出,"浮藻联翩"而坠,有声有色,细致精美,可谓极尽"绮靡"之功,从而在一定程度上表现了诗人对"幽人在浚谷"美妙境界的歆羡、向往之情,亦反衬出现实中诗人的"心不夷"。当然也应指出,由于过于追求"绮靡",使感情抒发显得较浅。

通过对"幽人在浚谷"闲适美妙生活的描写,诗人的理智已经清楚,对于来日去向亦有了明确目标。"至乐非有假,安事浇淳朴",此为诗人对幽人生活的感受。"至乐",极乐;"假"通借,指凭借;"浇",薄;"淳朴",见《庄子·缮性》:"及唐虞,始为天下,兴德化之流,(浇)淳散朴。"此二句意为人生极乐在于无为,无须靠狗苟蝇营以追求荣华富贵,不能破坏淳朴无为的风气。《庄子·至乐》云:"至乐活身,唯无为几存。"幽人正是"无为"方"至乐活身"。"富贵苟难图,税驾从所欲。"此二句诗人又由幽人而联系自身,由歆羡"幽人在浚谷",而决意实践之。"苟",实在;"税驾"原指休息,此"喻辞荣"(李善)。诗人由于仕途多舛,深知"富贵"难求,更有丧命之虞。为摆脱忧惧,只有走"幽人"之路,因此最后明确表示要辞去荣华而顺从自己之所欲,此属"立片言而居要，乃一篇之警策"，起到画龙点睛、揭示"招隐"题旨的作用。我们必须看到的是，诗人之洒脱是表面的，其内心深处仍是矛盾而痛苦的。真正的"心夷"在当时社会条件下是难以达到的。其"税驾从所欲"的念头亦是短暂的，故有委身成都王颖的后事，终被害于军中。他与陶渊明毕竟不可同日而语。

综观全诗，抒写内心感情活动较细致而有层次，既有直抒胸臆，亦有寓情于景，诚属"缘情"之作。语言之"绮靡"堪称范例，特别是第二层次几无以复加，力求新鲜传神，有声有色，"清丽芊绵，炳若缛绣"。全诗第一层次是写实，第二层次写幽人生活与林泉之美，乃虚构想象之词。《文赋》所谓"课虚无以责有，叩寂寞而求音"，因此可以极尽夸饰之能事，突出歆羡、赞美之情。此外，诗颇多对仗句式，音韵亦和谐动听，符合其"音声之迭代，若五色之相宣"的主张。钟嵘《诗品》称陆机"才高词赡，举体华美"，刘勰曰："至如士衡才优，而缀辞尤繁。"诚为知音。但后人亦批评陆诗"造情既浅，抒响不高"，"词旨敷浅，但工涂泽"，亦未尝不击中其弊。以《招隐诗》而论，其感情就远不如建安诗人曹植骨气奇高，亦不及正始诗人阮籍寄托遥深，而其刻意"绮靡"亦不能不影响对感情的挖掘。这既反映了陆机诗创作成就不高，钟嵘《诗品》列之为上品诚属不智，亦可见"诗缘情而绮靡"说之弱点。

山水以形媚道而仁者乐

王羲之《兰亭集序》赏析

张国星

作者介绍

张国星，1952年生于北京。1982年毕业于华东师范大学中文系。中国社会科学院《文学评论》编辑部编委、编审、研究生院教授，兼任全国哲学社会科学基金、中国博士后科学基金、国家出版基金学科评审专家。

推荐词

《兰亭集序》赋诗以"形"，文中的山水描绘，给诗的玄论罩上一层瑰丽秀妩的形象的光彩，使"寓目理自陈""适我无非新"的"乐"，具体、形象、生动地凸现出来。

《兰亭集序》辞采清绮，笔势流利潇洒，虽意在析理，却蕴含着王羲之对生命的深情留恋，因情成理，情在理中，理得情之趣，情得理之深，锋流气畅，以含情的动人，获得高于精辟析理的效果。

王羲之（321—379）是东晋著名书法家，他所作的《兰亭集序》（下文简称《序》），用情慷慨哀深，运笔矫健清宛，风骨爽峻，为历代人们所叹赏，素负盛誉。

近来一些选本介绍分析这篇作品时，抓住文中"固知一死生为虚诞，齐彭殇为妄作"一句，断言王羲之"批判庄子虚无主义人生观"，是"积极地追求人生"。我以为这种说法不甚洽切。又者，叶燮《原诗·外编》云："此《序》寥寥数言，托意于仰观俯察宇宙万江，系之以感忆，而极于死生之痛。"《序》从"虽无丝竹管弦之盛，一觞一咏，亦足以畅叙幽情"，写"群贤毕至，少长咸集"，修禊祓之礼开始，至第三段掉笔旁书，转写人"修短随化，终期于尽"，"向之所欣，俯仰之间，已为陈迹"，伤喟人生短暂，再引申到对庄子《齐物论》之说的否定，充满了对人生飘忽无常的怅惘和痛惜。作者既有感于今日,亦叹于"昔人兴感之由",悼古伤今,吊及来日,哀衷无尽。似乎很像一些作者所说,这是王羲之在山水之乐中,乐尽悲来,因而伤悼生命之短,再归于说理,批判庄子,其中寓含着他对秀美的大自然和人生的深情热爱。而文章也由景生情,以情入理,一气贯下。其实大不然。

《序》既是兰亭集禊的记,也是诸诗"其致一也"的"所以兴怀"之由的阐发。显然,若依前说则诸诗中也必当充满了同样悲死悯生的"幽情",但是兰亭诸作却是典型的转述道家哲学观的谈玄之什。这个矛盾提示我们,要评价、鉴赏《序》的旨寄和艺术风格,必须联系"兰亭诗",在文外做一点功夫。否则,就文论文,难免偏颇不类。

首先,我们说,《序》中的哀是一种历史的社会意识和情调。在魏晋人的作品中,最普遍、最深挚、最能激动人心的,便是那对时光飘忽和人生短暂伤悼的生命情调。从《古诗十九首》"人生寄一世,奄忽若飙尘","人生天地间,忽如远行客",到孔融"人生所有常,但患年岁暮"(《杂诗》),曹植"人生处一世,去若朝露晞,年在桑榆间,影响不能追,自顾非金石,咄嗟令人悲"(《赠白马王彪》),阮籍"朝为美少年,夕成暮丑老"(《咏怀》),直至陶渊明"老少同一死,贤愚无复数"(《形影神诗》),几乎每一个文士的作品里,都浸透着这哀婉的情调。承继着东汉末期的生命意识,研探如何摆脱死生之痛,已经成为社会思想的中心。从严可均辑《全晋文》所录王羲之的杂帖(书信)来看,对亲朋亡故的悲伤,始终绵绵不绝,贯穿其中。但是,王羲之在《序》文里,并不是出于情谊怀念,把情感个性化地具象抒发,而是基于此哀,联类古往今来,将死生之痛加以概括、抽象,变为人类普遍问题的理念性的认识,用于说理。因此,《序》中的死生之痛,就是与前两段所描述的山水、山水之乐相联系的普遍的社会意识的反映。换言之,《序》文"极言死生之痛",否定庄子的观点,其目的绝非表现心中之情,而应是追随时代的风气,与山水自然之乐相联系,表现排释死生之痛的新途径的高超。

就魏晋时期的情况,人们求得忘却死生之感的方式大略有四种。一是服石导养,企慕神仙不死之术,绝对延长生命,同时纵欲声色,以享乐相对增加生命的密度。另一是受庄子"大块荡我以生,息我以死"把生视为"附赘悬疣"的思想影响,以"不知生焉知死"的达观,或醉酒,使"死生之惧不入乎胸",离生忘死。再一就是稍后的用佛教"精灵不灭""生死轮回"之说蒙蔽自己。除此以外的是,永嘉大乱以后,晋室南迁,接受玄学中郭象"自然"一派的观点,士族名士隐逸山林,认为"山水即道",在优游中超入自然,求得忘情达观。王羲之即属此类。《晋书·王羲之传》说他"栖心绝谷,修黄老之术",一面奉持道教,服药吞丹,辟谷养气,一面栖隐山水,追求"逍遥"与达观。

在山中"栖心"即《序》"仰观宇宙之大,俯察品类之盛"的意志所在。王羲之的《兰亭诗》云:

仰视碧天际,俯瞰绿水滨。寥阒无涯观,寓目理自陈。
大矣造化工,万殊莫不均,群籁虽参差,适我无非新。

这里"适我无非新"的"新",不作"新鲜""新奇"解,和谢灵运《登江中孤屿》"怀新道转迥,寻异景不延"一样,它乃是借用的佛家语。

《世说新语》载:"郭景纯诗云:'林无静树,川无停留。'阮孚云:'泓净萧瑟,实不可言,每读此文,辄觉神形超越。'"我们说,王羲之"仰观俯察",体现了典型的魏晋人的自然观。其所乐者，不是对自然之美的欣赏，而是观象昧"道"。即是说，《序》中所说的死生之痛，不是"视听之娱"的"乐"的发展结果，相反却是产生追求"视听之娱"，进而"咏"的兴感之由。"一觞一咏"的内容，是玄虚的哲理，畅叙的"幽情"是摆脱了死生之痛，在"自然"里获得超然、逍遥达观的意趣。

至此，可以说，王羲之《兰亭集序》所表现的，是陶渊明《饮酒诗》"寒暑有代谢，人道每如兹。达人解其会，逝将不复疑。忽与一樽酒，日夕欢相持"的精神，表现出南渡后世家大族的名士们逃避现实、精神麻痹、崇尚隐逸、及时行乐的心理意识和思想。正由于贪恋生的享乐，把生看得极重，没有庄子宁可"曳尾涂中"、愤然绝世的人格精神，所以也不可能像庄子、阮籍、刘伶等，从自我主观的角度获得超然达观，而是把人生的逍遥享乐和精神的超然与栖隐山林的生活结合在一起，超入"自然"，从客观中寻求达观。其所批驳庄子《齐物论》的并非"批判庄子虚无主义的人生观"，只不过否定庄子的达观方式，代之以另一种更适合士大夫阶级生活情调的途径而已。这一方式，不但没有含着不满和反抗现实的意味，就连存身待命的功利思想也没有，只单纯地追求玄远,重视身心逍遥,其本质仍是虚无没落的人生观。

相对而言,这种方式寓含着的人生精神,比庄子特见卑污低下。而且,对庄子虚无的观点的否定,西晋初即已有之,不是王羲之的新创造,因此绝谈不上"难能可贵"。否则,岂不连刘勰批评过的"世极迍邅,而辞意夷泰"(《文心雕龙·时序》),也就提倡了么?

如前所说《序》前两段描述的山水之乐不是后两段畅言的死生之痛的来源,它们的关系适在其反。也就是说《序》的结构逻辑不是乐尽悲来,因景生情而归于理,一气直下的方式。《序》先纪实描写山水,再逆着获得逍遥达观的心理过程,痛言死生,阐发"兴感之由",包含着王羲之的艺术匠心和另一番用意。《序》的后两段大言"哀"感,固是发挥兰亭诸诗人的"兴感之由",但更是根据"哀"与"达"的辩证关系,从相反相成的另一面,为诗的"达"大力铺垫张本,烘云托月,衬托诗作。愈是在《序》中将死生之"哀"写得悲彻心脾,就愈是显出诗中"达"的高超,表现出兰亭集禊诸名士在山水中观象味道、超然逍遥的乐。

王羲之避开正面而平泛地评论诗,夸跃"自然"之乐，使《序》别具一格，新鲜生动，同时也还是要"开夫俗近"说理和自我显示。王羲之在《序》中所选择的"极言其哀"，批驳庄子的写作方法，目的不是"批判庄子虚无主义人生观"，而是利用"五情同"的一面认识，反衬"神明茂"的另一面，炫耀自己和诸诗人情性的空明清虚，精神的睿智高朗与旷达。这种巧妙的艺术构想，不落言筌，寄旨言外，获得了正面直说万言难致的效果，赋予《序》"隽永"的意味。

《序》前两段描写山水，指出"仰视宇宙之大，俯察品类之盛""游目骋怀""极视听之娱"，摹画形容，却对更深的精神风蕴控引不发，不使《序》喧宾夺主，翳蔽诗的华彩。但是，《序》赋诗以"形"，文中的山水描绘，给诗的玄论罩上一层瑰丽秀妩的形象的光彩，使"寓目理自陈""适我无非新"的"乐"，具体、形象、生动地凸现出来。诗又赋《序》以"神"，在诗的辉映下，《序》显得山水在清媚秀丽的外貌内，透射出富于深湛哲理意味的灵韵，益加生动迷人，具现出空灵含蓄的美感，和"隽语天成"的"神秀"。

秀外慧中，《序》与诗从内容到形式都辩证地联系起来，谐和洽切，相辅相成，不追求独擅其美，而在艺术的统一的美中两全其美，使"山水以形媚道而仁者乐"的哲理，名士优游山林，超入"自然"，达观逍遥的隐逸之趣，饶于艺术美的魅力。这正是《兰亭集序》不同凡响之处，体现了王羲之构思精妙、别抒高调的艺术才华。

《序》辞采清绮，笔势流利潇洒，虽意在析理，却蕴涵着王羲之对生命的深情留恋，因情成理，情在理中，理得情之趣，情得理之深，锋流气畅，以含情的动人，获得高于精辟析理的效果。而且，由于作者抽去对生命留恋热爱的具体内容，使之成为普遍的、共性的人类意识，因而使无论为什么而热爱人生的人，都能够从《序》中得到艺术的感染。这也在客观上增加了《序》的艺术效果。

综而言之，《兰亭集序》典型地反映了东晋名士逃避现实、崇尚隐逸山林、栖心玄远、追求人生逍遥的思想情调和虚无没落、消极的人生精神。但它在艺术上，委质实于空灵，任气驱辞，巧妙地与所"序"之诗融成统一完美的艺术整体，这些手法与其中包含的艺术审美的深湛哲理，仍是值得我们借鉴的。

原 文

兰亭集序

永和九年,岁在癸丑,暮春之初,会于会稽山阴之兰亭,修禊事也。群贤毕至,少长咸集。此地有崇山峻岭,茂林修竹,又有清流激湍,映带左右,引以为流觞曲水,列坐其次。虽无丝竹管弦之盛,一觞一咏,亦足以畅叙幽情。是日也,天朗气清,惠风和畅。仰观宇宙之大,俯察品类之盛,所以游目骋怀,足以极视听之娱,信可乐也。

夫人之相与,俯仰一世。或取诸怀抱,晤言一室之内;或因寄所托,放浪形骸之外。虽趣舍万殊,静躁不同,当其欣于所遇,暂得于己,快然自足,曾不知老之将至;及其所之既倦,情随事迁,感慨系之矣。向之所欣,俯仰之间,已为陈迹,犹不能不以之兴怀,况修短随化,终期于尽!古人云:"死生亦大矣。"岂不痛哉!

每览昔人兴感之由,若合一契,未尝不临文嗟悼,不能喻之于怀。固知一死生为虚诞,齐彭殇为妄作。后之视今,亦犹今之视昔,悲夫!故列叙时人,录其所述,虽世殊事异,所以兴怀,其致一也。后之览者,亦将有感于斯文。

风物奇丽 稗益智海

《水经注》风土人情描写赏析

谭家健

作者介绍

谭家健,1936年生,湖南衡阳人。1955年考入北京大学中文系。1960年毕业后到中国社会科学院工作。历任中国社会科学院文学研究所助理研究员、副研究员、研究员,研究生院导师。

推荐词

郦道元把散见于各处的片言隽语收集之后纳入以水道为纲的各个地区,而又加以补充增益、修饰润色,使分散的资料形成完备的体系,文字也更为缜密周到,科学价值和文学价值都比原来的素材大大提高了。

描写风土人情是文学民族性特征之一，在我国古典散文特别是游记、笔记以及地方志中多有反映。郦道元继承并发展了这一传统，在他的《水经注》里，不但精心刻画了祖国各地许多江河湖泊、山陵峰峦的壮丽景色或旖旎风光，而且生动地记述了大量的风俗习惯、土特名产、动植矿物以及千奇百怪的自然现象。其文字清晰，描写具体，叙述有趣，能够使人们开阔眼界，增长见识，裨益智海。《水经注》这方面的一些精彩片断，既是优秀的知识小品，具有较高的史学和科学价值，又是隽永的文学随笔，富于美学意味与艺术价值。

例如《夷水注》记今湘西地区群众求雨的习俗：

> （夷水）东径难留城南。城即山也，独立峻绝，西面上里余，得石穴。把火行百许步，得二大石碛，并立

穴水，相去一丈，俗名阴阳石。阴石常湿，阳石常燥。每水旱不调，居民作威仪服饰，往入穴中，旱则鞭阴石，应时雨；多雨则鞭阳石，俄而天晴。相承所说，往往有效，但提鞭者不寿，人颇恶之，故不为也。

这种求雨方式和《夷水注》另处所记，神穴"中有潜龙，每至大旱，平乐左近村居，辇草秽着穴中。龙怒，须臾水出，荡其草秽，旁侧之田，皆得灌溉"，以及《江水三》所记广溪峡"神渊"附近民众，于"天旱，燃木岸上，推其灰烬，下秽渊中，寻即降雨"，都是以逼迫方式，促使雨神或神龙降雨，和后世向龙王河神烧香磕头祭祀乞求之类迷信活动有所不同。这无疑是研究古代民俗学的可贵资料。作者写得仔细而周详，读来使人感到似乎参观了一场求雨仪式。

又如《渐江水注》记："又有射的山，远望山的，状若射侯，故谓射的。射的之西有石室，名之为射堂。年登否，常占射的，以为贵贱之准。的明则米贱，的暗则米贵。故谚云：射的白，斛米百；射的玄，斛米千。"从一座状如箭靶之峰的颜色明暗来猜测年成的丰歉，这表明古代农民无法掌握自己的命运，只好寄托于渺茫的天意。

《温水注》记载了海南岛少数民族生活状况：

> 民好徒跣，耳广垂以为饰，虽男女裸露，不以为羞。暑热薄日，自使人黑，积习成常，以黑为美……（岛）周回二千余里，径度八百里，人民可十万余家，皆殊种异类，被发雕身，而女多姣好白皙，长发美鬓。

据有关专家研究，这里所说的就是古代海南黎族的生活。再如《沅水注》所记湘西巴氏蛮族因传说其祖先廪君死后"精魂化而为白虎，故巴氏以虎饮人血，遂以人祀"，则反映了古代杀人祭祖习惯的遗留。这些资料对于研究少数民族历史具有一定参考价值。

郦道元对于各地区的土特名产十分注意，收集了不少至今仍极为有用的资料。如《河水注》记（东阿）"大城北门内西侧皋上有大井，其巨若轮，深六七丈，岁尝煮胶以贡天府。《本草》所谓阿胶也。故世俗有阿井之名"。阿胶是我国名贵中成药之一，至今誉满全球，其首次记录即见于此。《河水注》记述河东酿桑落酒专家刘堕"宿擅工酿，采挹河流，酿成芳酎，悬食同枯枝之年，排于桑落之辰，故酒得其名矣。然香醑之色，清白若滫浆焉。别调氛氲，不与它同，兰熏麝越，自成馨逸。方土之贡选，最佳酌矣"。桑落酒是古代的名酒，从南北朝直到唐代，广为人们称道。郦道元形象地介绍了这种酒的色香味。从他的笔下，人们仿佛闻到了一股诱人的酒香。北齐杨衒之《洛阳伽蓝记》也有记载，但着重点稍有差异。

关于河东解州盐池，《涑水注》有详细的记述。"今池水东西七十里，南北十七里，紫色澄渟，潭而不流。水出石盐，自然印成，朝取夕复，终无减损。唯水暴雨澍，甘潦奔洗，则盐池用耗。故公私共堨水径，防其淫滥。"文章还介绍了盐池地理位置、历史变迁和管理机构设置等，极为精确细致，似乎作者进行过实地考察。关于四川的井盐，《江水注》中曾多次提到。如："南流历（云阳）县，翼带盐井一百所，巴川资以自给。粒大者方寸，中央隆起，形如张伞，故名之曰伞子盐。有不成者，形亦必方，异于常盐矣。王隐《晋书·地道记》曰：'入汤口四十三里，有石，煮以为盐。石大者如升，小者如拳，煮之，水竭盐成。盖蜀火井之伦，水火相得，乃佳矣。'"上述两个地区，至今仍是我国内地的重要产盐区。

《河水注》记："高奴县有洧水，肥可燃。水上有肥，可接取用之。《博物志》称酒泉延寿县南山出泉水,大如筥,注地为沟。水有肥,如肉汁,取著器中,始黄后黑,如不凝膏,然之极明,与膏无异,膏车及水碓缸甚佳,彼方人谓之石漆。水肥亦所在有之,非止高奴县洧水也。"所谓"肥水"和"石漆"就是石油的原油。今本《博物志》已不见此条,因而这就成为我国石油资源的最早记录。古高奴县在今陕西延安附近,古延寿县在今甘肃玉门附近,这两个地区今天仍然是我国西北重要石油基地。郦道元预言,"水肥亦所在有之",即石油资源他处也存在。这个猜想已成为现实。

《水注》记山西大同附近"山上有火井,南北六七十步,广减尺许,深不见底,炎势上升,常若微雷发响,以草爨之,则烟腾火发"。据大同矿务局工程技术人员介绍,上述现象,属于煤层自燃,20世纪50年代和60年代均曾出现过多次,这不是天然气,更不是活火山。这段资料是很值得研究的。关于石炭、石墨、铜铁金银等矿产的分布,《水经注》的记录也十分详细而且准确,一向为地质矿产学家所重视。

郦道元对一些稀有动植物的描写,往往意趣横生,不仅记述静物,而且还刻画其动态。如《叶榆河注》记:

山多大蛇，名曰髯蛇，长十丈，围七八尺，常在树上伺鹿兽。鹿兽过，便低头绕之，有顷，鹿死，先濡令湿讫，便吞，头角骨皆钻皮出。山夷始见蛇不动时，便以大竹签签蛇头至尾，杀而食之，以为珍异。故杨氏《南裔异物志》曰："髯惟大蛇，既洪且长。采色驳荦，其文锦章。食豕吞鹿，腴成养创。宾享嘉宴，是豆是觞。"言其养创之时，肪腴甚肥。搏之，以妇人衣投之，则蟠而不起，便可得也。

据1982年5月《光明日报》记者采访报道，在云南的西双版纳，常常可以见到蟒吞鹿的现象，情状与《水经注》所记几乎完全相同。而两广地区吃蛇的习惯，一直流行，蛇肉甚至是著名佳肴之一。《水经注》关于野牛、猿猴、嘉鱼、异鸟的叙述也很多。如《㶟水注》记大同西山有一种赤嘴乌鸦，全身纯黑，只有嘴是红的，与通常所见身黑颈白的乌鸦不同，而且性情温顺，容易接近。这个地方今名马脊梁沟，现在还可以见到这种乌鸦。

郦道元对温泉颇有兴趣，所记有三十多处，情况各不相同。如《滱水注》记：

（漷水）东流，又会温泉口。水出北山阜，炎势奇毒，痾疾之徒，无能澡其冲漂。救痒者咸去汤十许步别池，然后可入。汤侧有石铭云"皇女汤"，可以疗万疾者也。故杜彦达云：状如沸汤，可以熟米，饮之，愈百病。道士清身沐浴，一日三饮，多少自在，四十日后，身中万病愈，三虫死，学道遭难逢危，终无悔心。

有的温泉水带咸味，有的半边热半边冷，有的可以灌田使一年三熟，有的可以燖鸡豕，有的泉水还有鱼类，这些资料对于今天开发地热资源具有重要的现实意义。

《浿水注》记录了一种罕见的自然现象："温水出竟陵之新阳县东泽中，口径二丈五尺，垠岸重沙，端净可爱。靖以察之，则渊泉如镜；闻人声则扬扬奋发，无复所见矣。"又据《汾水注》记，霍太山"有灵泉，以供祭事，鼓动则泉流，声绝则水竭"。这种奇特的泉水最近在南方又被发现。据1982年6月《北京晚报》报道，不久前在广西兴安、德保、富川、北流等县发现一种喊泉，人在泉边叫喊，则有泉水应声而出，无声则止。其奥妙何在，尚待科学家去研究。但由此可见，郦道元当时所记，是十分可靠的，绝不是无稽之谈。

《水经注》描写了许多奇形怪状的洞穴,有好几处存在着钟乳石,最具体要数《溳水注》所记:

> (溳)山下有石门,夹鄣层峻,岩高皆数百许仞。入石门,又得钟乳穴,穴上素崖壁立,非人迹所及;穴中多钟乳,凝膏下垂,望齐冰雪,微津细液,滴沥不断。幽穴潜远,行者不极穷深,以穴内常有风势,火无能以经久故也。

作者以一个旅行者的口吻,对这个岩洞中的喀斯特现象之形状、颜色、湿度、温度、气流、声响,一一介绍,写得极为准确翔实,毫不夸张渲染,表现出严肃认真的科学态度。

郦道元还记录了不少古代化石资料,如《涟水注》记:"历石鱼山,下多玄石,山高八十余丈,广十里,石色黑,而理若云母,开发一重,辄有鱼形,鳞鳍首尾,宛若刻画,长数寸,鱼形备足。烧之,作鱼膏腥,因以名之。"无疑是某种鱼类的化石。作者写得那么精细入微,宛如一份古生物学家的考察笔记。

《水经注》中这类科学小品、随笔札记性的文字,其渊源可上溯到《山海经》、《神异经》和《博物志》。郦道元的记述比起前人显然有长足的进步，增强了科学性，减少了怪异色彩，大部分是切实可信的。其材料有的是作者亲身见闻或调查访问所得，有的是从古代笔记和史书方志中摘录而来。他把散见于各处的片言隽语收集之后纳入以水道为纲的各个地区，而又加以补充增益、修饰润色，使分散的资料形成完备的体系，文字也更为缜密周到，科学价值和文学价值都比原来的素材大大提高了。后世的笔记小品一类著作，如唐代段成式的《酉阳杂俎》，宋代沈括的《梦溪笔谈》，明代徐宏祖的《徐霞客游记》，刘侗、于奕正的《帝京景物略》等，无疑都受到郦道元的启发。如果说笔记小品也是散文的一种体裁的话，那么《水经注》中这类精彩的文字，也应该视为散文的别支，而在文学史上给予应有的地位。

魏晋多哭 知音难觅

《世说新语·伤逝》赏析

李建中

推荐词

《世说新语·伤逝》19则故事,写了各式各样的"哭"。哭,这种生命行为,将魏晋人的哀情发酵,以至于膨胀为不可遏止的失落与孤寂。

魏晋多哭。《世说新语》多哭。翻开"伤逝"篇，一片哭泣声。

魏晋人哭谁？

哭逝者，哭自己，哭乱世的苦痛，哭心灵的怆然，哭生生死死的情感，哭无边无际的孤独……

"情之所钟，正在我辈"

让人哭笑不得的是，弥漫着悲剧气氛的《世说新语·伤逝》，在一片"驴鸣"声中开始。

大诗人王粲，有一怪癖：喜爱听驴叫。建安二十二年春，王粲病卒，送葬之日，曹丕也来了。曹丕对奔丧的人说："王粲爱听驴鸣，大家各学一声驴叫，为他送行。"这一倡议立即得到响应，葬礼上，驴鸣之声此起彼伏。

将一位诗人的葬礼，弄成"驴鸣"大合唱——这情景这场面,似乎有点滑稽。其实不然。送葬者选择此种方式,是好亡友之所好,及亡友之所及,让亡友的在天之灵,能聆听他生前所喜好的声音,在阴间也能感受到阳世友人的一片挚情。至于旁人(或后人)怎么看待此种志哀方式,毕竟是次要的了。

无独有偶。另一位王济,也爱听驴鸣,而且最爱听好友孙楚学驴叫。济丧,楚临尸恸哭,哭完了,又对着灵床学驴叫,叫得与真驴子的声音一模一样,叫得周围的人都笑起来。孙楚一听笑声,生气了:"怎么让你们这些人活着,却让王济死去!"哀情悲绪,不被理解,反遭嘲笑,孙楚能不愤慨?这近乎狠毒的愤慨中,正深藏着对亡友的至情。

《世说新语·伤逝》中的逝者,有好驴鸣,更有好琴音的。顾荣与张翰,既是同乡,又是好友。顾荣平生好琴,永嘉六年卒,家人将他的琴摆在灵床上,张翰往哭之,不胜其恸,直奔灵床取琴,鼓琴作数曲。曲竟,张翰抚摸琴身,对着亡友的琴悲泣:"顾荣他还能够品赏你的声音吗?"琴无言,人大恸。张翰悲痛欲绝,遂不执孝子手而出。

按常规常礼,奔丧者皆须执主人之手。张翰"不执孝子手",行为的反常,既昭示出情感的超常,又使得这异乎寻常的情感，得到自然率直、痛快淋漓的宣泄。余嘉锡先生《世说新语笺疏》说"不执孝子手……著其独于死者悼恸至深，本不为生者吊"（见该书第640页），此乃魏晋人的怪异与深情。

还有更"怪"的。大书法家王羲之有两个儿子，徽之（字子猷）与献之（字子敬）。兄弟俩特和睦，情真意笃。泰元中，二人俱病，有一位仙师飘然而至，子猷对仙师说："吾才不如弟，位亦通塞，请以余年代弟。"（《世说新语·伤逝》注引《幽明录》）请求以自己的"死"，换取弟弟的"生"，真乃骨肉之情、生死之谊！可惜，仙师法术有限，无力"移植生命"，子敬终于先于兄而亡。弟死时，兄并不知：

> 子猷问左右："何以都不闻消息？此已丧矣！"语时了不悲。便索舆来奔丧，都不哭。子敬素好琴，便径入坐灵床上取子敬琴弹，弦既不调，掷地云："子敬！子敬！人琴俱亡。"因恸绝良久，月余亦卒。

兄弟俩心有灵犀，兄能"遥感"到弟之死，然而"了不悲"；直至索舆奔丧，"都不哭"。"不悲""不哭"，语似平淡，却极其沉重：该用多大的力量，才能抑制住失去骨肉的悲哀。直到入灵堂，上灵床，取琴，弹琴，仍然"不悲""不哭"。然后是掷琴于地（这是比"不执孝子手"更怪的行为），然后是放声悲号。压抑已久的悲情，终于酿成狂潮，吞噬了王子猷那本已孱弱的躯体。

　　魏晋人有情。王戎痛悼爱子，泣曰："情之所钟，正在我辈。"（《世说新语·伤逝》）王廙登茅山，对苍穹起誓："终当为情死！"（《世说新语·任诞》）王子猷，正是"钟情我辈"，正是"终当为情死"！

"如此人，曾不得四十！"

　　"世积乱离，风衰俗怨"，"白骨露于野，千里无鸡鸣"。身处魏晋乱世，无论死去，还是活着，都是一种痛苦。《世说新语·伤逝》中的诸多哭者，他们哭亲朋早逝，情义消亡，也是哭"幸存者"的不幸与凄凉。魏晋人临尸恸哭，与其说是死者引发了哭者的悲哀，倒不如说是哭者将一己之悲哀移情于死者。这悲怨与忧伤，原来便郁结于哭者心中；灵床与葬礼，只不过为哭者提供了极好的宣泄哀情的机会。

　　于是大恸。于是痛哭。

乱世魏晋人，有着极强的悲剧意识。读一读三曹七子的诗赋，读一读嵇康的《幽愤》、阮籍的《咏怀》、陶渊明的《饮酒》……那是一种撕心裂肺的悲怆，那是一种透入骨髓的凄凉。飘逸潇洒如五柳先生，也未能摆脱"死"的阴影。"人生实难，死如之何！"活着的时候，就开始写《挽歌》，写《自祭文》，哭自己。

《世说新语·伤逝》中的王濛，也哭自己。王濛是东晋人，极有才华，长得又漂亮，对着镜子自我欣赏，叫着他父亲的名字说："王文开，王文开，你怎么生出如此漂亮的孩子！"（事见《晋书·王濛传》）其自我感觉是好到了极点。又谁知才子命薄，

> 王长史（即王濛）病笃，寝卧灯下，转麈尾视之，叹曰："如此人，曾不得四十！"（《世说新语·伤逝》）

王濛卒于永和初年，时年三十九岁。"如此人"云云，同样是以"第三人称"自谓，却早没有了当年对镜自赏时的那种豪放与孤傲。站在地狱的入口处，悲叹命运多舛、人生无常。王濛的自叹，是自祭，是自挽，是对死的诅咒，是对生的眷恋。

子曰:"四十而不惑。"王濛未至"不惑",便带着对人生的种种困惑与迷惘,离开了人世。死者诚然惨烈,活着的又怎么样呢?陶渊明《饮酒》:"少年罕人事,游好在六经。行行向不惑,淹留遂无成。"自己少有壮志,苦研经籍,在人生的旅途上,匆匆忙忙地跋涉。眼看就要到四十岁了,却依然无所成就。陶潜、王濛都是在哭自己,不同的是,一位哭"生",一位哭"死"。

嵇康也是死于三十九岁。被诬下狱后,嵇康思前想后,对自己的刚直峻烈、忤世傲物,还有些"自责"之意。狱中作《幽愤诗》,说是若能出狱,便"采薇山阿,散发岩岫,永啸长吟,颐性养寿",去过一种超然自适、与世无争的人生。

然而,走上刑场,嵇康依然是一位狂放不羁的勇士!你看他"临刑东市,神气不变,索琴弹之,奏《广陵散》"(《世说新语·雅量》)。面对死亡,嵇康也"自哭",不是以"泪",而是以"琴"。王濛的自哭,悱恻低回,哀怨凄凉;嵇康的自哭,则是梗概清刚,雄浑悲怆。

这是魏晋人的生命悲歌。

这是真正的潇洒风流!

"车迹所穷,恸哭而返"

东晋咸康六年,庾亮病卒,何充往哭之。

(何)临葬云:"理玉树箸土中,使人情何能已已!"

逝去的,一了百了,无牵无挂;伤逝者,涕泗滂沱,悲苦交加。"何能已已"的,是哭者那刻骨铭心的哀婉之情。

情愈真,哀愈深。阮籍、王戎都是孝子,遭母丧,一个"毁几灭性"(《世说新语·任诞》),一个"哀毁骨立"(《世说新语·德行》)。"哀"而至于"毁",二人对慈母的爱何其深切!王戎、郗愔,都是慈父,痛失爱子,一个"悲不自胜",一个"一恸几绝"(均见《世说新语·伤逝》)。怜子之情,何能已已!

也有真的因"哀"而"绝"的。支遁、法虔,同为东晋高僧,二人有钟期伯牙之谊。兴宁末年,法虔卒,支遁从此"精神霣丧,风味转坠",常对人说:

> 冥契既逝,发言莫赏,中心蕴结,余其亡矣!

钟子期死,伯牙擗琴绝弦,终身不复鼓琴;法虔死,支遁失去知音,忧心忡忡,愁肠百结,支遁在哀痛之中熬过一年的时光,终于离开尘世,追赶亡友去了……

支遁，还有王子猷，都是不堪忍受哀痛的折磨，在哭完逝者之后，尾随着逝者而去。更多的伤逝者，却没有这份"幸运"。他们失去了亲人或朋友，他们哭过了。哭完之后，还得在孤寂与失落中，打发漫长而苦涩的时光。这种"生"，比"死"更加痛苦。因而，艰难执着地"活"下去，比毅然决然地"死"去，需要更大的勇气与毅力。

魏晋人连"活"都不怕，还怕"死"么？

哭完老母亲，哭完竹林中的好朋友，哭完邻家那位才貌双全的少女，阮籍"活"下来了。那是怎样的一种"活"啊！

> 徘徊将何见，忧思独伤心。
>
> 独坐空堂上，谁可与亲者？
>
> 终身履薄冰，谁知我心焦。
>
> （均见《咏怀诗》）

读阮籍的八十二首《咏怀》，我们看到一位孤独的狂狷之士，在荆棘丛生、陷阱遍布的人生旅途上，艰难地跋涉。

"常畏大网罗，忧祸一旦并"，生活的"网"，将阮籍死死地罩住，他要抗争，他要挣脱。

> 阮籍常率意独驾，不由径路，车迹所穷，辄恸哭而反。（《世说新语·栖逸》注引《魏氏春秋》）

他驾着自己的困惑、执着、哀怨、愤懑，他要走出常规，走出社会，走出这龌龊的尘世，去寻找那边竹林，寻找昔日的朋友，寻找邻家的才女……然而，竹林何在？朋友何在？才女何在？终于，车迹"穷"了，他恸哭而返。阮籍的"哭"与"返"，已不仅仅是一种生命行为，而且具有了哲学意味。他并不是"哭"某一位具体的死者，而是哭人生的悲惨，哭心灵的哀伤，哭冷酷乱世对钟情我辈的戕贼与荼毒；他也没有"返"回他所出发的那个尘世，而是返回内心，返回自我，返回心灵深处那漫无边际的孤独！

这是阮籍的孤独。

这是魏晋人的孤独。

《世说新语·伤逝》19则故事，写了各式各样的"哭"。哭，这种生命行为，将魏晋人的哀情发酵，以至于膨胀为不可遏止的失落与孤寂。"冥契既逝，发言莫赏"，"顾彦先颇复赏此不？"满腹哀怨，渴求理解，孤独的魏晋人寻觅知音。

一千多年后,我们读《世说新语·伤逝》,我们听魏晋人的"哭"。以一己之"文心"跨越时空的沟壑,穿透历史的烟霭,去品味魏晋人的孤独。这是心的碰撞,这是当代人与魏晋人的对话。逢其知音,千载其一乎!

暮春三月 江南草长

丘迟《与陈伯之书》赏析

顾农

作者介绍

顾农,1944年生,江苏泰州人,1966年毕业于北京大学中文系文学专业。扬州大学文学院教授。主要著作有《建安文学史》《魏晋文章新探》《文选与文心》《花间派词传》《听箫楼五记》等。

推荐词

钱锺书先生说,这篇文章虽然"动魄悦魂","然《梁书·陈伯之传》称:'伯之不识书,得文牒词讼,唯作大诺而已,有事,典签传口语。'则迟文藻徒佳,虽宝非用,不啻明珠投暗,明眸卖瞽……见此篇历世传诵,即谓其当时策勋,尽信书真不如无《书》耳"。此说虽持之有故,言之却未必成理。

迟顿首，陈将军足下：无恙，幸甚幸甚！

将军勇冠三军，才为世出，弃燕雀之小志，慕鸿鹄以高翔。昔因机变化，遭遇明主，立功立事，开国称孤，朱轮华毂，拥旄万里，何其壮也！如何一旦为奔亡之虏，闻鸣镝而股战，对穹庐以屈膝，又何劣邪！

寻君去就之际，非有他故，直以不能内审诸己，外受流言，沉迷猖獗，以至于此。圣朝赦罪责功，弃瑕录用，推赤心于天下，安反侧于万物。将军之所知，不假仆一二谈也。朱鲔涉血于友于，张绣剚刃于爱子，汉主不以为疑，魏君待之若旧；况将军无昔人之罪，而勋重于当世。夫迷途知返，往哲是与，不远而复，先典攸高。主上屈法申恩，吞舟是漏。将军松柏不翦，亲戚安居，高台未倾，爱妾尚在。悠悠尔心，亦何可言？

今功臣名将，雁行有序，佩紫怀黄，赞帷幄之谋，乘轺建节,奉疆埸之任。并刑马作誓,传之子孙。将军独靦颜借命,驱驰毡裘之长,宁不哀哉!

夫以慕容超之强,身送东市;姚泓之盛,面缚西都。故知霜露所均,不育异类;姬汉旧邦,无取杂种。北虏僭盗中原,多历年所,恶积祸盈,理至焦烂。况伪孽昏狡,自相夷戮;部落携离,酋豪猜贰。方当系颈蛮邸,悬首藁街,而将军鱼游于沸鼎之中,燕巢于飞幕之上,不亦惑乎!

暮春三月,江南草长,杂花生树,群莺乱飞。见故国之旗鼓,感平生于畴日。抚弦登陴,岂不怆悢!所以廉公之思赵将,吴子之泣西河,人之情也,将军独无情哉!想早励良规,自求多福。

当今皇帝盛明,天下安乐,白环西献,楛矢东来;夜郎滇池,解辫请职;朝鲜昌海,蹶角受化。唯北狄野心,掘强沙塞之间,欲延岁月之命耳。中军临川殿下,明德茂亲,揔兹戎重,吊民洛汭,伐罪秦中。若遂不改,方思仆言。聊布往怀,君其详之。丘迟顿首。

——丘迟《与陈伯之书》

丘迟(464—508),字希范,吴兴乌程(今属浙江湖州)

人，齐梁间著名文人。他父亲丘灵鞠（？—491）曾经活跃于宋、齐的政坛与文坛，但作品流传下来的甚少。丘迟早慧，八岁能文，为文坛前辈所赏识。曾经有一个传说，说是江郎才尽，他的才气都转移到丘迟身上去了："（江）淹为宣城太守时罢归，始泊禅林寺渚，夜梦一人自称张景阳，谓曰：'以前一匹锦相寄，今可见还。'淹探怀中得数尺与之，此人大恚曰：'那得割截都尽！'顾见丘迟谓曰：'余此数尺既无所用，以遗君。'自尔淹文章踬矣。"（《南史·江淹传》）与此相应的自然是丘迟的文章有了极其巨大的进步。江淹从宣城太守一职上罢归在齐建武四年（497），因为看到政坛上流了太多的血，他此时大有急流勇退之意，而其时丘迟的事业正渐渐兴旺发达。故事虽然是后人编造出来的，不足据为信史，但编得够有水平。

丘迟长期追随后来改朝换代做了开国皇帝的萧衍，在他手下做文字工作，萧衍代齐自立的劝进表和建天子旌旗诸文都出于他的手笔。天监三年（504）丘迟出为永嘉太守，四年（505）冬，萧梁大举北伐，梁武帝萧衍最得力的弟弟中军将军、扬州刺史、临川王萧宏任都督北讨诸军事即前敌总指挥，调丘迟到军中从事文字工作。第二年，他就写下了这篇著名的《与陈伯之书》。

丘迟能诗，钟嵘《诗品》列入中品，谓其诗风"如落花依草"，充分肯定他的文采，但他的诗流传下来的不算多。最有名的作品还是《与陈伯之书》，此书一出，陈伯之就复降于梁。效果如此，文章自然大为有名。稍后萧统将这篇当代名文选入《文选》，从此千古传诵。

陈伯之是一个反复无常的小人，其人青年时代靠抢劫起家，后从军以军功"累迁为冠军将军、骠骑司马，封鱼复县伯"（《梁书》本传）。萧衍举兵东下取齐时，他曾在挣扎浔阳阻击。萧衍派人策反，以安东将军、江州刺史的高位相许，于是他就倒向了萧衍。萧衍称帝后，他又叛逃到北魏去，北魏以他为使持节、散骑常侍、都督淮南诸军事、平南将军、光禄大夫、曲江县侯。陈伯之每搞一次倒戈，官爵就上升一次。

萧宏统帅大军北伐，首先就碰上陈伯之。天监五年（506）二月，梁的徐州刺史昌义之与陈伯之战于梁城（今安徽寿阳），吃了一个大败仗。稍后，梁军在淮阳（今江苏宿迁）、胶水（今山东即墨）等地取得进展，陈伯之成了北伐的一大障碍，于是打算再度对他实行招降之策，由丘迟个人出面写这封信。这一政策很快得手，陈伯之率所部八千人复降于梁。梁武帝萧衍先给他一个西豫州刺史的名义，因为怕他再有什么反复变化，尚未到任就另行安排为通直散骑常侍，这样就完全剥夺了他的兵权，并在这个看上去很高贵的地位上将他羁縻至死。

丘迟的文章写得很好，充分体现了梁王朝对陈伯之的策略思想。全文虽然还不到六百字，但内容很丰富，并且有层层深入之妙，把陈伯之可能会有的对立情绪和各种顾虑统统打消了。

文章开始首先肯定他早年向萧衍投降的明智之举，称颂此举带来的地位升迁，效果良好，"何其壮也"。接下来就痛斥他背叛而去的不义和不智，"又何劣邪"。两相对照，先声夺人。但文章的重点放在劝降这一基本点上，所以不能一味痛骂他，而要多做攻心策反的思想工作，于是下文着重分析陈伯之背叛大梁而去的原因，打消他对再次归降可能会有的思想顾虑，文章写道：

> 寻君去就之际，非有他故，直以不能内审诸己，外受流言，沉迷猖獗，以至于此。

这是符合实际的，天监元年（502）陈伯之背叛梁确实是听信了政客褚缉、朱龙符、邓缮、戴永忠等人之"流言"的结果（详见《梁书·陈伯之传》及所附《褚传》），丘迟为他做了分寸适当的开脱，有利于促进他反思过去，弃暗投明。因为丘迟信中归罪于"流言"，所以褚缉不敢追随陈伯之降梁，后来继续留在北方。

文章以下大讲梁王朝对于过去犯过错误的人采取极其宽大的政策，一味向前看："圣朝赦罪责功，弃瑕录用，推赤心于天下，安反侧于万物。"这样就可以解除陈伯之因为背历史包袱而可能产生的疑虑。接着又用"朱鲔涉血于友于，张绣剚刃于爱子，汉主不以为疑，魏君待之若旧"两件历史故事，来说明凡是大政治家从来不计较个人之间的恩仇。朱鲔曾劝刘玄杀害了刘秀的哥哥刘伯升，后来刘秀仍然诚心相待，不以为疑；张绣战死了曹操的长子曹昂和侄子曹民安，归降后曹操不计前嫌，待之若旧。在列举了这两件著名的先例之后丘迟指出，陈伯之先前并没有出过那么大的问题，而且在他投了北魏以后，梁王朝也没有采取任何报复的手段，"主上屈法申恩，吞舟是漏；将军松柏不翦，亲戚安居，高台未倾，爱妾尚在"，仁至义尽，史少其例，"悠悠尔心，亦何可言?"

由于当时萧梁在北伐中已经取得了若干胜利,北魏内部却颇有纷争,政局不稳,于是丘迟在书信中大力渲染北方行将失败,北魏当局将会像过去的慕容超和姚泓那样落得个极其可悲的下场。接下来进而从陈伯之个人成败的角度来劝降,指出对方现在的处境已经十分危险,有如"鱼游于沸鼎之中,燕巢于飞幕之上",何去何从,应该好好考虑了!

劝降信写到这一步,按说已经完成了使命,而丘迟的高明之处在于他更精彩的文章还在后面:

> 暮春三月,江南草长,杂花生树,群莺乱飞。见故国之旗鼓,感平生于畴日。抚弦登陴,岂不怆恨!所以廉公之思赵将,吴子之泣西河,人之情也,将军独无情哉!想早励良规,自求多福。

头几句写江南普通景色,明丽优美,令人神往,意在打动陈将军的乡国之思。这几句传诵最广。陈伯之不过是历史上的匆匆过客,梁魏的对立也早已成为历史的陈迹,唯有思乡的情结可以超越政治超越时空而具有永恒的意义。劝降信显然不能用"动之以情"的笔墨结束,那样会影响文章的气势,所以丘迟的信最后又回到严肃的军事政治问题上来,讲明陈伯之面临着严峻的形势,必须当机立断,"若遂不改,方思仆言",那就晚了。这就是后人常常说的"勿谓言之不预"的意思,语气虽然委婉,意思是很严峻的。

通观《与陈伯之书》的全文,刚柔相济,恩威并用,沉思翰藻,文质兼备,确为名篇。钱锺书先生说,这篇文章虽然"动魄悦魂","然《梁书·陈伯之传》称:'伯之不识书,得文牒词讼,唯作大诺而已,有事,典签传口语。'则迟文藻徒佳,虽宝非用,不啻明珠投暗,明眸卖瞽,伯之初不能解。想使者致《书》将命,另传口语,方得诱动伯之,'拥众归'梁。专恃迟《书》,必难奏效,迟于斯意,属稿前亦已夙知。论古之士勿识史书有默尔不言处,须会心文外。见此篇历世传诵,即谓其当时策勋,尽信书真不如无《书》耳"(《管锥编》第四册)。此说虽持之有故,言之却未必成理。陈伯之虽是一大文盲,无从赏识丘《书》的文章之美,但他身边通文墨者颇多,其典签、别驾、记室、参军之流应当是能够懂得丘迟这封信的,由他们向伯之翻译传达其中的内容,即使打了一些折扣,对促成他拥众归梁仍然应当是有作用、有意义的,未必就完全是"明珠投暗"。当然陈伯之的复降于梁也不能完全归功于这一封信，这与当时总的形势有关，与伯之其人反复无常只图个人利益的一贯作风有关。任何一篇文章都不能完全解决军事政治问题，能够多少有助于问题的解决就已经了不起了。

用今天的眼光看去，这封信中对大梁声威的渲染有过火处，对北方少数民族的态度带有古人常有的那种蔑视，这些都是难免会有的情形，不足深责。又"廉公之思赵将"一句出处在《史记》的本传中，但原文中有两处都有可能拿来做解释，一是"赵王思复得廉颇，廉颇亦思复用于赵"，一是"廉颇一为楚将，无功，曰'我思用赵人'"。注家们往往各取一处，这样便会出现歧义。从丘迟的文义来看，当用前一处，"思赵将"者，思复为赵将也，可是这样在语法上有点不大顺，所以我想其原意也许是"思将赵"，"廉公之思将赵，吴子之泣西河"，这样比较好解释；将"将赵"二字倒置为"赵将"，大约是为了朗读起来更为流畅有力。

本书的编校工作得到了北京师范大学文学院马春瑞的协助,她细致严谨的工作对本书助益匪浅,在此特别向她表示感谢。